ナイトランド叢書

七つ星の宝石

ブラム・ストーカー
森沢くみ子 訳

アトリエサード

THE JEWEL OF SEVEN STARS

Bram Stoker

1903

装画：中野緑

登場人物

マルコム・ロス……………………弁護士。本作の語り手
エイベル・トレローニー…………エジプト学研究者
マーガレット・トレローニー……エイベルの娘
グラント……………………………トレローニー家の家政婦
ドラン………………………………スコットランド・ヤードの警視
ドウ…………………………………同・部長刑事
ウィンチェスター…………………医師
ケネディ……………………………看護師
シスター・ドリス…………………同
サー・ジェームズ・フリア………医学者
マーヴィン…………………………トレローニー家の弁護士
ユージーン・コーベック…………エジプト学者。エイベルの協力者
シルヴィオ…………………………マーガレットの愛猫

目次

七つ星の宝石

ブラム・ストーカー　森沢くみ子 訳

エレノアとコンスタンスの、ホイト姉妹に

第一章　夜更けの呼び出し

なにもかもが恐ろしく鮮明に感じられて、とても過去に起きたこととは思えない。そのくせ、それぞれの出来事はいかにも筋道立っているだけでなく、どこか予期できるものとして起きたようだ。そう、記憶とは、いい意味でも悪い意味でも、こんなふうにいたずらをする。喜びも苦しみも、幸せも悲しみも。それゆえ人生はほろ苦く、終わりのないものとなるのだ。

穏やかな川面を進んでいた小型ボートは、僕が水を滴らせながら櫂をさっと引き上げると、また七月の焼けつくような日差しの中から、見事なしだれ柳の枝のひんやりとした木陰へ滑るように入っていった。僕は揺れるボートの中で立ち上がった。彼女は座ったまま、かき分けられたはずみで戻ってくる太めの枝や、しだれている小枝が当たらないよう指で巧みによけている。水面は木漏れ日を受けて金茶色に輝き、草が生い茂る土手は一面が目にも鮮やかな緑だった。僕も涼しい木陰の中で腰を下ろした。枝葉に囲まれた空間の内外で自然が奏でるさまざまな音が一つに溶け合い、眠気を誘ううなりとなって聞こえてくる。おかげで、悩ましい問題もあれば、それ以上に心が乱れる喜びもある社交界のことをすっかり忘れられた。

その幸せに満ちた二人だけの世界の中で、若い彼女は厳格にしつけられた慣習を忘れて、自分の新しい生活がいかに寂しいかを、語るともなく話してくれた。悲しげな低く抑えた声に、僕は広大な屋敷の中で彼女と父親が家族としてどれほどへだたりがあるのかを感じた。心を許し合うこともなければ、共感も築かれていない。そんな状況では、父親の顔は、今や別世界の出来事のように思える、かつての田舎での暮らしと同じくらい遠い存在だろう。またしても、僕は大人の男としての分別も、これまでの人生経験も、彼女の前に投げ出してしまった。勝手に反応したような感じで、〝僕〟というものにはなんの発言権もなく、否も応もなかった。それから、時間が飛ぶように過ぎていった。これこそが夢の秘密だ。夢は融け合い、生まれ変わり、変化し、それでも――フーガの演奏にも似て、その本質となる部分は変わらない。そして眠りの中で記憶は繰り返され、焼き付けられていく。

どんな完全な安らぎもそこにはないように思える。エデンの園でさえも、〝知識の木〟の葉が重なり合う枝のあいだで蛇が鎌首をもたげている。夢を見ない夜の静けさは、雪崩の轟音や、前触れなく起こった洪水の水煙をあげる音、眠っているアメリカの町を通過する機関車の鐘のにぎやかな音、海のはるか彼方で回る外輪船の水かきの音によって破られる。それがなんであれ、僕のエデンの園の魔法は破られた。二人の頭上で青々と茂る葉のあいだでダイヤモンドのようにきらめいている光の点が、ボートの揺れに合わせて震えているようで、神経を逆撫でするベルの音は決して鳴りやまぬかのようで……

たちまち、眠りの世界の門が大きく開け放たれ、僕を夢から引き戻すもととなった音が耳に飛び込んできた。それはごくありふれたもので――誰かがどこかの玄関ドアを叩いてベルを鳴らしているのだった。

ジャーミン街にある部屋で暮らしている僕は、通りの物音には慣れていた。いつもは寝ていようと起きていようと、近所でどれほど騒がしくしていようとも気にとめたりしない。だが、このときの音はいつまでも続き、あまりにも執拗で、とうてい無視できなかった。その絶え間のない音の奥になにか確固とした意志が、その意志の奥になにか緊張と窮状が聞き取れた。僕にだって他人を思いやる気持ちはある。誰かの役に立てればと思い、深く考えることなくベッドを出た。

なんとなく懐中時計を確かめると、ちょうど午前三時で、部屋を暗くしている緑色のブラインドの向こうがうっすら白みはじめていた。どうやらドアが叩かれ、ベルが鳴らされているのは僕の住んでいる建物のようだった。誰も起きて呼び出しに応じる気配もない。そこで僕はナイトガウンを羽織ってスリッパに足を突っ込むと、階段を下りて玄関ホールのドアへと向かった。ドアを開けると、こざっぱりとした使用人が立っていて、片方の手で果敢に電気式のベルを押し、もう一方の手は執拗にノックしていたノッカーをつかんでいた。男は僕を目にしたとたん、ベルを鳴らすのもノックするのもやめ、反射的に片手を帽子の縁に当てて、もう一方の手でポケットから手紙を取り出した。洒落た四輪馬車が通りに止まっていた。全速力で駆けてきたかのように馬が息を荒らげている。物音を聞きつけてやってきたらしい、まだ火の灯ったカンテラをベルトにつけた警官が、そばに立っていた。

「おやすみのところを申し訳ありません。ですが、是が非でもと申しつかってまいりましたのです。一刻の猶予もなりませんでしたので、どなたか出てきてくださるまでノックしてベルを鳴らすほかありませんでした。こちらにマルコム・ロス様はお住まいでしょうか？」男が尋ねた。

「僕がマルコム・ロスです」

「では、この手紙をお受け取りください。それから、馬車へどうぞ！」

差し出された手紙を、僕は首をかしげながら受け取った。法廷弁護士として、おかしな時間帯に急に呼び出されるということも含めて、奇妙な経験をすることはたまにあるが、こんなのは初めてだった。ドアを少し開けたまま玄関ホールに下がって、電灯をつけた。手紙は見覚えのない女性の筆跡で書かれていた。前置きも宛名もなくて、いきなり本文から始まっていた。


必要とあれば喜んで力になりたいと言ってくださいましたね。本気でおっしゃってくださったのだと私は信じています。予想もしなかったほど早くそのときが来てしまいました。恐ろしく苦しい状況にあって、どうすればいいのか、誰にお願いしていいのかもわからないのです。父が殺されかけたようなのですけど、幸いなことに一命はとりとめました。ですが、意識不明の状態です。お医者様と警察を呼びに行かせていますけど、ここには頼れる人が誰もいないのです。可能ならすぐに来てください。そして、できることなら、私を許して。こんなお願いをするなんて、あとになればどうかしていたと思うに決まっているけれど、今は考えることができないの。来てください！　すぐに来て！

マーガレット・トレローニー

読みながら、苦しさと喜びのあいだで葛藤していた。だが、なによりも心を占めていたのは、彼女が大変な状況に置かれていて、僕を——ほかの誰でもなくこの僕を！——呼んでいるということだった。僕が彼女の夢を見ていたのは、まったくいわれのないことでもなかったのだ。僕は使用人に大声で言った。

「待っていてくれ！　すぐに同行する！」僕は階段を駆け上がった。

ものの数分で顔を洗って着替えをすませた。僕たちを乗せた馬車はすぐに通りを猛スピードで駆けていった。市の立つ朝で、ピカデリーの大通りに出たときは、西から荷馬車がひっきりなしにやってきていたが、それ以外の道路は空いていて、馬車は飛ぶような速さで駆けていった。僕は馬車に乗るときに使用人にも同乗するよう言ってあったので、なにがあったのかを道すがら聞くことができた。使用人は居心地悪そうに座席に腰掛け、膝に帽子を載せて話した。

「お嬢様がすぐに馬車を出すようおっしゃっているという指示を受けました。準備が整った頃にお嬢様ご自身がいらして、私に手紙を渡し、モーガンに——御者です——馬をできるだけ速く走らせるようお命じになりました。私には、一刻も無駄にせず、誰かが出てくるまでドアをノックしつづけるようおっしゃいました」

「ああ、その部分はいいんだ——さっきもう話してくれたからね！　僕が知りたいのは、僕を呼びに来させた理由だよ。屋敷でなにがあったんだい？」

「よく知らないのです。わかっているのは、旦那様がお部屋で意識を失って倒れておられ、シーツは血まみれで、頭に怪我をしておいでだったということだけです。どうやっても目を覚まされないとか。発見なさったのはお嬢様です」

「どうしてこんな時間に発見することになったのだろう。すでに夜遅かったんじゃないのか?」

「さあ、どうでしょうか。詳しい話はいっさい存じあげませんので」

使用人が話せることはそれ以上なかったので、いったん馬車を止めて彼を降ろしたあと、座席に一人残ってあれこれと思考をめぐらせた。彼が去ってしばらく経ってから、いろいろ聞けたはずなのに、その機会をみすみす逃してしまった自分に腹が立った。だが、よく考えてみれば、手近な相手がいなくなってよかったのだ。そうでなければ、トレローニー嬢が置かれている状況について、彼女本人から話してもらうより気が楽な使用人に訊いてしまっていただろうから。

馬車はナイツブリッジの街並みを疾走していた。仕立てのよい馬車のたてる小さな音が早朝の大気の中へうつろに響いている。通りを曲がってケンジントン・パレス・ロードに入ってしばらくのち、左手に立つ広大な屋敷の前で止まった。この大通りの終点はケンジントンというよりもノッティングヒルに近いようだった。大きさはもとより、建築学の面からいっても、たいそう立派な屋敷だった。物の大きさが小さく見えがちな明け方の薄明の中でさえも、それは威容を誇って見えた。

トレローニー嬢とは玄関ホールで顔を合わせた。彼女は実に堂々としていた。高貴な血を引く者のような威厳でもってその場を仕切っている感じがする。だが、なにより目を引いたのは、彼女が激しく動揺しており、肌が雪さながら白くなっていることだった。広々としたホールには数人の使用人がいて、男たちは玄関ドアのそばに固まり、女たちはホールの奥の隅や戸口で身体を寄せ合っている。責任者とおぼしき警察官はつい先ほどまでトレローニー嬢と話していた。そばに二人の制服警官と、私服の警察官が一人立っている。彼女は衝動的に僕の手をとりながら、目に安堵の色を浮かべて、ほっと小さくため息をついた。挨拶の言葉は飾らないものだった。

「来てくださると信じてましたわ！」

手をとるという行為は、特に深い意味はない場合であっても、強く心に響くことがある。ともかくもトレローニー嬢の手に僕は魅了された。小さいというわけではない。華奢で、やわらかく、指は長くほっそりとしていて——たぐいまれな美しい手だった。つい我を忘れてしまう手だった。そのときは僕をのみ込んだ興奮がなによるものか考える余裕がなかったのだが、あとになってそうとわかった。

彼女は向きを変えて、責任者の警察官に声をかけた。

「こちらはマルコム・ロスさんです」警察官は会釈をして答えた。

「マルコム・ロスさんなら存じていますよ。ブリクストンの贋金づくりの件でご一緒したことを覚えておられるのではないでしょうか」僕はトレローニー嬢にすっかり気をとられていて、最初に顔を見たときに彼が誰かわかっていなかった。

「もちろんですとも、ドラン警視、よく覚えています！」そう言いながら、警視と握手を交わした。僕たちに面識があったことでトレローニー嬢は緊張がほぐれたようだ。彼女のどことなく落ち着かない様子が引っかかったが、僕と二人でしゃべるほうが気が楽なのだとぴんときた。そこで、警視に話しかけた。

「トレローニー嬢と数分ほど二人で話させてもらったほうがいいように思います。警視はすでに彼女から事情をお聞きでしょうから。それに、僕からいくつか質問してもかまわなければ、よりよく状況を把握できるかと。よろしければ、そのあと警視と事件について話し合いたいのですが」

「ええ、かまいませんとも」警視は快く答えた。

僕はトレローニー嬢のあとについてホールを抜け、家の裏手にある庭に面した趣味のよい部屋へ移動した。部屋に入って僕がドアを閉めると、彼女は口を開いた。

「まずは、困っている私のためにわざわざ来てくださったことに感謝します。でも今は、事実を知ってもらうことがなによりの助けになります」

「では、話を聞かせて」僕は促した。「知っていることをすべて細大漏らさず教えてほしい。今はどんなに取るに足りないと思うようなことでも」

彼女はいっきに語りはじめた。

「物音がして目が覚めたんです。なんの音かは今もわかりません。わかっているのは、それで眠りが妨げられたということだけ。気がついたら目が覚めていて、心臓が激しく打っていて、父の寝室から不安をかきたてるような音が聞こえていたの。

私と父の部屋は隣り合っていて、眠りにつく前に父が部屋で起きてなにかしている音は普段から聞こえていました。父は夜遅くまで仕事をして、明け方まで及ぶこともあって。それで、これまでにも朝早くや夜明け近くに目が覚めたときに、父がまだ動き回っている音がしていることはあったの。そんなに遅くまで起きているのは身体によくないと言ってみたこともあったけれど、それはその一度きりで、二度と口にしませんでした。父がどんなに厳格で冷ややかになれるかご存じでしょう——少なくとも、私が父についてお話ししたことを覚えているはずだわ。そういうときの父はとても他人行儀で、それは恐ろしいの。怒っているときのほうがずっとましよ。でも、ことさらゆっくりと話して、片頬だけに笑みを浮かべて鋭い歯を見せる父には、私——どう表現すればいいかわからないわ！

ゆうべ私は静かに起き上がって、そっとドアのところまで行ったの。父の邪魔は決してしたくなかったから。動く気配はしなかったし、悲鳴のようなものもいっさいしなかった。でも、引きずるような妙な音と、ゆっくりとした荒い息遣いが聞こえてきたの。ああ！ 暗がりの中で静かに様子をうかがっているのは、怖くて不安で——なにをしているのかわからなくて怯えきっていたわ！

ようやくなんとか勇気を振り絞って、できるかぎり静かにドアノブを回して、少しだけドアを開けてみたの。室内は暗かった。窓の輪郭が見分けられただけだった。でも、暗がりの中でさっきよりはっきりとした息遣いが聞こえてきて、ぞっとしたわ。耳を澄ませると、息遣いは聞こえるものの、それ以外にはなんの物音もしなかった。いっきにドアを大きく開けたの。少しずつ開けるのが怖かったから。なにか得体の知れないものがドアの向こう側で飛びかかろうと待ち構えているかのような気がして！

それから、電灯のスイッチを入れて、部屋の中に足を踏み入れた。まずベッドに目を向けたの。

シーツがくしゃくしゃになっていたから、父が横になっていたのは確かだわ。でも、中央部分が赤黒い大きな染みになっていたうえ、一方の端までその染みが広がっているのを見て、心臓が止まるかと思ったわ。その染みに目が釘付けになっていたとき、部屋の奥から息遣いが聞こえてきて、そちらに目を向けたの。そこに父が右向きに倒れていた。片腕を身体の下に敷いたその姿は、まさに父が死体となって投げ捨てられたかのようだった。血の跡がベッドから続いて、身体のまわりには血だまりができていた。父の様子を確かめようとかがんだとき、その血は禍々《まがまが》しいほど赤く光っていた。

父は寝間着姿で大金庫の前に倒れていたわ。左袖が引き裂かれ、むき出しになった腕は金庫の方に伸ばされていた。もうぞっとするような光景だったわ！　あたり一面血の海で、金のチェーンのブレスレットをつけている手首の周辺が傷だらけだった。父がそんな装飾品を身につけていたのは知らなかったから、そのことにもちょっと驚いたの」

トレローニー嬢はそこで黙ってしまい、僕は少し話題をそらして彼女の苦痛をやわらげようと、口を挟んだ。

「驚くほどのことはないよ。意外と、思いもかけない男性がブレスレットをつけていたりするからね。ある裁判官が被告に死刑の判決を下したとき、その手首に金のブレスレットをしていたのが見えたことがある」

トレローニー嬢にはその言葉も意図も伝わっていないようだった。それでも、小休止したことでいくらか元気を取り戻し、さっきよりはしっかりとした口調で続きを話しはじめた。

「私はすぐさま助けを求めたわ。出血多量で死んでしまうかもしれないと不安だったから。呼び鈴を鳴らして、部屋を飛び出し、あらんかぎりの声で人を呼んだの。ものの数分と経っていないはずだけれど、耐えがたいほど長い時間が過ぎたように思えた頃、使用人が何人か階段を駆け上がってきた。そのあとからもう何人か。たちまち父の部屋は、何事かと目を凝らしている、寝乱れた髪にいろいろな寝間着姿の者たちであふれんばかりになったわ。

父をソファに寝かせてから、私たちの中では誰よりも落ち着いていた家政婦のグラントさんが、どこから出血しているのか調べはじめた。すぐに、むき出しの腕からだとわかった。傷は深くて――ナイフで切ったようなきれいな傷口ではなく、ぎざぎざに切られたか引き裂かれたような感じで――手首に近かったから、血管が傷ついているようだった。グラントさんは傷口をハンカチで縛ると、銀のペーパーカッターを差し込んでねじったの。たちまち出血が止まったようだった。その頃には私も冷静さを取り戻していたから――そんなものが残っていたとしたらだけれど――お医者様と警察を呼んでくるようそれぞれ使いを出したの。

彼らが出ていったあと、使用人を除けば、屋敷にいるのは自分一人きりで、それなのに私にはなにも――父のことも、それ以外のことも――わからないのを痛感して、とにかく誰かにそばにいて、助けてほしいと心の底から思った。ふと、ボートに乗っているときにあなたが柳の下で親切に言ってくださった言葉が頭に浮かんで、よく考えもせずに、すぐ馬車を用意させて、手紙をしたためて使いをやったの」

トレローニー嬢は一呼吸おいた。僕はどう感じているかを言葉にしたくなかった。代わりにじっと見つめていると、思いが伝わったようで、彼女はちらりと目を上げて僕と視線がぶつかるとすぐにそらし、頬を真っ赤に染めた。彼女はしどろもどろになりながら話を続けた。

「お医者様はびっくりするくらい早く来てくれたわ。使用人が行ったとき、先生は家の鍵を開けて中へ入ろうとしているところで、そのまま駆けつけてくれたの。かわいそうな父の腕にきちんとした止血帯を巻いてから、いくつか医療器具をとりに自宅へ帰ったわ。もうじき戻ってくるはずよ。次に警官が来てくれて、警察署へ伝言を送った。それからまもなく警視が到着して、そのあとあなたが来てくれたの」

しばらく沈黙が続いた。僕は思いきってほんの一瞬、彼女の手をぎゅっと握った。それ以上なにもしゃべらず、僕たちはドアを開けて、ホールにいる警視と合流した。警視は足早に歩み寄りながら言った。

「すべて自分で調べましたし、スコットランド・ヤードにも連絡済みです。ロスさん、あなたもおわかりのように、この件には奇妙な点が数多く見受けられます。それで、今手が空いている犯罪捜査部の中から最適の者に担当させたほうがよいと考えました。すぐにドウ部長刑事をよこすよう手配しておきました。ロスさん、ホクストンで起こったアメリカ人毒殺事件のときの彼を覚えていらっしゃるでしょう」

「もちろんですよ」僕は答えた。「よく覚えています。あの事件もそうですが、ほかの事件でも。なにしろ、ドウ部長刑事の捜査技術と鋭い洞察力には何度も助けてもらいましたから。被告側弁護人を務めたときは、依頼者が無実だと信じていたので、彼が訴追側にいたことにわくわくしたくらいですよ！」

「これ以上はない褒め言葉ですね！」警視は満足そうだった。「人選がお気に召したようでうれしいですよ。彼を呼びにやらせて正解でした」

僕は心から答えた。

「なんとも頼もしいかぎりです。警視と彼がいらっしゃれば、真相――そしてその背後に隠れているものをきっと突き止めてくださることでしょう！」

僕たちはトレローニー氏の寝室に上がっていった。室内は、すべて彼の娘が話してくれたとおりの状態だった。

家の呼び鈴が鳴って、ほどなく、一人の男性が部屋に現れた。鷲のような容貌の若い男性で、鋭い灰色の瞳に、額は思索家のようにぐっと張り出して広い。彼は手にしていた黒い鞄をさっと開けた。トレローニー嬢が僕たちに紹介した。

「ウィンチェスター先生です。こちらはロスさんとドラン警視です」

僕たちは無言で会釈を交わし、医師は一刻も無駄にせず仕事に取りかかった。僕たちはそばに控えて、傷口に処置が施されていくのを祈る思いで見守った。医師は手当てを続けながら、ときおり警視に顔を振り向けて、傷の状態について説明し、警視はただちに手帳に書き留めていった。

「ごらんください！　複数の切り傷もしくは引っ掻き傷が手首の左側から平行に走り、橈骨《とうこつ》動脈を数か所にわたって損傷しています。

ここの小さな傷は深く、ぎざぎざで、おそらく刃先の鈍いものでつけられたのでしょう。とりわけこの傷は、なんらかの鋭いV字形のものでつけられたようです。周辺の皮膚が側面から圧力がかかったかのように引き裂かれているのが見て取れます」

医師はトレローニー嬢に向かって言葉を継いだ。

「このブレスレットを外しても差し支えないでしょうか？　手首とのあいだにかなりゆとりがありますから、どうしてもということではありませんが、あとで付け直したほうが患者さんには楽かと思いますので」

気の毒な娘は赤くなって、消え入るような声で答えた。

「どうでしょうか。私――父と暮らすようになったのは最近のことなんです。父の生き方や考えというものをほんの一端しか知らないものですから、どう判断すればいいのかわからなくて」

医師は彼女にさっと目を向けたあと、思いやりにあふれる口調で言った。

「それは失礼しました！　知らなかったのです。ですが、ともかく、お嬢さんが悩む必要はありません。とりあえず、このままにしておきましょう。外す必要が出た場合は、私の責任でそうさせていただきます。そのときは、その旨の書類を作成すれば事足りるはずです。お父上が身につけていらっしゃるにはそれ相応の理由があるにちがいありません。ほら！　ブレスレットに小さな鍵がついていますよ……」

医師は言葉を切って身をかがめ、蠟燭を掲げていた僕の手ごと、光をブレスレットに近づけた。その位置で僕の手を止めさせ、ポケットから拡大鏡を取り出して距離を調節した。注意深く調べたあと、立ち上がって、拡大鏡を警視に渡し、彼にも見てみるよう促した。

「ご自分の目で確かめたほうがいいでしょう。ありふれたブレスレットなどではありませんよ。摩耗しているところから地金がのぞいていますが、三連の鋼鉄製のリングに金めっきを施したものですね。どう見ても気軽に外していいものではなさそうですから、取り外す場合は、通常の書類では間に合わないでしょう」

警視は大柄な身体を折り曲げたが、医師のようにソファのそばに膝をついても、十分にはブレスレットに顔を寄せられなかった。時間をかけてブレスレットを調べ、慎重に回して全体にくまなく観察の目を向ける。やがて立ち上がって、拡大鏡を僕に渡した。

「君もその目で確かめるといい」警視は言った。「お嬢さんにも見せてあげてくれ。お望みならだが」そして、手帳に詳細に記録しはじめた。

僕は警視の言葉にささやかな変更を加えることにして、トレローニー嬢に拡大鏡を差し出した。「先に見てみないかい？」彼女は拒むように小さく手を上げてあとずさりながら、とっさに口走った。

「いいえ、けっこうよ！　父にその気があるなら、見せてくれていたはずだもの。父の同意なしに見る気はないわ」

自分の慎重なものの見方が、僕たち男の気持ちを傷つけるのを恐れたのだろう、彼女は言い足した。

「もちろん、みなさんがごらんになるのは当然のことです。調べて、あれこれ細かく考えなければならないんですもの。それに本当に――みなさんには心から感謝していますの……」

彼女は顔をそむけたが、声を殺して泣いているのに僕は気づいた。災禍と不安のさなかにあってさえ、自分が父親についてほとんど知らないことが悔しくてたまらないのだ。しかも、その知らないということを、こんなときに、それも何人もの他人の前でさらけ出さなければならない。相手が男ばかりだからといって、恥ずかしさに耐えやすくなるわけではないが、少しはましのようだった。彼女の気持ちを読み解こうとしてみた。きっとこの場に女性の目――男よりはるかに多くのものを心得た目――がなかったことにほっとしたのではないだろうか。

僕がウィンチェスター医師が説明したとおりのことを拡大鏡で確認して立ち上がったとき、医師はソファのそばの場所に再び戻って、職務を果たしはじめた。

ドラン警視が僕にささやいた。

「我々は医師に恵まれたようですな!」

僕はうなずき、自分もなにか医師の鋭い観察眼を称賛する言葉を口にしようとしたとき、ドアが遠慮がちに叩かれた。

第二章　奇妙な指示

ドラン警視が静かにドアへ向かった。この部屋で起きていることは彼が取り仕切る、といった、ある種の暗黙の了解があったからだ。残りの僕たちは様子を見守った。警視はドアをわずかに開けたあと、ほっとしたように大きく開けた。部屋に足を踏み入れてきたのは、きれいにひげをそった青年で、背が高く細身、引き締まった顔に、一目で周囲のものをすべて見て取るような聡明で生き生きとした目をしていた。室内に入ってきた彼に警視は片手を差し出し、二人は力強く握手を交わした。

「知らせを聞いて飛んできましたよ、警視。まだあてにしてくださっていてうれしいかぎりです」

「君はいつでも期待に応えてくれるからな」警視は心のこもった口調で答えた。「ボウ・ストリート署でともに費やした日々を忘れてはいないし、忘れることもないだろう!」そう言うと、あとはいっきに本題に入って、新参者が来るまでにあったことを一部始終話した。

ドウ部長刑事は状況や人間関係を把握するのに欠かせない質問をいくつか——本当にごくわずか——した。というのも、自分の職務を完璧に理解しているドラン警視は、想定しうる質問を先回りし、必要と思われる事項を一つ漏らさず盛り込んで説明していったからだ。ドウ部長刑事はときおり周囲に視線を走らせていた——僕たちの一人へ目を向けたかと思うと、今度は部屋へ、部屋にあるものへ、そして、ソファに横たわっている意識不明の負傷者へと。

警視が話し終わると、ドウ部長刑事は僕の方へ顔を向けた。

「ロスさん、自分を覚えてらっしゃらないでしょうか。ホクストン事件でご一緒させていただいたのですが」

「忘れるものですか」僕は手を差し出した。警視が再び口を開いた。

「わかっているだろうが、ドウ部長刑事、この件は全面的に君にまかせるよ」

「警視のもとでだとよいのですが」部長刑事は警視がみなまで言わないうちに言葉を挟んだ。

相手はかぶりを振って微笑した。

「これは難事件で、ずいぶん頭を悩ますことになるだろう。私にはほかにも処理せねばならない仕事がある。とはいえ、この件には実に興味をそそられるから、どんなことであれ力になれることがあるなら、助力は惜しまないぞ！」

「かしこまりました、警視」

部長刑事は敬礼にも似たしぐさをして任務を引き受け、さっそく捜査に取りかかった。

まずは医師のもとへ歩いていって、名前と住所を訊き、参考資料として活用できるように、さらに必要な場合は本部へ照会できるように、詳細な報告書を作成してほしいと頼んだ。ウィンチェスター医師はしかつめらしくうなずいて承知した。

刑事部長は僕に近づいてささやいた。

「あの先生の顔つきが気に入りましたよ。三人で仕事ができそうですね！」そのあと、トレローニー嬢の方に向いて尋ねた。

「お父上について知っていることをお聞かせください。生き方や経歴――そのほか、どんなものであれ興味を持っていたことや関心を寄せていたことを」

僕はトレローニー嬢が父親やその生き方についてすでに答えていることを伝えようとしかけたが、彼女はそっと手を上げて僕を制し、自ら口を開いた。

「あいにく、ほとんど知らないのです！　ドラン警視とロスさんには私の知るかぎりのことをお伝えしています」

「では、空白の情報を埋めるためになにかほかの手を考えなければなりませんね」ドウ部長刑事は快活に言った。「当時の状況を細かく確認していくことから始めましょうか。物音を聞いたのは、ドアの廊下側に立っていたときだと言いましたね？」

「奇妙な音を耳にしたのは、自分の寝室にいたときです——そもそも目が覚めたのはその音のせいにちがいありません。私はすぐにベッドを出ました。父の部屋のドアは閉まっていて、私の立っていた場所から、階段が踊り場のところまで見えていました。ドアから出た者がいれば、気づかないはずはありません。それがお訊きになりたいことでしたら！」

「お察しのとおりです、お嬢さん。なにかを知っている者がみんな自分にそう話してくれれば、すぐにでも事件の真相を探り出せるのですが」

刑事部長はベッドに近寄って、綿密に調べた。

「ベッドに触れた者はいますか？」

「私の知るかぎりではいません」とトレローニー嬢。「ですが、グラントさんに——家政婦です——訊いてみないと」彼女は言い足して、ベルを鳴らした。当のグラント夫人が現れた。

「入ってちょうだい」トレローニー嬢が言う。「グラントさん、こちらの方々が、ベッドに触れた者がいないかどうか知りたがっているの」

「わたくしは触れておりません、お嬢様」

「それなら」トレローニー嬢はドウ部長刑事に顔を向けた。「誰も触っていないはずです。あれ以降ここにはグラントさんか私がずっといましたし、私が助けを求めたときに駆けつけた使用人はたしか誰一人ベッドには近づいていません。ええ、父は大金庫の前に倒れていて、みんな父のそばに集まっていましたから。そのあとすぐに全員部屋から出してしまいました」

ドウ部長刑事は僕たち全員に部屋の反対側に留まるよう手振りで示すと、寝具の折り目を一つずつ折り返しては、正確に元の位置に注意深く戻しながら、拡大鏡でベッドを調べていった。それがすむと、ベッド脇の床を――重量感のある赤色木材の端正な彫刻が施されたベッドの側面から血が滴り落ちている場所はとりわけ慎重に拡大鏡で確認した。膝をついて、床の血痕に触れないよう細心の注意を払いながら、少しずつトレローニー氏が倒れていた大金庫の前まで血痕をたどっていく。さらに、そこから半径数ヤードに捜査範囲を広げたが、これといって注意を引くものはなかったようだ。そのあと、金庫の前面を――錠の周辺、両開きの扉の下から上まで、特に扉が合わさっている場所は念入りに調べた。

それがすむと、窓のところへ行った。窓は閉まっていて留め金がかかっている。

「鎧戸は閉まっていましたか?」ドウ部長刑事がトレローニー嬢に、否定の返事を予想しているかのように軽い口調で尋ねると、期待どおりの答えが返ってきた。

その間、ウィンチェスター医師は患者を診ていた。手首の傷に包帯を巻き、頭や喉、心臓の真上あたりを丁寧に診察している。一度ならず彼は意識不明の患者の口元に鼻を近づけてにおいを嗅いだ。そのたびに、なにかさがし求めるかのように、なにげなく部屋を見渡した。

そのとき、刑事の深みのある力強い声が響いた。

「どうやら犯人は、トレローニー氏の鍵を金庫の錠に差し込みたかったようです。警察官になる前に一年ほど錠前屋で働いたことがありますが、この錠には自分にも見当のつかない秘密の仕掛けが施されていますね。七個のアルファベットを組み合わせるダイヤル錠ですが、組み合わせにさえロックの方法があるようです。これはチャトウッド社製ですね。会社へ問い合わせて、なにか聞き出してきますよ」

彼は自分の仕事はひとまず終わったというかのように医師の方へ向いた。「現時点でなにか教えてもらえることはありますか、ウィンチェスター先生？　報告書作成の妨げにならない範囲で？　まだはっきりしない点があるならお待ちしますが、この場でなにか確実にわかったことがあれば、それに越したことはありません」

即座にウィンチェスター医師が答えた。

「お待たせする理由はありません。もちろん、詳細な報告書は作成します。ですが、とりあえず、わかったことをすべてお話しします——それほど多くありませんし、はっきりしないことが多いのですが。

患者が意識不明の状態に陥っている原因として、頭部の損傷を疑いましたが、頭部に外傷は見当たりませんでした。従って、薬物を飲まされたか、催眠術をかけられているかだと思われます。私が判断するかぎりでは、薬物ではないでしょう——少なくとも、私が知る薬物でこんな症状が出るものはありません。もっとも、この部屋はいつも強いミイラのにおいがしていますから、かすかなにおいを嗅ぎ分けるのはとても無理です。ええ、エジプトの独特のにおい――瀝青《れきせい》、甘松、香料入りのゴム糊、香辛料など――に気づいておられるはずです。この部屋のどこかに、美術品の中に、より強いにおいにまぎれて、なんらかの薬物か薬液が影響を与えている可能性は否定できません。患者が薬物を摂取して、意識のない状態で自分で傷つけたとも考えられます。まあ、あまりありうることではないですし、私には調べがつかなかった状況から、この推測は見当外れだと立証されるかもしれません。とはいえ、可能性がないわけではありませんから、それが証明されるまで、排除しないほうがよいでしょう」

ここでドウ部長刑事が言葉を挟んだ。

「それはそうかもしれませんが、自分で手首を傷つけたのなら、凶器が見つかるはずです。どこかに血痕のついた凶器が」

「ご指摘のとおりです！」医師は叫んで、議論に備えるかのように眼鏡の位置を直した。「ですが、患者がなじみのない薬物を使用したとして、それは即効性のものではなかったかもしれません。その薬物に我々のまだ知らない作用があるなら――その推測がまったく正しいものなら――あらゆる点を考慮しておかなくては」

トレローニー嬢が会話に加わった。

「薬物の作用が関係しているという点ではおっしゃるとおりだと思います。ですけど、先生の推測では、薬が効いてから父が自分を傷つけたかもしれない、ということになりますね」

「確かに！」刑事と医師が同時に言った。彼女は話を続けた。

「だからといって、先生、あなたが推測なさった可能性がなくなってしまったわけではありません。根本的な考えから派生する別の推理が正しいかもしれませんもの。ですから、この仮定に基づいて、まずは、父の手首を傷つけた凶器をさがすべきだと思うんです」

「ひょっとすると、トレローニー氏は完全に意識を失う前に、凶器を金庫に入れたかもしれませんね」僕は愚かにも、ふと浮かんだ考えをそのまま口にしてしまった。

「それはないでしょう」ウィンチェスター医師がすぐさま反論した。「その可能性はかぎりなく低いと私は思いますよ」慎重に言葉を選んで言い添え、軽く会釈をしてよこした。「なにしろ、左手は血だらけでしたが、金庫に血の跡は一つもついていませんからね」

「おっしゃるとおりだ！」僕は認め、そのあと長い沈黙が流れた。

その沈黙を破ったのはウィンチェスター医師だった。

「この部屋になるべく早く看護師を置くべきでしょう。適任者を知っています。よろしければ、ちょっと呼びに行ってきましょう。私が戻ってくるまで、どなたかぜひ、患者に付き添っていてほしいのですが。のちほど別の部屋へ患者を移動させる必要が出てくるかもしれませんが、それまではここに寝かせておくのがいちばんでしょう。トレローニー嬢、私が戻るまで、あなたかグラントさんがここに残って——いえ、この部屋でなくてもいいのですが、患者の近くにいて、見守っていただけないでしょうか」

トレローニー嬢は返事代わりにうなずき、ソファのそばに座った。医師は自分が屋敷を離れているあいだに父親の意識が戻った場合に備えて、彼女にいくつか指示を出した。

次に動いたのはドラン警視で、彼はドウ部長刑事に近づきながら声をかけた。

「私はそろそろ署に戻ったほうがよさそうだ――その、君がまだしばらく残ってほしいと思うなら別だが」

「ジョニー・ライトはまだ警視の下についていますか?」とドウ部長刑事。

「ああ、いるとも! あいつをつけてほしいのか?」部長刑事がうなずく。「では、手配できしだい、君のもとに行かせよう。好きなだけ手元においてかまわんぞ。ライトには、君の指示にだけ従うよう言っておく」

二人の警察官は連れ立ってドアへと向かい、部長刑事が礼を述べた。

「ありがとうございます。警視はいつだってともに働く部下のことを考えてくださいます。また警視とご一緒できて、これほどうれしいことはありません。自分はスコットランド・ヤードへ戻って、上司に報告してきます。そのあと、チャトウッド社へ問い合わせをしてから、できるだけ速くここへ戻ってこようと思います。

トレローニー嬢、よろしければ、一日か二日ここに泊まりましょうか。この謎が解けるまで、自分がいればなにかお役に立つかもしれませんし、あなたの不安をいくらかやわらげられるかもしれません」

「そうしていただけると本当に心強いですわ」

刑事はつかのま彼女を熱心に見つめたあと、再び口を開いた。

「本部へ戻る前に、お父上のテーブルや机を見せてもらえないでしょうか。なにか手がかり

――あるいは、本件に関連するものがあるかもしれませんから」

彼女の答えは刑事がたじろぐほどきっぱりしていた。

「この恐ろしい災厄から私たちを救ってくださることにつながるなら――父がどうしてこんな目に遭ったのか、どうすればこのあと父を守れるかがわかるなら、どうぞご随意になさってください！」

ただちにドウ部長刑事はドレッシングテーブルを手際よく調べていき、それが終わると、書き物机に取りかかった。引き出しから封がされた手紙を発見する。部長刑事はすぐにその手紙を持って歩み寄ってくると、トレローニー嬢に手渡した。

「手紙――私宛の――それも、父の筆跡だわ！」

彼女は勢い込んで封を開けた。中身に目を通していく彼女の顔を僕は見つめていたが、視界に入っていたドウ部長刑事もどんな表情の動きも見逃すまいと彼女の顔を熱心に観察していた。それに気づいてから、僕は彼に視線を注ぎつづけた。トレローニー嬢が手紙を読み終わったとき、僕はある確信に至ったが、それは心に閉まっておいた。ドウ部長刑事の心の中には、トレローニー嬢に対する疑惑が――はっきりしたものというより、漠然としたものだが――生じていた。

しばらくトレローニー嬢は手にした手紙に目を落としたまま考えていた。もう一度手紙を読み返す。今回は彼女の表情の変化は大きくなっていて、僕にでも楽に心の動きが読めるようだった。最後まで手紙に目を通すと、また彼女はじっと動きを止めた。やがて、気が進まないようではあったが、ドウ部長刑事に手紙を渡した。

彼は待ちわびていたように、だが表情一つ変えずに目を通していった。再度読み直してから、会釈とともに手紙を返した。彼女はほんのしばらく迷っていたが、僕に手渡した。そうしながら彼女は視線を上げて訴えかけるように僕と目を合わせた。たちまち青白かった頬や額が紅色に染まっていった。

複雑な気持ちで僕は手紙を受け取ったが、正直言ってうれしかった。ドウ部長刑事に手紙を渡す際には彼女は少しも動揺を見せていなかった――おそらくほかの誰でも動揺は示さなかったのではないだろうか。それなのに、僕には……。それ以上深く掘り下げて考えるのが怖くて、僕はトレローニー嬢と刑事の痛いほどの視線を感じながら手紙を読んでいった。

愛しい娘へ。この手紙は、おまえにとってもほかの誰にとっても思いがけないことや予想外のことがわしの身に起きた場合の、わしからの指示――絶対的に必要で、変更の余地のないもの――として読んでほしい。わしが病気、事故、もしくは襲撃により突如謎めいた状況で倒れた場合、以下の指示に無条件で従わなければならない。おまえが気づいたとき、わしが自分の寝室にいないのであれば、できるかぎり速やかに寝室へ運ぶこと。たとえ死亡していた場合でも、遺体を寝室に安置のこと。そのあとは、意識を取り戻すか、自分で指示を出せるようになるまで、あるいは埋葬されるまで、一瞬たりとも、わしを一人にはしないこと。日没から日の出までは二人以上の人間が部屋に留まること。正看護師が定期的に訪問して、わしの状態について気づいた点を――変化があってもなくても――記録しておいてくれるとなおよい。わしが死亡した場合は、顧問弁護を頼んであるリンカーンズ・イン二七Bの〈マーヴィン・アンド・ジュークス〉よりすべて指示を受けること。マーヴィン氏本人がわしの要望どおりに事が運ぶのを確認してくれることになっている。愛しい娘よ、おまえには頼れる身内がいないから、すぐに連絡がとれる屋敷に一緒にいてくれるか、夜ごとに寝ずの番をしてくれるか、呼べば聞こえる場所にいてくれると信じられる友人を連れてくるよう助言しておく。そのような友人は男性か女性かわからないが、どちらであれ、性別の異なる看護人か付添人をもう一人加えなければならない。わかってほしいのだが、これはわしの望みの極めて重要な点で、彼らには目が覚めた状態で、男性的な強さと女性らしい知性の両方をわしの目的のために発揮してもらわねばならないのだ。繰り返すが、愛しいマーガレット、どれほど奇妙であっても、見張りとこの指示を守る必要があるということをおまえに強調しておく。わしが病気や怪我をした場合、それは通常の出来事ではない。そして、おまえが完璧に守ってくれることを頼んでおく。

わしの部屋のものは——美術品のことだが——どんな理由であれ、絶対に、何一つ動かしたり移動させたりしてはならない。どれも特別の理由と目的があってその場所に置いてある。だから、一つでも動かしたりすれば、わしの計画がだいなしになってしまうのだ。

金銭的なことや相談事があったら、マーヴィン氏が対応してくれるだろう。彼にはすべて頼んである。

エイベル・トレローニー

僕は本音が出てしまわないよう、口を開く前にもう一度読み返した。友人に選ばれれば僕にとって大きなチャンスかもしれないからだ。苦しい状況に置かれたトレローニー嬢が真っ先に助けを求めてきたことで、すでに期待を抱いていた。だが、恋は人の目を曇らせるというではないか。僕はそれを恐れた。

頭が凄まじい速さで働き、たちまちのうちに一連の論理的思考が答えをはじき出した。父親が娘に助言した寝ずの番をする彼女を支える友人に自分から手を挙げるべきではない。とはいえ、僕に向けられた彼女の目には無視するべきではないものが込められていた。だいいち、助けを必要としたときに、僕に――舞踏会で出会って、そのあと川でささやかな午後を過ごしただけの赤の他人に――使いをよこしたのは彼女ではなかったのか。そんな彼女に二度も頼ませるのは屈辱を与えることにならないだろうか。彼女に屈辱を与える！　絶対にだめだ。そんな苦痛を味わわせてはならない。彼女が断るぶんには、恥をかかせることにはならないだろう。そこで、僕は彼女に手紙を返しながら言った。

「トレローニー嬢、厚かましいお願いをしても、君は大目に見てくれるとわかっているが、寝ずの番に協力させてくれるなら光栄だ。状況は残念なものだが、この申し出を受けてもらえるなら、僕は望外の喜びだよ」

彼女はなんとか自分を抑えようと必死に頑張っていたが、首から顔にかけて真っ赤に染まった。目は潤んでさえいて、赤みが引くと、青白い頬と実に好対照だった。彼女は小さな声で答えた。

「そうしてもらえたら、これほどありがたいことはないわ！」そのあと彼女は付け足した。「でも、私のわがままに付き合ってくれることはないのよ！　あなたはたくさんお仕事を抱えてらっしゃるでしょう。お申し出はうれしいのだけど――本当に――あなたの時間を独り占めするわけにはいかないわ」

「その点なら」僕はすかさず答えた。「心配無用だよ。今日の仕事の予定は楽に調整できるから、午後にここへ来て、朝まで留まれる。そのあと、まだ必要な状況だったら、そうだね、スケジュールを組み直して、自由に使える時間をさらに増やそう」

トレローニー嬢はいたく感激した。目から涙があふれんばかりになって顔をそむける。ドウ部長刑事が口を挟んだ。

「あなたがここにいてくださると助かりますよ、ロスさん。トレローニー嬢が許してくれましたから、あとはスコットランド・ヤードの連中が認めれば、自分も屋敷に泊まります。トレローニー氏の手紙ですべて状況が変わりそうです。ですが、謎はいっそう深まりましたね。一、二時間待っていただけるなら、本部へ行ったあと金庫の製造元へ寄ってきます。その足でここへ戻ってきましょう。自分が屋敷にいれば、あなたもより安心してこの場を離れられるでしょう」

部長刑事が出ていくと、トレローニー嬢と僕は沈黙の中に取り残された。そのうち、彼女が視線を上げてちらりと僕を見た。それで、なにがあっても僕はその場から離れないことにした。彼女はしばらく父親のベッド代わりのソファ脇で立ち働いていたが、自分が戻るまで父親から目を離さないでほしいと僕に頼むと、足早に部屋を出ていった。

すぐにトレローニー嬢は、グラント夫人と二人のメイド、鉄パイプ製のベッドの外枠と備品を持った男の使用人二人を連れて戻ってきた。組み立ててベッドを完成させると、使用人たちは部屋を下がっていった。トレローニー嬢が口を開いた。

「ウィンチェスター先生が戻ってきたときになにもかも整っていたほうがいいでしょう。きっと父をベッドに寝かせたいと思うだろうし、ちゃんとしたベッドのほうが父にとってもソファよりいいわ」彼女は椅子を新しいベッドのそばに持っていき、父親を見やりながら腰を下ろした。

僕は部屋を動き回って、目にしたことを正確に手帳に書き付けていった。実際のところ、部屋にはどんな人間でも興味をかきたてられる品々が豊富にあった——奇妙さという点では、トレローニー氏の事件に負けてはいたが。部屋は調度品の整った寝室にふさわしい家具類を除けば、主にエジプトのすばらしい美術品であふれていた。部屋がとても広々としているため、大型のものも数多く置かれており、部屋のかなりの面積を占領していた。

僕がまだ部屋を調べているあいだに、屋敷の外に敷かれた砂利を車輪が踏む音が聞こえた。玄関で呼び鈴が鳴ったあと、しばらくして部屋のドアがノックされ、「どうぞ!」と返事をすると、ウィンチェスター医師が黒い看護師姿の若い女性を伴って入ってきた。

「運がよかったですよ!」医師は言いながら奥へ進んできた。「すぐに彼女が見つかって、しかも手が空いていたんです。トレローニー嬢、こちらは看護師のケネディ君です!」

第三章　見張り番

僕は二人の若い女性が互いに相手を見る様子に強い印象を受けた。どうやら僕には、目にした相手の特徴をこっそりと比較して、無意識の動きや立ち居振る舞いから判断する習慣が、すっかり身についていているようだ。しかも、裁判所の中だけでなく仕事をしていないときでも。

今この瞬間は、トレローニー嬢が興味を持ったものに僕も好奇心をかきたてられていた。彼女がこの新たな来訪者に感銘を受けていたとき、僕も知らず知らずのうちに相手を値踏みしていた。二人を比べることで、かえってトレローニー嬢について初めて気づいたこともあるように思えた。ともかく二人は対照的だった。

トレローニー嬢はスタイルがよく、黒っぽい髪で、端整な顔立ち。大きく、ぱっちりとして、ヴェルヴェットのように黒くやわらかく、神秘的な深みをたたえたすばらしい目をしている。その瞳をのぞき込むのは、エリザベス一世に重用された数学者であり錬金術師だったディー博士が魔術的な儀式で使う黒い鏡を見つめるようなものだ。川へピクニックに行ったとき、偉大な東洋の旅行者だった年配の紳士が、トレローニー嬢の瞳の魅力を「夜に開いたドアから遙か彼方のモスクのランプを見つめるようだ」と表現したのを耳にしていた。眉は独特で、美しく弧を描き、豊かで長めの毛はカールがかかっている。深みのあるたぐいまれな目の上にかかるのにふさわしく造形されているような感じだ。

髪も黒だが、シルクのように細い。たいていの黒髪は動物の毛のようにこしがあって、力強い自然のたくましさの表れであるかのような印象がある。だが彼女の髪の場合はまったくちがっていた。そこにあるのは気品と育ちのよさで、だからといって弱々しい感じではなく、そこにあるのがどんな力の感覚であれ、野性的というよりは精神的なものだった。彼女を形作っている調和は完璧に思えた。身のこなし、姿、髪、目。さまざまな表情が浮かぶふっくらとした唇は血の色をおび、そこからのぞく白い歯は顔の下半分の印象を明るくしている――それは上半分の目にもいえることだ。顎から耳にかけてのライン、長く優美な指、感情を持っているかのような、手首から指先の動き。こうした一つとして欠ける点のないことが、その気品、愛らしさ、美しさ、魅力のすべてをひとりで具える個性を作り上げていた。

一方のケネディ看護師は、平均的な女性より小柄だった。彼女はがっしりとした体格で手足が長く、幅があって力強い有能な手をしていた。彼女の色は全体的な印象でいうと秋の木の葉だった。黄褐色の髪はたっぷりとして長く、金茶色の瞳はきらめき、日焼けした肌にはそばかすが散っている。血色のよい頬が豊かな茶色の印象をまとめていた。そして、紅い唇と白い歯はその印象を崩すどころか、かえって強調していた。彼女は獅子鼻――この点は間違いようがない――だったが、こうした鼻の持ち主はたいていおおらかで、根気強く、気立てがよい。そばかすひとつない白い額は広く、強い気持ちと良識にあふれていた。

ウィンチェスター医師は病院から屋敷までの移動中に、ケネディ看護師に指示を与えていたため、彼女は一言も発することなく患者の世話を担当し、仕事に取りかかった。組み立てられたばかりのベッドの状態を確認して枕を整え、医師に声をかける。彼の号令のもと、僕たちは四人で意識のないトレローニー氏を囲み、ソファから持ち上げた。

午後の早い時間にドウ部長刑事が戻ってくると、僕はジャーミン街の自分の部屋へいったん帰って、数日分の着替えや本や書類を屋敷へ送らせた。そのあと、法律関係の所用があったので裁判所へ向かった。

裁判所で重要な案件が終わったときにはすっかり遅い時間になっていた。ケンジントン・パレス・ロードの門を通っていたときに六時の鐘が鳴っていた。気がつくと屋敷に着いていて、僕用に用意されたトレローニー氏の寝室そばにある広い部屋に案内されていた。

その夜、僕たちはまだ見張りの分担を決めていなかったので、夜の早いうちは適当にトレローニー氏のそばについていた。日中ずっと付き添っていたケネディ看護師は休んでおり、午後十時にまた番をすることになっていた。夕食に呼ばれるまでトレローニー氏の部屋にいたウィンチェスター医師は屋敷で夕食を摂った。そして食後はすぐに病室へ戻った。夕食時はグラント夫人が、トレローニー氏の部屋やその近辺にあるものについて詳しい調査をすませたがっていたドウ部長刑事に付き合い、病室に残っていた。

午後九時になると、トレローニー嬢と僕は医師と交代するために部屋へ向かった。彼女は夜に備えて午後の数時間を横になり、元気を取り戻していた。今夜は少なくともずっと起きて見張りに当たるつもりだと言う。決心が固いことを悟った僕は、思いとどまらせようとはしなかった。その場ですぐに、僕も彼女と寝ずの番をすることにした――もちろん、彼女にいやがる様子がなければの話だ。とりあえず今はまだ、自分の考えは黙っておいた。

僕たちは足音も立てずに静かに病室に入った。ベッドの上に身をかがめていたウィンチェスター医師は気づかず、顔を上げたときに、自分を見つめている僕たちを目にして、いささかぎょっとしたようだった。いっさいの状況が謎めいているせいで、彼が神経質になっているのが感じられた。いや、彼だけではない。すでに不安を覚えている者はほかにもいた。医師はぎょっとした自分に少しいらだったらしい。自分が決まり悪さを感じているとは思われたくないかのように、たちまち口早にしゃべりはじめた。

「この意識不明の症状を説明できる原因がわからなくてほとほと困っているんです。知るかぎりの方法であらためて精査をしてみましたが、やはり脳への損傷は認められませんでした。つまり、原因に結びつく外傷はどこにもないということです。内臓なども損なわれていないようです。何度か食べ物を口に入れてみたところ、明らかにいい方向へ進んでいます。呼吸が力強く、規則正しくなり、脈拍も今朝に比べて落ち着き、しっかりしてきました。薬物が用いられた証拠は発見できていませんし、トレローニー氏の状態に、神経病最先端、パリのシャルコン病院で目にした催眠状態の事例と共通する点も見受けられません。また、これらの傷ですが――」

医師はベッドカバーの外に出ている包帯が巻かれた手首にそっと指で触れた。

「どのようにしてついたものかわかりません。梳綿機《そめんき》ということも考えられますが、可能性は低いですね。仮定の域を出ませんが、野生動物の可能性もないわけではありません。入念に爪を鋭く尖らせていればの話ですが。まあ、ありえませんね。ところで、お屋敷では変わったペットを飼ってらっしゃいますか？　オオヤマネコとかそういった珍しいたぐいの？」

トレローニー嬢が悲しげに微笑んで、僕は胸が痛くなった。

「飼ってませんわ！　父は家の中に動物がいるのを好まないんです、剥製やミイラになっていれば別ですけど」彼女の声には苦々しさ——それとも妬ましさだろうか——がこもっていた。「私のかわいそうな子猫でさえ、黙認という形で家に置くのを許されただけですから。世界一愛らしくて行儀のいい子ですけど、今は仮に飼っているようなもの。この部屋は立ち入り禁止です」

トレローニー嬢が話しているときに、ドアの把手を動かすかすかな音が聞こえた。彼女はたちまち顔を輝かせ、ぱっと立ち上がってドアのところへ行った。

「ほら、あの子ですわ！　私のシルヴィオ」

その雄猫は後足で立って中に入れてくれとばかりに把手を動かしていた。トレローニー嬢が大きくドアを開けて、赤ん坊にしゃべりかけるように猫に話しかける。

「そばにいたかったの？　だったらいらっしゃい。でも、一緒にいないとだめよ！」トレローニー嬢は猫を抱き上げると、腕に抱いて戻ってきた。

シルヴィオは息をのむほど美しかった。シルクのような長い毛並みのグレーのペルシャ猫。穏やかだが気品を感じさせる堂々とした生き物で、その前足は床につくとぐっと広がった。トレローニー嬢が撫でているうちにシルヴィオはウナギのように身をくねらせて彼女の腕の中から出てしまった。部屋を突っきって動物のミイラが載っている低いテーブルの前で立ち上がると、鳴いたりうなったりしはじめる。トレローニー嬢は慌ててあとを追って抱き上げたが、猫は逃れようとして足を蹴り、もがいて身をよじった。それでも、明らかに麗しい飼い主を愛しているようで、噛んだり、引っ掻いたりはしなかった。腕に抱かれると、すぐに鳴くのをやめた。トレローニー嬢がささやき声でたしなめる。

「いけない子ね！　ママとの約束を破ったでしょう。さあ、みなさんにおやすみなさいを言って、ママの部屋に行くのよ！」

トレローニー嬢は猫の前足を僕のほうに伸ばさせ、僕はその前足をとって握手をしながら、その大きさと美しさに感嘆せずにいられなかった。

「すごいな。シルヴィオの前足は鉤爪の生えた小さなボクシング用グローブみたいだ」

トレローニー嬢がにっこりとした。

「ええ、そうでしょう。ねえ、気づいたかしら、この子には指が七本あるの！」

そういって、シルヴィオの前足を広げる。確かに繊細できれいな貝殻に覆われたような鉤爪が七本あった。僕が優しく撫でると鉤爪が現れ、そのうちの一本がたまたま——シルヴィオは怒ったわけではなく、満足そうに喉を鳴らしていた——僕の手を傷つけた。反射的に僕は手を引っ込めた。

「シルヴィオの爪は剃刀みたいだね！」

僕たちのそばにやってきてシルヴィオの鉤爪をのぞき込んでいたウィンチェスター医師が、僕の言葉にかぶせるように鋭く言った。

「なるほど！」医師がはっと息を吸ったのが聞こえた。今はおとなしくしている猫を僕が撫でていると、彼はテーブルのところへ行って、便箋から吸い取り紙をはぎ取って戻ってきた。紙を自分のてのひらに載せると、「失礼！」とトレローニー嬢に断ってから、猫の前足を紙に当て、もう一方の手で紙に押しつける。誇り高い猫はそのなれなれしさに憤慨したようで、足を引っ込めようとした。これこそが医師の狙いで、猫は鉤爪を出してやわらかな紙に七本の傷をつけた。すぐさまトレローニー嬢がペットを連れて部屋を出ていった。しばらくして戻ってきた彼女は、こちらに歩いてきながら言った。

「あのミイラのことは奇妙でなりません！　初めてシルヴィオがこの部屋に入ったとき——もちろん、私があの子を父に見せるためにですけど——さっきとまったく同じ行動をとったんです。テーブルに飛び乗って、ミイラを引っ掻いて噛もうとしました。それに腹を立てた父が、かわいそうなシルヴィオを捨ててくるよう命じたんです。ただ、条件付きで屋敷に残すことを許してくれましたけど」

トレローニー嬢が部屋を出ていたあいだに、ウィンチェスター医師はトレローニー氏の手首から包帯をほどいていた。間隔の空いた痛々しい赤い傷痕が、今ははっきりと見えている。医師は吸い取り紙をたたんで、猫の鉤爪がつけた引っ掻き傷と手首の傷痕を比べた。彼は得意然として顔を上げ、僕たちを招き寄せた。

紙につけられた引っ掻き傷と手首の傷痕は一致したのだ！　説明するまでもなかった。

「どうやらシルヴィオ君は約束を守らなかったようですね！」

僕たちは一様に沈黙したが、すぐにトレローニー嬢が反論した。

「でも、ゆうべシルヴィオはここにいませんでしたわ！」

「確かですか？　間違いないと証明できるんですか？」

彼女は一瞬言葉に詰まったあと、答えた。

「間違いはありません。でも、残念ながらそれを証明するのは難しいですわ。シルヴィオは私の部屋にある寝床のバスケットの中で眠っていました。ゆうべ、私が自分であの子をそこに入れたんです。小さなブランケットをかけて、身体のまわりにたくし込んでやったことをはっきりと覚えています。今朝は私がバスケットから出しました。この部屋にいたことはまったく気づきませんでした。もっとも、だからといってたいした意味はありませんけど。かわいそうな父のことが心配でたまりませんでしたし、父のことで頭がいっぱいで、シルヴィオがいたとしても気にもとめなかったでしょうから」

ウィンチェスター医師は首を振って、いくぶん悲しげに言った。

「いずれにしても、今となってはなにかを立証しようとしても意味はないでしょう。これだけの時間が経っていれば、世界のどんな猫も前足についた血痕を――実際についていたなら――百回は舐めてきれいにしてしまっているでしょうから」

またしてもみな沈黙してしまい、今度もその沈黙を破ったのはトレローニー嬢だった。

「でも、よく考えてみれば、父を傷つけたのがシルヴィオのはずはないわ。最初に物音を聞いたとき、私の部屋のドアは閉まっていましたから。それに、父の部屋のドアも閉まっていました。私はドアの外で耳をそばだてていたんですもの。室内に入ったときには、父はすでに傷ついていましたから、シルヴィオが入り込めたとしても、その前に怪我をしたことになります」見事な論法だった。とりわけ、法廷弁護士として、これなら陪審員も納得するだろうと思った。僕はシルヴィオのせいではないことに心からほっとした。おそらくそれは、シルヴィオがトレローニー嬢の猫で、彼女に愛されているからだろう。なんと幸運な猫なのか！　シルヴィオの女主人は見た目にもはっきりとうれしそうだったので、僕は言った。

「評決は〝無罪〟です！」

ウィンチェスター医師はややあってから口を開いた。

「この件については、シルヴィオ君に謝ります。でもまだ、どうしてシルヴィオ君があれほどミイラに反応するのかが引っかかっています。屋敷にあるほかのミイラにも同じように反応するのですか？　ずいぶんあるようですが。ここへ来たとき、廊下に三体ありましたね」

「ミイラだらけですわ」とトレローニー嬢。「個人の屋敷なのか大英博物館なのかわからなくなることがあるくらい。でも、シルヴィオはほかのどれでもなく、あれにだけ関心を示すんです。きっと男性のでも女性のでもなく、動物のミイラだからじゃないかしら」

「猫かもしれませんね！」ウィンチェスター医師は立ち上がると、部屋を横切っていき、ミイラを間近で観察した。「やっぱり。猫のミイラですよ。それも状態が極めて良好な。とても特別な人物がことさらかわいがっていたからこそ、ミイラとなる栄誉に浴したのでしょう。ほら！

彩色が施された棺に黒曜石の目――人間のミイラの場合とそっくりです。これまで知られているたぐいのものからいって、並のものではありませんね。ここに四千年か五千年前の猫の死骸がある――そして別世界とも言える世界で、異なる品種のもう一匹の猫が、あたかもそれが死んでいないかのように攻撃しようとしている。トレローニー嬢、よろしければ、その猫にちょっとした実験をしてみたいのですが」

彼女はためらいを見せたあと、答えた。

「どうぞ、必要と思われることや有益だと思われることなら、なんでもなさってください。シルヴィオが傷ついたり、怯えたりしないことならいいのですけど」

医師は微笑んで言った。

「いえいえ、シルヴィオ君は大丈夫だと思いますよ。私が同情するのは別の猫のほうですから」

「どういうことですの?」

「シルヴィオ君は攻撃するほうで、襲われるのは別の猫のほうですからね」

「襲われるのですか?」トレローニー嬢の口調はつらそうだった。医師の笑みが大きくなった。

「そう深刻に考えないでください。相手は我々が思うようには痛めつけられたりしませんよ、構造と外側は別かもしれませんが」

「いったいどういう意味です?」

「単純なことです。相手はこれと同じような猫のミイラだということです。きっとミュージアム・ストリートにならたくさんあるでしょう。この猫のミイラの代わりに、一つ買ってきてここに置いてみようと思います——一時的とはいえ、入れ替えることがお父上の指示に反するとあなたがお考えにならなければよいのですが。まずは、シルヴィオ君が猫のミイラすべてに反応するのか、この特別なミイラにだけなのかを突き止めましょう」

「どうかしら」トレローニー嬢は自信なげに言った。「父の指示は厳格なものに感じましたけれど」少し間があったあと、言葉を続けた。「でも、状況が状況ですし、結局は父のためになることですもの、するしかありませんわね。猫のミイラについてはなにか特別なものがあるとも思えませんし」

ウィンチェスター医師はなにも言わなかった。身じろぎ一つせずに座ったまま、しかつめらしい顔にいっそう深刻な表情を浮かべて僕を見る。その不安そうな様子に、僕はもはやすっかり深くかかわってしまったこの件の、かつて経験したことがないほどの奇妙さを痛感しはじめた。そして意識したとたん、そのことが頭から離れなくなった。それどころか、しだいに成長し、発展していって、次から次へといろいろな考えが浮かんでくる。その部屋と室内にあるすべてのもののせいだ。数えきれないほどの古代の遺物があるせいで、つい風変わりな土地や時代に思いを馳せてしまうのだ。

部屋にはミイラや、ミイラに付随する品物があふれているせいで、瀝青や香辛料やゴム糊の過去を思い起こさせるにおい——ジョン・ミルトンの詩を引き合いに出すなら〝甘松と桂皮の心地よい香り〟となるが——が染みついてしまっているようだった。言うまでもなく、室内にほとんど明かりはなく、慎重に光を遮っているため、詩に形容されるまぶしい輝きはどこにもなかったが。そうした直接的な光はそれ自体が力または本質として現れ、交わることもない。部屋は広く、広さに見合う高さもあった。この広々とした部屋には、普通の寝室には見られないさまざまなものが置かれていた。部屋の隅には、薄気味悪い形の影があった。一度ならず、僕はあまたの死や過去の存在にとらえられている感じがして、あたかもなにか奇妙な人物か作用が存在するかのように、気がつくと不安に駆られてあたりを見回していた。

そういったときには、ウィンチェスター医師とトレローニー嬢がそこにいてさえ、心からの慰めや安堵にはならなかった。新たな人物としてケネディ看護師が入ってくるのを目にしたとたん、明らかにほっとするものを覚えた。実務的で、自立していて、有能な若い女性が、僕がしていたような突飛な想像に対して安全な要素を加えてくれたのは間違いなかった。ケネディ看護師には良識があり、まるでそれが発散されているかのごとく彼女の周囲に満ちているようだった。

そのときまで、僕は怪我人のそばで空想にふけっていた。それでついに、彼に関するすべてに、僕も含めて、関与することになるか、巻き込まれるか、頭がいっぱいになるかして……。だが、ケネディ看護師が来たことで、トレローニー氏はもとの患者としての立場に、部屋は病室に戻り、影はその恐怖を抱かせる性質を失った。唯一残ったのは、嗅ぎ慣れないエジプトのにおいだった。

ミイラをガラスケースに入れて密封すれば、空気による腐食を防げると同時に、そのにおいも封じられるのに。四千年も五千年も経っているのだから、もう嗅覚を刺激することはないと考える人もいるかもしれないが、実際のところ、なぜかはわからないが、においは残っている。ミイラ職人が脱水処理のために遺体を炭酸ナトリウム水溶液に浸けたときと同じ、それは今もって謎で……

たちまち僕は座り直した。すっかり空想にふけってしまっていた。エジプトのにおいが心に――記憶に――ことのほか精神に影響していたようだ。

そのとき、ある考えがひらめくように頭に浮かんだ。僕がこのにおいに影響されたように、トレローニー氏も影響を受けたのではないだろうか。彼は人生の半分かそれ以上をああいった空気の中で過ごしてきたから、実に徐々にではあるが、確実になにかが身体の内部へ浸透していき、ついにそれが量――あるいは強さから生まれた新たな力を持って……

僕はまたしても夢想にはまりはじめていた。こんなことではいけない。起きていられるように、あるいはこんな想像に夢中にならないよう予防策をとらなくては。昨夜は普段の半分ほどしか眠っていないし、今夜は一晩中起きていなくてはならないのだ。僕はトレローニー嬢によけいな不安や心配をかけるかもしれないと思って、なんのために出かけるのか伝えないまま、階下へ降りて屋敷を出た。

すぐに薬局が見つかったので、マスクを一つ購入した。トレローニー氏の部屋に戻ったのは午後十時。ウィンチェスター医師が夜の往診に出かける時間だった。ケネディ看護師が病室のドアのそばで医師から最後の指示を受けている。トレローニー嬢はベッドのそばに静かに座っていた。医師と入れ替わりに入ってきたドウ部長刑事は、少し離れたところにいた。

ケネディ看護師が合流すると、僕たちは彼女が午前二時まで見張りにつき、そのあとトレローニー嬢と交代するということを決めた。こうしておけば、トレローニー氏の指示どおり、部屋には常に男女一人ずつはいることになるし、それぞれが時間帯が重なることで、なにがあったか――なにかがあった場合――を話さなくても、新しいペアが見張りにつける。僕は午前零時少し前に呼びに来てくれるよう使用人に頼み、自分にあてがわれた部屋でソファに横たわった。すぐに眠りに落ちた。

目が覚めたとき、僕はぼんやりしていて、自分が誰でどこにいるのか理解するのに少しかかった。短い時間とはいえ眠ったことで疲れがとれ、仮眠をとる前よりも自分を取り巻く状況についてもっと現実的な物の見方ができるようになった。顔を洗って、すっきりした気分で病室へ入る。僕はほとんど物音を立てなかった。ケネディ看護師はベッドのそばに座って、静かに注意を払っていた。ドウ部長刑事は深い陰になっている部屋の奥で肘掛け椅子に腰をかけている。近づいていっても彼は微動だにしなかったが、僕がすぐ目の前まで行くと、くぐもった声でぼそぼそと言った。

「大丈夫ですよ。眠ったりしていません！」

言うまでもないことだが、僕は――今に始まったことではないが、ひょっとして嘘ではないかと内心で疑っていた。交代の時間だと告げて、六時に呼びにやるまでベッドで休むよう言うと、彼はほっとした様子でさっと立ち上がった。ドアのところまで行ったものの戻ってきて、僕にささやいた。

「軽く眠ってきますが、拳銃は携帯したままにします。このミイラのにおいから解放されたら、頭の重さも少しはとれそうですよ」

やはり、ドウ部長刑事も僕と同じように眠気に襲われていたのだ！

僕は看護師になにか欲しいものはないか尋ねた。ふと目をやると、膝の上で気付け薬を手にしていた。おそらく彼女も、僕を蝕んだ影響力をいくらか感じたのだ。ケネディ看護師は特に欲しいものはないが、なにか必要なときは僕に伝えると答えた。マスクのことを知られたくなかった僕は、彼女が背を向けている光が届かない椅子のところへ行った。そこでこっそりとマスクをつけ、椅子にゆったりと腰を下ろした。

長い時間に思えるあいだ、僕はじっとしたまま物思いにふけった。前の晩や昼間の経験から半ば予想していたことではあったが、とりとめのない考えが次から次へと浮かんできた。気がつくと、またエジプトのにおいのことを考えていた。だが前回と違って影響がないことに、ぞくぞくするような満足感を覚えた。マスクは効き目があったのだ。

きっと肉体が眠っているときに生じる心をかき乱す考えを遮っているにちがいない。とはいえ、自分が眠っていたのか起きていたのか本当のところは覚えていないから、僕が目にした光景は──夢かどうか定かではないのだ。

僕は相変わらずトレローニー氏の部屋にいて、椅子に座っていた。マスクをつけていたが、呼吸は楽にできていた。看護師はこちらに背中を向けて座っている。彼女は身じろぎ一つしなかった。患者は死んだように横たわっている。現実の光景というよりも絵画のような感じだった。動くものはなく、静かなままの状態が続いている。外では、遠く町の音──ときおり通りに響く車輪の音、酔っ払いの怒鳴り声、遙か彼方でこだまする汽笛と列車の音──が聞こえていた。明かりはとても絞られていて、緑色のシェードがかかったランプが下に投げかける光は、照らすというより闇をわずかに退けているにすぎなかった。ランプシェードのシルクの房飾りは、月明かりのもとでかろうじてエメラルドグリーンだと見分けられる。さまざまな考えが渦巻く中で、あらゆる現実のものが影になったかのようで——その影が動いて、ぼんやりと見える高窓をよぎったように思えた。影には感覚があった。音が聞こえたような気さえした。かすかな猫の鳴き声がして——衣擦れの音と、金属が軽く触れ合う硬質の音がしたように思ったのだ。僕は忘我の境地に陥った者のようにそこに座っていた。そして、悪夢によくあるように、自分は今眠っていて、眠りに落ちた時点で自分の意思というものが奪われてしまったのだとようやく気付いた。

たちまち、あらゆる感覚が目覚めた。甲高い悲鳴が耳を貫く。部屋はいっきにまばゆいばかりの光で満たされた。銃声が一発、二発と聞こえ、あたりに白い煙が立ちこめる。目の焦点が合うようになったとき、目の前の光景に、僕も恐怖のあまり悲鳴をあげていた。

第四章　二度目の襲撃

僕の目に飛び込んできた光景は、夢の中でさらにはっきりとした現実感を伴う夢を見たような恐怖に満ちていた。部屋は最後に見たときと同じだったが、そこかしこに点けられた明かりで影めいたものは消え、なにもかもが無味乾燥なまでに確固とした現実のものとしてその場にあった。

空っぽのベッドのそばにはケネディ看護師が、最後に見たときと同様、肘掛け椅子に姿勢よく座っていた。背筋が伸びるよう椅子と腰のあいだにクッションを置いていたが、首が発作を起こした強硬症《カタレプシー》患者のようにこわばっている。彼女はまさに石像と化したかのようだった。顔には、不安も恐怖も――そうした状況なら当然見られるはずの表情が浮かんでいない。目にも、驚きも興味も表れてはいなかった。単にそこにいるというだけの存在で、身体は温かく、呼吸をして、落ち着いた状態にあったが、周囲に対しては完全に感覚を閉ざしている。

寝具は折り返されず、患者が引き出されたかのように乱れていた。シーツの上部の端は床に垂れ下がり、そのそばにウィンチェスター医師がトレローニー氏の手首の傷に巻いた包帯が落ちている。患者がどこに倒れているのか示すかのように、ほかにも包帯が床に落ちていた。トレローニー氏は前夜とほぼ同じ、大金庫の前で見つかった。今回も左腕が金庫の方に伸びている。

だが、小さな鍵のついたブレスレットの近くの腕が切られているという、新たな暴行の形跡があった。重いククリ刀――木の葉形の広刃のナイフで、ネパールのグルカ族など山岳民族が用いる強力な武器――が壁に掛けてあった場所から外され、本来の目的のために使用されたのだ。襲われたときに抵抗したらしく、刃は肉に打ち付けられることなく、刃先が当たっただけのようだった。それでも、腕の外側がざっくりと切られて、血が流れ出ている。そのうえ、前夜つけられた前腕の傷の周囲がひどく切り裂かれて、そのうちの一箇所からも血が噴き出していた。

父親のそばにひざまずいているトレローニー嬢の、白いナイトドレスの膝のあたりは血まみれだった。部屋の中央にはドウ部長刑事が、シャツにズボン、靴下を身につけただけの姿で、どこかぼんやりとした機械的な手つきで拳銃に新しい弾をこめている。目が赤く充血して腫れぼったく、まだ目覚めきっていなくて、あたりの状況がはっきりつかめていないようだった。使用人が何人か、明かりを手に戸口のところに集まっていた。

僕が椅子から立ち上がって歩いていくと、トレローニー嬢がこちらに視線を向けた。とたんに、悲鳴をあげて立ち上がり、僕を指さす。ゆったりとした白いナイトドレスは真っ赤に染まり、血だまりの中に立ち尽くす彼女の脚から裸足の足へと血が伝い墜ちていく光景は決して忘れられないだろう。

僕の眠りはほんの浅いものだったにちがいない。トレローニー氏とケネディ看護師に——ドウ部長刑事にも少し——作用したものがなんであれ、僕には及んでいなかった。マスクは目の前で繰り広げられた悲劇を防ぐことはできなかったものの、役には立ったのだ。今ならわかるが——いや、当時もわかっていたが——みなはすでに奇怪な状況に震え上がっていたのに、僕の姿がそれに輪をかけていた。口と鼻を覆うマスクをつけたままで、髪は寝乱れてくしゃくしゃ。恐怖におののく一同の前へ、突然、こんな半ば顔が隠れて髪が逆立った姿で出ていった僕は、いろいろな種類の明かりに照らし出されて、それは恐ろしく見えたにちがいない。すぐにそのことに気づいてよかった。おかげで、新たな惨事を招かずにすんだからだ。

寝ぼけ眼《まなこ》で機械的に弾を込めていたドウ部長刑事が、僕を撃とうと拳銃を上げたとき、僕は間一髪でマスクをむしりとって、「撃つな！」と叫んだ。刑事は僕の言葉にも機械のように反応した。赤く眠たげな目にはそのときでさえも、意識して行動していることが表れていなかった。それでも、危険は回避できた。おかしなもので、ごくありふれた行動が緊張を解くきっかけとなった。グラント夫人は若い女主人がナイトドレスを着ただけの姿だと見て取ると、ドレッシングガウンをとってきて令嬢の肩にかけた。このささやかな行動で、みな我に返った。大きく息を吸うと、誰も彼もがトレローニー氏の腕から流れる血を止めようとやっきになったように思えた。止血のことで頭がいっぱいだったときでさえ、僕は喜びを覚えていた。なにしろ、血が流れているということはトレローニー氏がまだ生きている証拠だったからだ。

昨夜学んだことが役に立った。その場にいた何人もがこうした緊急事態にどう対処すればいいかわかっていて、あっという間に止血帯を手にしていた。一人がウィンチェスター医師を呼びに行き、用のない使用人は適切に姿を消していた。僕たちはトレローニー氏を持ち上げて昨日と同じくソファに寝かせ、できるだけのことをしたあと、ケネディ看護師に注意を向けた。大騒ぎになっているにもかかわらず、彼女は微動だにしていなかった。依然として椅子に姿勢よく座り、静かに自然な呼吸をし、穏やかな笑みを浮かべている。医師が来ないことにはどうしようもなく、僕たちはこの部屋でなにがあったのかを考えはじめた。

グラント夫人は女主人を部屋から連れ出し、血で汚れたナイトドレスを着替えさせていた。戻ってきたトレローニー嬢はドレッシングガウンを羽織り、スリッパをはいていて、血だらけだった両手はきれいになっていた。ずいぶん落ち着きを取り戻していたものの、悲しげに身を震わせ、顔は青ざめていた。僕が止血帯を巻いていた父親の手首に目をやったあと、部屋にいる者に一人ずつ視線を向けていったが、どこにも慰めは見いだせなかったようだ。なにをすればよいのか、誰を頼ればよいのかわからない様子だったので、彼女を安心させようと僕は声をかけた。

「僕ならもう大丈夫だよ、うとうとしていただけだから」

トレローニー嬢は感情を抑えた声で低く言い返した。

「うとうとしていたですって！　あなたって人は！　父が危険にさらされていたときに！　寝ずの番をしていたのではなかったの！」

非難の言葉に僕は良心が痛んだが、本心から彼女の力になりたいと願っていたので、言葉を継いだ。

「まどろんでいただけだよ。非難されて当然だとわかっているが、この部屋にはなにか目に見えている以上のものがあるんだ。一定の予防措置をとっていなければ、僕だってケネディさんと同じ目に遭っていたかもしれない」

トレローニー嬢は、彩色された像のように背筋をすっと伸ばして座っている看護師の不自然な姿にさっと目をやって、表情をやわらげ、いつもの礼儀正しい態度で言った。

「ごめんなさい！　不作法な真似をするつもりはなかったの。ただ、ひどく取り乱していて不安でたまらなくて、どう言っていいかわからなかったの。もう恐ろしくて！　またおかしな、怖い、わけのわからないことが起こるんじゃないかといつもびくびくしているの」

トレローニー嬢の言葉は胸に深く突き刺さり、僕は心の底から言った。

「僕のことなら気にしないで！　自業自得だよ。見張り番だったのに眠ってしまったのだから。

僕に言えるのは、眠るつもりはなかったし、起きていようと努力もしたが、いつの間にか睡魔に打ち負かされていたということだけだ。いずれにしても、過ぎたことで、過去は変えられない。もしかすると、いつかすべてを解明できるときが来るかもしれないが、ひとまず今は、なにが起こったのか考えてみることにしましょう。君が覚えていることを話して！」

思い出そうとしたため元気が出たのか、彼女は先ほどより落ち着いて話をした。

「眠っていたとき、突然、また父が重大な危機に瀕しているという恐怖で目が覚めたの。ベッドから飛び起きて、父の部屋に駆け込んだ。ほとんど見えないくらい暗かったけれど、開け放していたドアから明かりが入っていて、前の晩と同じく寝間着姿の父が金庫の前に横たわっているのがわかった。そのあと、私はすっかり取り乱してしまったにちがいないわ」

彼女は言葉を切って身を震わせた。ふとドウ部長刑事に目をやると、彼はまだ拳銃を手持ちぶさたにもてあそんでいる。僕は止血帯を巻くことに意識を戻して、静かに言った。

「では、教えてくれないか、ドウ部長刑事。なにを撃ったんだい？」

警官は服務に従う習性とともに自分を取り戻したようだった。部屋に残っている使用人を見回しながら、見知らぬ相手を前にした法の番人らしい生真面目な態度で話した。

「どうでしょう、ロスさん、使用人たちを解放してあげませんか？　そのあと詳しく話したほうがいいでしょう」

僕は賛同を示してうなずいた。使用人たちはしぶしぶながらも、言外の意味を察して部屋から下がっていった。最後の一人が出てドアを閉めるとすぐに、ドウ部長刑事が話を再開させた。

「自分がどんな行動をとったのかを一つ一つ話すのではなく、どんな印象を受けたかを話したほうがいいように思います。覚えているかぎりで」

ドウ部長刑事は深く恥じ入って恐縮したような様子だった。気まずい立場にあることを意識してのことだろう。

「ごらんのとおり、自分は半分服を着た状態で、枕の下に拳銃を入れて眠りました。それが思い出せる最後のことです。どのくらい眠っていたのかわかりません。電気を消してあったので、部屋は真っ暗でした。

悲鳴を聞いたように思いましたが、定かではありません。長時間残業したあとですぐに呼び出しを受けたかのように、頭が重い感じがしていました。今回は超過勤務というわけではありませんが。

ともあれ、まず拳銃のことを考えました。枕の下から取り出して、階段の踊り場まで走っていったとき、叫び声か助けを求める声がして、私はこの部屋に駆け込みました。室内は暗くて、看護師の横にあったランプは灯っておらず、光は開いたドアから入ってくる踊り場の明かりだけでした。

トレローニー嬢が、お父上のそばの床に膝をついて悲鳴をあげていました。私と窓のあいだでなにか動いたように見えたので、考えることなく、半ば夢うつつの状態でそれに向けて発砲しました。それが少し右に動いたので、さらに一発撃ちました。そのあと、あなたが大きな椅子から顔を隠した姿で近づいてきたのです。

今も言いましたが、自分は夢うつつの状態でしたし——わかってくださると思いますが——撃ったのと同じ方向から来たので、てっきり不審者だとばかり。それで、あらためて撃とうとしたとき、あなたが顔を隠していたものを引きむしったのです」

彼に質問——反対尋問をしている今、僕はくつろいでいた。

「僕をその撃ったものだと思ったわけか。その〝もの〟とは？」

刑事は頭をかくだけで答えようとしなかった。

「さあ、答えて。それはいったいどんなものだったんだい？」

返事は小さな声で返ってきた。

「わからないんです。なにかがいたと思ったのですが、それがなんだったのか、どんなものだったのか、まったく見当もつかないんです。たぶん寝る前に拳銃のことを考えていたからか、この部屋に入ったときにまだ目が覚めきっていなくてぼんやりしていたからか——あなたが今後このことを心に留めておいてくれればよいのですが」

刑事はこれだけは譲れないとばかりに、何度も弁解の決まり文句を口にした。僕は彼を敵に回したくなかった。それどころか、味方でいてほしかった。それに僕自身、失態を犯していた。そこで、できるかぎり思いやり深く言った。

「そうだね、ドウ部長刑事。君がとっさにとった行動は正しいよ。言うまでもなく、眠気が抜けきらない状況で、おそらく僕を眠らせ、看護師を強硬症のような昏迷に至らせたのと同じ影響——それがなんであれ——をいくらか受けていただろうから、立ち止まって物事をよく考えることなど期待できるわけもないよ。でもここで、事が起きてまだまもないうちに、君が立っていた場所と僕が座っていた場所を正確に確認しよう。そうすれば、弾がどこに飛んだか割り出せる」

すべきことが明確になり、職業的な技能を発揮することで、ドウ部長刑事はたちまち元気づいたように思えた。仕事に取りかかった彼はまるで別人のようだった。僕はグラント夫人に代わりに止血帯を巻いてくれるよう頼んで、ドウ部長刑事が立っているそばへ行き、彼が指さす暗闇を見据えた。立っている場所から、当然のこととしてポケットから拳銃を取り出して狙いを定めて見せたとき、彼が機械のごとく正確な思考能力の持ち主だということを思い知らされた。僕が座っていた椅子はまだ同じ位置にあった。そこで、僕は弾の軌跡に立ちたかったので、彼に手だけで狙ってくれるよう頼んだ。

椅子から少し離れた真後ろに背の高い象嵌細工の飾り戸棚があった。その扉のガラスが砕け散っていた。

「君が一発目か二発目に撃ったのはこの方向だったかい?」

すぐに返答があった。

「二発目です。一発目は向こうですよ!」

ドウ部長刑事はわずかに左へ顔を向け、大金庫がある壁の方を手で示した。その手の先をたどると、低いテーブルがあった。そこにほかの美術品とともに、シルヴィオが歯をむいた猫のミイラも置かれていた。僕は手にした蠟燭で照らして、あっさりと弾の跡を見つけた。銃弾は小さなガラス製の花瓶と黒い玄武岩の脚付きの鉢を壊していた。どちらにも見事なヒエログリフが刻まれ、その彫り跡は淡い緑色のセメントで埋められ、全体が表面と同じ高さで磨き上げられていた。弾は壁にあたってつぶれ、テーブルの上に落ちていた。

そのあと僕は壊れた飾り戸棚のところへ行った。明らかに価値の高い美術品を入れておくためのもので、中には金、瑪瑙、緑色の碧玉、アメジスト、ラピスラズリ、オパール、花崗岩、青磁で作られたすばらしいスカラベが陳列されていた。幸いなことに、弾はどのスカラベにも当たっていなかった。棚の背面を貫通していたが、それ以外に損傷はなく、扉のガラスが割れただけに留まっていた。戸棚の棚に載っている美術品が奇妙な配置になっていることにいやでも気づいた。すべてのスカラベと指輪やお守りなどがいびつな楕円形に置かれて、目をみはるほど精緻な黄金のハヤブサの頭をした神の小さな像――頭に円盤と羽根飾りを頂いている――がその中央に鎮座していたのだ。

さしあたって、ほかにもしなければならないことがあったので、ざっと見ただけだったが、あとでじっくり調べようと心に決めた。奇妙なエジプトのにおいがこうした古代の美術品にはっきりとまつわりついていたからだ。壊れたガラス越しに漂い出てくる瀝青と香辛料とゴム糊のにおいは、昨日僕が気づいた、部屋にあるほかのものから漂ってくるにおいより強いほどだった。

捜査を始めてからほんの数分しか経っていなかった。驚いたことに、窓の黒っぽいブラインドと窓枠の隙間から夜明け間近の白々とした光が入ってきていた。僕がソファのそばに戻って止血帯を受け取ると、グラント夫人は窓辺に行ってブラインドを引き上げた。

ほのかに灰色がかった暁光に浮かび上がった室内の様相ほど不気味なものは思い浮かばない。

窓は北向きだったため、入ってくる光は灰色一色で、東の空の夜明けを告げる薔薇色の光はまったく含まれていなかった。部屋の電灯の明かりは無造作にまぶしく、あらゆる影をくっきりとさせていた。朝の爽やかさといったものも、暗い印象をやわらげるものもない。いっさいのものが硬質で冷たく、言葉で表せないほど陰鬱だった。意識不明でソファに寝かされているトレローニー氏の顔はぞっとするほど黄色っぽく、看護師の顔はそばにあるランプシェードのせいで緑色がかっていた。トレローニー嬢の顔だけが白く——というより蒼白で、僕は胸が締め付けられた。生気と幸せとがその顔に戻ってくることはなさそうなほどだった。

ウィンチェスター医師が息を切らして駆けつけてきたとき、みな一様にほっとした。医師は一つだけ質問した。

「どうしてこんな傷がついたのか、誰か説明してくれますか?」彼はぐるりと見回し、誰もが首を振るのを目にして、それ以上は訊かず、医者としての仕事に取りかかった。じっと座っている看護師にちらりと視線を向けたものの、すぐに患者の手当てに集中し、深刻そうに眉根を寄せる。動脈を結紮《けっさつ》して傷口に包帯を巻き終わるまで、なにかとってほしいとか、してほしいと言う以外、口を閉ざしていた。

トレローニー氏の手当てが完全にすんだとき、医師はトレローニー嬢に言った。

「ケネディ君はどうしたんですか?」

トレローニー嬢はためらうことなく答えた。

「まったくわかりません。午前二時半にこの部屋に来たときは、もうこうなっていました。誰も彼女を移動させていませんし、姿勢を変えてもいません。ずっと目を覚まさないのです。ドウ部長刑事が拳銃を撃ったときでさえも彼女は反応しませんでした」

「拳銃を撃った？　では、あなた方はこの新たな暴行の原因を突き止めたのですか？」

みな沈黙していたので、僕が答えた。

「なにも突き止めていません。僕はこの部屋でケネディさんと見張りに当たっていました。夜の早いうちにミイラのにおいが眠気を誘うのではないかと思い、薬局でマスクを購入していました。それをつけて見張りに当たったのですが、やはりうとうとしてしまって。目を覚ましたときには、部屋はトレローニー嬢やドウ部長刑事、それに使用人たちでいっぱいだったのです。ケネディ看護師は最前とまったく同じように椅子に座っていました。

ドウ部長刑事は半ば眠っている状態で、僕たちが影響を受けた同じにおいか作用のせいでまだぼんやりしていましたが、部屋の濃い影になっている中をなにかが動いたと思って、二度発砲したのです。僕が椅子から立ち上がったとき、まだマスクで顔が隠れていたせいで、僕を犯人と勘違いしました。それで当然のことながら彼はもう一度撃とうとしましたが、ありがたいことに僕は自分が誰かということを伝えるのに間に合ったというわけです。

トレローニー氏は前の晩と同じく大金庫のそばで倒れていて、新たにできた手首の傷から大量に出血していました。僕たちは彼をソファに運んで止血帯を巻きました。今までのところ、わかっているのは本当にこれだけです。血だまりのそばに落ちているナイフには誰も触っていません。見てください！」僕はナイフを調べて持ち上げた。「刃先に血がついています。もう乾いていますが」

ウィンチェスター医師はその場に黙って立っていたが、ややあって口を開いた。

「それでは、今夜起こったことは昨夜同様、謎に包まれているというわけですね？」

「おっしゃるとおりです！」

僕の答えに、医師はなにも言い返さなかったが、トレローニー嬢に言った。

「ケネディ君を別の部屋に移したほうがいいでしょう。なにか支障はありますか？」

「いいえ、なにも！　グラントさん、ケネディさんの部屋が準備できているか見てきてもらえるかしら。あと、彼女を運ぶのに男手を二人呼んでちょうだい」

すぐに部屋を出ていったグラント夫人は、数分後に戻ってきて言った。

「お部屋は用意できています。人手もここに」グラント夫人が合図をすると、使用人が二人入ってきて、ウィンチェスター医師の指示のもと、身体が硬直しているケネディ看護師を持ち上げて部屋から運び出した。トレローニー嬢は僕と病室に残り、グラント夫人は医師について看護師の部屋へ行った。

二人きりになると、トレローニー嬢がこちらに歩いてきて、僕の両手を包み込んだ。

「さっき言ったことを忘れてくれるといいのだけど。本心からではなかったのよ、すっかり取り乱していたから」

僕は返事をしなかった。代わりに彼女の手をとって、その甲に口づけをする。挨拶として淑女の手にするものとは違っていた。崇拝と敬意を伝えるもので、トレローニー嬢はそのしぐさに表れる洗練された凛とした態度で受け入れた。僕は意識のないトレローニー氏の様子を見にソファのところへ行った。

日の出間近で、なにかすがすがしいものが光の中にある。その淡い灰色の光の中で、大理石の墓石のように硬く冷たくこわばったトレローニー氏の顔を見つめているうちに、この二十六時間に起きた出来事には理解を超えた深い謎がいくつもあることを思わずにいられなかった。

トレローニー氏の濃く太い眉はなにか大いなる決意を秘め、その高く広い額は完成された一連の理論を包み込み、角張った顎先と力強い顎は物事を実行に移すのに力を発揮しそうだ。彼の顔を眺めながらあれこれ思いをめぐらせているうちに、いつしかとりとめのないことを考えはじめていた。昨夜の眠りに引き込まれる直前の状態と同じだ。僕は屈しまいとして、目の前のことにしがみついた。難しいことではなかった。トレローニー嬢がそばに来て、僕の肩に額を押しつけ、声もなく泣きはじめたからだ。

たちまち僕の中の男らしさが目覚め、その役割を果たそうとした。話しかけてもたいして役に立つわけはなかった。言葉は思いを伝えるのには不十分だからだ。だが、僕たちには通じ合うものがあった。妹が幼い頃、なにかいやなことがあると慰めを求めて僕のところに来たもので、そのときと同じように、僕が守るように片腕を肩に回しても、トレローニー嬢は身を引かなかった。守るという行動や態度をとると、いっそう僕の決意は固くなり、意味のない夢みたいにとりとめのない考えが頭から取り払われるように思えた。もっと強く彼女を守りたいという衝動に駆られたが、ドアの外に医師の足音が聞こえたので、僕は腕を外した。

ウィンチェスター医師は部屋に入ってくると、無言のままトレローニー氏の様子を熱心に観察した。眉間にしわを寄せ、口元を固く引き結んでいる。そのあと、口を開いた。

「あなたのお父上とケネディ君に見られる意識障害にはかなり共通点がありますね。どんな影響が及んだにせよ、どちらも同じ過程で作用したと考えられます。ケネディ君の場合はさほど深刻ではありません。手が打てないというわけではないので、トレローニー氏によりはずっと早く回復が見込めるのではないかという気がしてならないのです。彼女を風通しのいい場所に寝かせました。かすかなものとはいえ、すでに一般的な意識不明で見られる兆候がいくらか現れています。手足の硬直はいくぶん解け、肌も痛みに対して敏感に――というか、無反応でなくなってきています」

「それなら、どうして」僕は口を挟んだ。「トレローニー氏は意識がないままなのでしょうか。そもそも、彼は一度も硬直状態を示していませんが」

「それには答えようがありません。症状は数時間で消えるかもしれませんし、数日かかるかもしれません。ですが、今後の診断に大いに役立つ事例となるでしょう。ひょっとすると、この先、数えきれないほど多くの類似例が出るかもしれませんよ。未来のことは誰にもわかりませんからね！」医師は純粋な熱意に燃える口調で言い添えた。

午前中、ウィンチェスター医師は二人の患者の様子を熱心に見て、両方の部屋を行ったり来たりしつづけた。彼はグラント夫人をケネディ看護師のそばに残らせ、トレローニー氏にはトレローニー嬢か僕――たいていは二人一緒に――をつけた。僕たちはなんとか交代で洗面所を使い、着替えをした。僕たちが朝食を摂っているあいだは、医師とグラント夫人がトレローニー氏の見守りをした。

ドウ部長刑事は夜間の出来事を報告するためにスコットランド・ヤードへ行き、そのあと最寄りの警察署へ寄って、ドラン警視に頼んでおいたとおり、ライトという刑事を同行させる手続きをとった。ドウ部長刑事が屋敷に戻ってきたとき、僕は病室で発砲したことを――あるいは、犯人だという確信も証拠もないまま発砲したことを厳しく叱責されたのではないかと考えずにいられなかった。だが、彼の言葉で僕はほっとした。

「多少言われたところで、落ち込んだりはしませんよ。ほら！ それでもまだ拳銃の所持を許されていますからね」

その日は気を揉む長い一日だった。日暮れが近づくうちにケネディ看護師は回復していき、手足のこわばりは完全に消えた。呼吸は相変わらず静かで規則正しい。顔に張り付いた表情は――穏やかなものではあったが――瞼《まぶた》を閉じて眠っているとも見えるものへと変わっていた。ウィンチェスター医師は夜に向けて新たに二人の看護師を連れてきていた。一人はケネディ看護師のそばに置き、もう一人は昼間も起きて父親に付き添うと言い張るトレローニー嬢と交代で見張りに当たらせる。令嬢は夜の見張りに備えて数時間の午睡をとっていた。僕たちは全員で打ち合わせをし、トレローニー氏の部屋で見張りをするための手はずを整えた。グラント夫人は午前零時まで患者に付き添い、そのあとトレローニー嬢が引き継ぐ。新しい看護師はトレローニー嬢の部屋に控えて、十五分おきに病室をのぞいて確認する。ウィンチェスター医師は午前零時まで見張りについて、僕と交代する。二人の刑事のうちのどちらかは、朝まで病室から呼べば聞こえる場所にいるようにして、異状がないか定期的に見回る。こうしておけば、見張りを見張っておけるから、寝ずの番に当たる二人がともに眠気に打ち勝てば、前夜のような出来事が起こるのを防げるという寸法だ。

日没を迎えたとき、奇妙な不安がみなに重苦しくのしかかり、僕たちはそれぞれ別個に寝ずの番の用意をした。ウィンチェスター医師は僕のマスクのことを考えていたらしく、外へ買いに行ってくると言った。実際、医師がその考えを本心から受け入れてくれていたので、僕はトレローニー嬢にも付き添いの際にマスクをつけるよう説得した。

そして、夜は深まっていった。

第五章　さらに奇妙な指示

十一時半に自分の部屋を出てトレローニー氏の寝室へ行ったとき、室内ではなんの問題も起きていなかった。新しく来た看護師は、生真面目でこざっぱりとしていて、昨夜ケネディ看護師が座っていたベッド脇の椅子に注意深く腰掛けている。少し離れた、ベッドと金庫のあいだの椅子では、ウィンチェスター医師がしっかり目を開けて警戒していたが、口と鼻をマスクで覆っているため、奇妙で滑稽にさえ見えた。戸口に立って二人の様子をうかがっているうち、かすかな物音がした。目を向けると、新顔の刑事がいた。彼は軽くうなずいて、なにも言うなと指を一本立てたあと、廊下を戻っていった。今のところ、見張りは誰一人として眠気に襲われていない。

僕はドアの外にある椅子に腰を下ろした。昨夜わずかに受けた影響のもとに身をさらす必要はまだなかった。ごく自然に、この一昼夜に起こった出来事について思いをめぐらせており、気がつくと、奇妙な結論を出したり、疑いを抱いたり、憶測にふけったりしていたが、昨夜と違って、考えるうちに自分を見失うことはなかった。現在の感覚が常にあって、見張りをする番兵のような気分でいた。思考はゆっくりと順を追って進むものではない。それに、考えに没頭しているときには、時間は飛ぶように過ぎるものだ。事実、あの普段から少し開けたままにしてあるドアが大きく開いて、ウィンチェスター医師が現れ、マスクを外しながら近づいてくるまであっという間だったという気がした。マスクの外し方からいって、早くとりたくてしかたなかったようだ。医師はマスクをひっくり返してその外側を注意深く嗅いだ。

「もう失礼しますよ」ウィンチェスター医師が言った。「明日の朝早く来ます。もちろん、それまでに呼ばれれば話は別ですが。しかし、今夜は心配なさそうですね」

次に現われたのはドウ部長刑事で、静かに病室へ入っていくと、医師が空けた椅子に腰を下ろした。僕は相変わらず外にいたが、数分おきに中をのぞいた。実際に内部の様子を確認するというよりも形だけのものだった。病室はあまりに暗く、ぼんやりとした明かりが灯っているだけの廊下からのぞいたところで、見分けがつきにくいのだ。

午前零時になる少し前、トレローニー嬢が自室から出てきた。直接トレローニー氏の部屋には来ずに、ケネディ看護師が寝かされている部屋に入っていく。しばらくして出てきた彼女は、心なしか晴れやかに見えた。マスクを持っていたが、つける前に、自分が休憩をとりに行ってから変わったことはなかったか僕に尋ねた。僕は小声で答えた――今夜この屋敷ではみな声を抑えている――なにもかも安全で、うまくいっていると。それを聞いてトレローニー嬢はマスクをつけ、僕も自分のマスクをつけて、二人で病室に入った。ドウ部長刑事と看護師が立ち上がり、空いた椅子に僕たちが座った。最後に出ていったのはドウ部長刑事で、手はずどおりにドアを閉めた。

僕はしばらく黙って座り、胸をどきどきさせていた。部屋は不気味なほど暗い。明かりはランプだけで、つややかなエメラルド色の布のシェードの下からこぼれている光を除けば、高い天井に白い輪を投げかけている、ランプのてっぺんから漏れるかすかな光しかなかった。光でさえ影の濃さを強調しているだけのように見える。こうした影はしだいに、昨夜のように、それ自体が感覚を持っていくような気がした。僕自身はまるで眠気を感じなかった。忍び足で病人の様子を見に行くたびに、およそ十分おきにそうしたが、トレローニー嬢が油断なく警戒しているのが見て取れた。十五分ごとに、刑事のどちらかがドアを少し開いてのぞき込む。毎回トレローニー嬢と僕の両方がマスク越しに「異常なし」と答えると、再びドアが閉まった。

時間が経つにつれ、静けさと暗がりが増すように思われた。天井にまだ光の輪はあるが、最初に見たときより輝きを失って見える。ランプシェードの緑色の縁取りは、エメラルドというよりニュージーランドのマオリ族が珍重する緑玉のような色になった。屋敷の外の夜の物音と、窓枠沿いに入ってくる星明かりのせいで、内なる黒いとばりがますます厳かに、謎めいてきた。

十五分刻みで銀の鐘を鳴らす廊下の置き時計が午前二時を告げた。とたんに、異様な感覚に襲われた。トレローニー嬢があたりを見回す様子からして、彼女もまたなじみのない胸騒ぎを覚えているのだ。新顔の刑事はさっき部屋を見に来たばかりだ。僕たち二人だけでこの意識不明の患者とあと十五分向き合うことになる。

胸が早鐘を打ちはじめた。僕は恐怖感にとらわれていた。自分の身を考えてのことではない。その恐れは私情を交えないものだった。新たな人物が部屋に入ってきていて、強力な知性が僕のそばで目覚めたかのようだ。なにかが脚をかすめた。慌てて片手を下ろすと、シルヴィオのふさふさした毛に触れた。ひどく遠くから聞こえてくるような、かすかなうなり声をあげ、猫は身をかわして僕を引っ掻いた。手から血が流れるのがわかる。僕はそっと立ち上がって、ベッドの脇へ歩いていった。トレローニー嬢もやはり立ち上がって、なにかがそばにいるかのように自分の背後を見ている。目は激しく動揺し、必死に空気を求めているかのごとく胸が大きく波打っていた。僕が手を触れてもわからないらしい。彼女はなにかを払いのけるように身体の前で両手を動かした。

ぐずぐずしている暇はなかった。僕はトレローニー嬢を抱きかかえてドアへ駆け寄ると、ドアを勢いよく開けて廊下に飛び出し、大声をあげた。

「誰か！　来てくれ！」

たちまち二人の刑事とグラント夫人、看護師が現れた。そのあとに男女数人の使用人が続く。

すぐさまグラント夫人がそばに来たので、僕はトレローニー嬢を家政婦の腕に託して病室に駆け戻り、できるだけ早く電灯のスイッチを入れた。ドウ部長刑事と看護師がついてきていた。

僕たちは間一髪で間に合った。二晩続けて発見された大金庫の前に、包帯が巻かれたところ以外はむき出しの左腕を伸ばして、トレローニー氏が倒れている。かたわらには、壊れた飾り戸棚に並べられていた美術品の一つ、木の葉型のエジプトのナイフがあった。その刃先は、血で汚れた絨毯を片づけたばかりの、寄木張りの床に突き刺さっていた。

だが、騒ぎが起こった形跡はどこにもなく、不審な人物が現れた形跡も、変わったことがあった形跡もなかった。看護師と二人の使用人でトレローニー氏を抱き上げてベッドに戻すあいだ、刑事たちと僕は室内をていねいに調べたが、なんの痕跡も手がかりもつかめなかった。まもなくトレローニー嬢が部屋に戻ってきた。顔色は悪いものの落ち着いている。僕に近寄ってくると、低い声でささやいた。

「自分でも気が遠くなっていくのを感じたわ。どうしてかはわからないけれど、怖かった!」

僕が受けた衝撃はほかにも、もう一つあった——トレローニー氏の様子をよく見ようとベッドに手をついて身を乗り出したときに、彼女が僕に向かって悲鳴をあげたのだ。

「あなた、怪我をしているわ。ほら! 見て! 手に血がついてる。シーツにも!」興奮のあまり、僕はシルヴィオに引っ掻かれたことをすっかり忘れていた。傷を目にしたことで記憶がよみがえったが、一言も言う間もなく、トレローニー嬢に手をつかまれて持ち上げられた。手に平行に走る傷に気づいた彼女は、また悲鳴をあげた。

「父の傷と同じだわ！」彼女は僕の手を優しいけれども素早く下ろし、僕とドウ部長刑事に言った。「私の部屋に来てちょうだい！ シルヴィオは自分のバスケットに入っているから」

僕たちが彼女のあとについていくと、シルヴィオはバスケットの中で起きていた。さかんに前足を舐めている。

ドウ部長刑事が言った。

「確かにいますね。それにしても、なぜ前足を舐めているんでしょうか」

マーガレット――トレローニー嬢――はうめき声をあげてかがみこみ、猫の前足の片方を手にとったが、それが気に入らなかったらしい猫はうなった。そこへグラント夫人がやってきた。僕たちが猫を見ていることに気づいた家政婦は声をかけてきた。

「シルヴィオはお嬢様が旦那様のお部屋に行かれてから少し前まで、ケネディさんのベッドで寝ていたと看護師が話していましたよ。シルヴィオが向こうの部屋に移ったのは、お嬢様がお部屋を出られたすぐあとです。ケネディさんは悪い夢でも見ているかのように眠ったまますうめいたりつぶやいたりしているとか。ウィンチェスター先生を呼びに行かせましょうか」

「すぐに呼びに行かせてちょうだい、お願い！」トレローニー嬢が言い、僕たちは病室に戻った。

その後しばらく、トレローニー嬢は眉をひそめて痛々しそうに父親を見ていた。やがて僕の方を向き、心が決まったとでもいうように口を開いた。

「父を専門家に診せたほうがいいと思わない？ もちろん、私はウィンチェスター先生を心から信頼しているわ。先生は若いけれどとても有能でいらっしゃるようだもの。でも、世の中には、この分野を専門に研究した人たちがいるはずよ。そういう人ならもっと知識も経験も豊富でしょう。その知識と経験が、気の毒な父の症状を治す役に立つかもしれない。実際、ウィンチェスター先生はお手上げのようだし。ああ！　どうしたらいいのかしら。恐ろしいことばかり！」彼女が取り乱して泣き出したので、僕は慰めようとした。

じきにウィンチェスター医師が到着した。医師はまず自分の患者のことを心配したが、トレローニー氏がさらなる怪我を負っていないとわかると、ケネディ看護師のところに行った。彼女を見るなり、目に希望に満ちた表情が浮かんだ。彼は手にとったタオルの角を冷水に浸して、ケネディ看護師の顔を軽くはたいた。肌に赤みが差し、彼女が身じろぎをする。医師は付き添っている看護師――シスター・ドリスと呼んだ――に声をかけた。

「もう大丈夫だ。あと二、三時間もすれば目を覚ますだろう。めまいがして、最初は取り乱すか、ヒステリックになるかもしれない。その場合でも、どう対応すればいいかは心得ているね」

「はい、先生！」シスター・ドリスが控えめに答えた。そして僕たちはトレローニー氏の部屋に戻った。入れ替わるようにグラント夫人と看護師が出ていき、室内にはウィンチェスター医師とトレローニー嬢と僕の三人だけが残された。ドアが閉まったところで、医師はなにがあったのかと僕に尋ねた。僕は、一部始終を思い出せるかぎり事細かに伝えた。そのあいだ――説明にそれほど長くかかったわけではないが――医師はその場にいたのは誰で、それぞれどんな順番で部屋に入ってきたのかを何度も執拗に確認した。ほかにも訊かれたが、たいしたことではない――僕の興味を引くなり、心に残るなりしたのは、先の二つの内容だけだった。僕との会話が終わると、医師はきっぱりした口調でトレローニー嬢に言った。

「お父上の症状は専門家に相談したほうがよいように思います」

トレローニー嬢がすかさず答え、医師はやや驚いたようだった。

「先生のほうから言ってくださってほっとしました。ええ、私もそう思います。ご推薦の方はいらっしゃいますか？」

「あなたご自身が頼みたい相手はいますか？」とウィンチェスター医師。「トレローニー氏のご存じの人物で？　お父上は誰かに相談したことがあるでしょうか？」

「私の知るかぎりではありません。でも、先生が最高だとお考えの専門家を選んでいただければと思います。愛する父にはできるだけのことをしてあげたいんです。私は先生の選択に喜んで従います。ロンドンでは――いえ、ロンドンにかぎらず――父のような症例をもっとも得意とするのはどなたでしょうか」

「優秀な人物は何人かいますが、世界中に散らばっています。どういうわけか、脳の専門家とはそう生まれつくものであって、形作られるものではないのです。そうであっても、大変な努力を重ねたすえに完成し、職業に対する適性を得るのですが。国籍は関係ありません。現在までのもっとも革新的な研究者はチウニという日本人ですが、彼は臨床医というよりは外科の実験主義者です。次いで、スウェーデンのウプサラにいるザマーフェスト、パリ大学のフェヌロン、ナポリのモルフェッシがいます。そこに、言うまでもありませんが、わが国にも、アバディーンのモリソンとバーミンガムのリチャードソンがいます。ですが、私はまず、ケンブリッジ大学キングズ・カレッジのフリアを推薦します。今挙げた人物の中でも、フリアは理論と実践とを最上の形で結びつけるんです。仕事一徹ぶりはあらゆる場で明らかで、経験は十二分にあります。彼を尊敬する我々全員にとって、あれほど剛胆かつ手先の器用な者も時とともに衰えるしかないことが残念です。私としては、誰よりもフリアに来てほしいですね」

「それでは」トレローニー嬢が躊躇なく言った。「そのフリア先生に――ところで、その方を〝先生〟とお呼びしていいのかしら――朝一番に連絡をとりますわ！」

肩の荷が下りたと見え、ウィンチェスター医師はこれまで見せたこともないほど気楽な、愛想のよい態度で話した。「サー・ジェームズ・フリアです。手が空きしだい彼のもとへ行って、すぐこちらへ来てくれるよう頼みますよ」そのあと、医師は僕に顔を向けた。「その手の傷の手当てをしたほうがいいでしょう」

「大丈夫ですよ」僕は辞退した。

「それでも、手当てしたほうがいいように見えますね。どんな動物の引っ掻き傷も重症につながるおそれがありますから、甘く見てはいけません」

僕は折れ、すぐにウィンチェスター医師が手当てを始めた。平行に走る数本の傷を拡大鏡で観察して、手帳から取り出した吸い取り紙についたシルヴィオの爪跡と見比べる。紙片を手帳に戻した彼は、言葉少なく述べた。

「間の悪いときにシルヴィオが忍び込んだ――そして忍び出た――としか言いようがありませんね」

午前中はだらだらと時間が過ぎた。十時にはケネディ看護師が起き上がって明瞭に話せるまでに回復していた。ただし、頭はまだぼんやりしており、あの夜トレローニー氏の付き添いをしてからの出来事は何一つ思い出せない。今のところ彼女は、なにがあったか知りもしないし、関心もないようだった。

そろそろ十一時になるという頃、ウィンチェスター医師がサー・ジェームズ・フリアを伴って戻ってきた。僕は階段の踊り場から階下の玄関ホールにいる二人を見て、どうにも憂鬱になった。トレローニー嬢は、父親の人生を知らないことを見ず知らずの相手に説明する苦痛をまた味わうことになるのだ。

サー・ジェームズ・フリアは、尊敬だけでなく注目も集める人物だった。自分が望むものを知り尽くしているので、あやふやな人たちの願いと考えを即座にはねつけた。その鋭い目が光ったり、意志の固そうな口が引き結ばれたり、太い眉が下がったりするだけで、相手をすぐさま彼が望むよう素直に従わせるように見えた。だが、僕たち全員が紹介されて、彼が打ち解けた頃、謎めいた感じがことごとく消えたように思われた。僕は楽観的な気持ちで、彼がウィンチェスター医師とともにトレローニー氏の部屋に入るのを見送った。

二人の医師は長いあいだ病室に留まっていた――一度、新しい看護師のシスター・ドリスを呼び寄せたものの、彼女はじきに出てきた。そのあと、医師たちは今度も二人で、ケネディ看護師の部屋に入った。ウィンチェスター医師はシスター・ドリスにケネディ看護師の付き添いをさせていた。あとで彼に聞いたところ、ケネディ看護師は自分が気絶してからのことはわからないもののの、そのときまでの患者の様子について、サー・ジェームズのすべての質問に申し分ない回答をしたらしい。ケネディ看護師の部屋から出てきた医師たちは書斎に移って、そこからなかなか出てこなかった。声を張り上げて激しく言い合っている様子からして、ことごとく対立しているらしく、僕は気が気でなくなってきた。トレローニー嬢はというと、医師たちが再び姿を現すより早く、緊張のあまり倒れてしまいそうになっていた。かわいそうに！　ひどく不安な時間を過ごしてきて、神経が参る寸前なのだ。

ようやく医師たちが書斎を出てきた。先に立つサー・ジェームズのいかめしい顔は、スフィンクスの像さながら表情が読めなかった。続くウィンチェスター医師の顔は青ざめているが、反動のように見えるたぐいの青白さだ。おそらく少し前まで真っ赤だったにちがいない。サー・ジェームズがトレローニー嬢に書斎へ入ってくれるよう言い、僕にもぜひにと声をかけてきた。四人で部屋に入ると、サー・ジェームズが僕に向かって言った。

「ウィンチェスター先生に聞きましたが、あなたはトレローニー嬢のご友人であり、すでにこの症状についてかなりご存じだそうですね。ならば、同席してもらったほうがよいと思うのです。お会いするのは初めてだが、あなたが優秀な弁護士だということはかねがねうかがっております よ、ロスさん。なんでも、この屋敷ではトレローニー氏の症状だけでなく、ウィンチェスター先生を――ほかのみなさんも――悩ませているらしい奇妙な出来事がいくつも起きているとか。そうしたことにあなたがとりわけ興味を惹かれているということで、ウィンチェスター先生はこの症状についてもあなたが知っておいたほうがいいかもしれないと考えているのです。私自身は、謎めいた出来事をあまり気にしません――科学的な謎は別として。こちらで、殺人もしくは強盗未遂めいたものが起こったようですが、私に言えるのは、もし殺人犯がかかわっているのであれば、解剖学の基本を学んでから次の仕事をすべきだということだけです。まったく知識がない輩と見えますから。盗みが目的だとしたら、驚くほどの無能ぶりですね。しかしながら、それは私がとやかく言うことではありません」

そこで彼は嗅ぎタバコを深々と一吸いし、トレローニー嬢に向かって先を続けた。

「さて、患者のことです。症状を引き起こした原因を脇に置いて、今のところ申し上げられるのは、強硬症の深刻な発作に苦しんでいるように見えることだけです。現時点では、体力を保持する以外、打てる手はありません。わが友ウィンチェスター先生の治療におおむね異論はありませんし、わずかな変化が表れたとしても、先生なら十分に対処できます。これは興味深い症例です――非常に興味深い。新たな進展か異状が見られたら、いつでも喜んで駆けつけますよ。

ただし一つだけ、ぜひとも聞いていただきたいことがあるのです。トレローニー嬢、これはあなたにその責務があるので、率直にお話しします。ウィンチェスター先生から聞いていますが、あなたはこの件に関して自由がなく、このような問題が生じた場合、父上に与えられた指示に縛られているそうですね。患者を別の部屋へ移すよう、私は強くお勧めします。それが無理なら、代替案として、ミイラやそういったたぐいのものすべてを運び出すべきです。ええ、どういった男性であれ、異常な状況に置くのも、あのような恐ろしいものを周辺に集めておくのも、それらが発する空気を吸わせるのも、もうやめましょう。ああいった有害なにおいがどんな結果をもたらしかねないか、すでにその目でごらんになったはずですよ。あの看護師――ケネディでしたね、先生――はまだ強硬症が治っていません。そしてあなたも、ロスさん、似たような影響を受けたとか。はっきり言って――」

ここで彼の眉はこれまでになくひそめられ、口元に厳しさが表れた。

「私が担当医であれば、病室の雰囲気を変えるよう強く要求するでしょう。さもなければ、治療から手を引きます。この条件が満たされないかぎり、私は二度と相談を受けないと、ウィンチェスター先生には伝えてあります。しかしながら、私の考えるよき娘の務めとして、あなたが父上の気まぐれ――先立つ恐怖か、あまたある〝三文小説〟ばりの謎に後押しされたものかどうかはともかく――に付き合うよりも、進んで父上の健康と精神状態に目を配るほうをとると信じていますよ。うれしいことに、大英博物館と聖トーマス病院が通常の機能を交換する日は当分来そうにありませんな。

では、ごきげんよう、トレローニー嬢。父上の一刻も早い回復を心から祈っています。いいですか、先ほど提示した簡単な条件さえ満たしてくれれば、私は昼夜を問わずお役に立ちます。さようなら、ロスさん。早く報告を頼みますよ、ウィンチェスター先生」

サー・ジェームズが書斎を出ていくと、彼の馬車の車輪の音が遠ざかり消えるまで、僕たちは黙ったまま立っていた。最初に口を開いたのはウィンチェスター医師だった。

「私の考えを伝えたほうがよいと思うのですが、純粋に医者の立場から言えば、サー・ジェームズの話はしごくもっともです。条件を整えなければ治療を投げ出すと言われて、彼に飛びかかりたくなりましたが、それでも彼は治療に関しては正しいのです。彼はこの特別な件について奇妙な面があることをわかっていませんし、私たち全員がトレローニー氏の指示で身動きがとれないという厄介な問題に気づくこともないのです。もちろん――」

医師はトレローニー嬢に遮られた。

「ウィンチェスター先生、あなたまで治療をやめたいのでしょうか。それとも、ご存じの条件のもとでこの先も診てくださるおつもりでしょうか」

「治療をやめる！　とんでもないことです。トレローニー嬢、お父上かここにいる誰かの命があるかぎり、やめたりなどしません！」

トレローニー嬢は無言で片手を差し出し、医師がその手を温かく握った。

「さあ」彼女は言った。「サー・ジェームズ・フリアがいわば専門家たちの崇拝の的だとしても、もう結構です。まず、あの方は先生ほど父の容体がわかっていないようですし、先生の百分の一でも症状に関心を持ってくださっていれば、あんな些末なことにはこだわらなかったでしょう。言うまでもないことですけど、私は哀れな父のことが心配でたまりません。サー・ジェームズ・フリアの条件のどちらかを満たす方法が見つかれば、そうします。今日マーヴィンさんに来ていただいて、父の意向を制限できるかどうか助言を求めましょう。私の一存でどう動いてもいいと言われたら、すぐに行動に移すつもりです」

まもなくウィンチェスター医師は立ち去った。

トレローニー嬢は腰を下ろし、マーヴィン弁護士あてに事情を知らせ、この問題の解決に役立ちそうな書類をなんでもいいから持って会いに来てほしい、と頼む手紙をしたためた。そして弁護士を乗せて帰ってこられるよう、手紙を馬車で届けさせた。僕たちは持てるかぎりの忍耐で弁護士の到着を待った。

自分でケンジントン・パレス・ガーデンズからリンカーンズ・イン・フィールズまで行くのはそれほど長い道のりではない。だが、他人が同じ道をたどるのを待っているときは、気が遠くなるほど長く感じられた。しかし、万物は時の翁に従う。結局のところ、マーヴィン氏は一時間たらずで僕たちと合流した。

トレローニー嬢がじりじりしているのに気づいたマーヴィン氏は、トレローニー氏の状態について十分に聞くと、彼女に言った。

「ご都合のよろしいときに、お父上のご意向に関する細則をお話ししましょう」

「あなたがよろしければ、いつでも」トレローニー嬢はマーヴィン氏の意図をあからさまに無視した。「いまはどうかしら?」

事務弁護士は、同業者ということで僕に目を向け、言葉に詰まりながら答えた。

「ほかの人もおられますので」

「私はあえてロスさんをお連れしたんです」トレローニー嬢が言った。「今では事情をよくご存じだから、もっとわかっていただきたいの」

事務弁護士はいささか戸惑いを見せた。法廷での彼しか知らない者にとってはとうてい信じがたい姿だ。だが彼は、いくぶんためらいながらも返事をした。

「ですが、お嬢さん――お父上のご意向ですよ！――父と子の信頼が――」

すかさずトレローニー嬢が口を挟んだ。青ざめた頬にみるみる赤みが差す。

「それがこの状況に当てはまると本気でお考えですか、マーヴィンさん？　父は個人的なことは何一つ話してくれませんでした。私は今、このつらく切羽詰まった状態で、父の意向を、私にとって赤の他人である紳士の口から聞くしかないんです。しかも、その方の名前は、父が窮地に陥ったときだけ私に見せるようにと書いた手紙を手にするまで、聞いたこともなかったんです。ロスさんは新しいお友達です。でも、私はこの方に全幅の信頼を寄せていて、ここにいてほしいと思っているんです。ただし、言うまでもなく」彼女は付け足した。「父が禁じていなければですけれど。ああ！　マーヴィンさん。礼を欠いているように思われるなら、ごめんなさい。でも、ずっと恐ろしい災難と不安のさなかにいて、自分を抑えられなかったんです」

トレローニー嬢はしばらく片手で目を覆った。僕たち男二人は顔を見合わせ、心を揺さぶられていないふりをしながら待った。彼女はいよいよ毅然として先を続けた。すでに立ち直っていた。

「お願いです！　どうか、ここに駆けつけてくださったあなたのご親切に私が感謝していないとは思わないでください。心から感謝していますし、あなたのご判断を全面的に信頼しています。お望みなら、あるいはそれが最善だとお考えなら、二人だけで話してもかまいません」

僕は立ち上がったが、マーヴィン氏は身振りで座るよう促した。彼は明らかにトレローニー嬢の態度に満足していて、口調も雰囲気も温和になっていた。

「いやいや！　とんでもない！　お父上のほうではそういった制約はなさっていませんし、私としてはなんら異存はありません。それどころか、結局のところ、同席してもらったほうがいいかもしれません。あなたからうかがったトレローニー氏の状態と、ほかの――偶発的な――出来事からして、深刻ななりゆきになった場合、それは最初からわかっていたことで、その状況はお父上自身の絶対的な指示で規定されたものですが、いい方向に働くのではないかと思われるからです。というのも、ぜひとも理解していただきたいのですが、お父上の指示は絶対的で――斟酌の余地がないものなのです。あまりにも揺るぎのないもので、お父上から与えられた代理権のもとに私は役割を果たすと約束し、書面による彼の意向が実行されることを見届けることになっています。どうか信じてください。お父上はあなたに宛てたその手紙に、なにもかも書いたつもりだったのです！　生きているうちは自室に留めること。いかなる事情があっても室内のものを部屋から出さないこと。お父上から、移動してはならない物品の目録まで渡されましたよ」

トレローニー嬢はなにも言わなかった。いささか気が動転しているようだ。そこで、僕はその直接の原因がわかった気がして、尋ねてみた。

「目録を拝見していいですか？」トレローニー嬢の顔がぱっと明るくなったが、事務弁護士が即答すると――僕の質問を予期していたらしい――再び曇った。

「私がやむをえず代理権を行使しないかぎりは無理です。トレローニー氏と交わした契約書を持参しました。あなたならおわかりいただけるでしょう、ロスさん」マーヴィン氏は、専門家としての役目を果たしているときの職業的な確信のこもる口調で言い、書類を手渡した――「どれほど強い言い回しが使われているか、いかに委任者が抜け穴を残さない方法で意志を伝えているか。若干の法律用語を除いて、すべてご本人の言葉遣いです。これほど隙のない書類はめったにお目にかかれませんよ。私自身でさえ、この指示をいささかでも柔軟性のあるものにする権利がなく、逆らえば完全な背任行為になってしまいます。そしてそんなことは、言うまでもないですが、とうていできない相談です」

最後の言葉を加えたのは、明らかに心情に訴えられるのを防ぐためだった。しかし、マーヴィン氏は厳しく響く自分の言葉が気に入らず、言い添えた。

「どうかわかっていただきたいのですが、トレローニー嬢、私の力の及ぶ範囲ででしたら、私は喜んで——本当に心から喜んで——あなたの心痛を取り除くためならどんなことでもする所存です。しかしお父上の行為にはすべて、私には明かしませんでしたが、なんらかの意図がありました。私が知るかぎり、その指示には考え抜かれていない言葉は一語もありません。どんな考えを心に秘めていたにせよ、それは生涯を通じてのもので、あらゆる面で熟考のうえ、あらゆる点でそれを守る準備をしたのですよ。

あなたを苦しめることになって、本当に申し訳なく思います。なにしろ、あなたはただでさえ多くの——あまりにも多くの——ことに、すでに耐えていらっしゃるわけですから。しかし、私にはどうしようもないのです。いつだろうと、どんなことであろうと、私に相談したいことがあれば言ってください。昼夜を問わず、即刻駆けつけるとお約束します。これが自宅の住所で」マーヴィン氏は話しながら手帳に住所を走り書きした。「その下がクラブの住所です。夜はたいていこちらにいます」

マーヴィン氏はページを破り取ってトレローニー嬢に渡した。トレローニー嬢が礼を述べる。彼は彼女と握手を交わしたあと、僕とも握手をして、立ち去った。

玄関ドアが閉まってすぐに、グラント夫人が部屋のドアを叩いて入ってきた。家政婦の苦悩に満ちた表情に、トレローニー嬢は真っ青になって立ち上がった。

「どうしたの、グラントさん？　なにごと？　またなにか問題が起きたの？」

「残念ながら、お嬢様、使用人が二名を除いてみな辞職願を出しまして、本日お暇をいただきたいと申しております。この者たちは自分たちでこの件を話し合い、執事が代表して申し入れてきました。これまでのお給金をいただかなくてかまわないし、退職通告期間を満たす代わりに法定の違反金を支払ってもよいから、今日どうしても出ていきたいそうです」

「理由は？」

「なにも申しません、お嬢様。心苦しいそうですが、言うことはないとのことです。ジェインに訊いたところ、この上級メイドはほかの者に同調せず留まりますが、こっそり教えてくれました。執事たちはその愚かな頭でお屋敷に幽霊が出ると考えているそうなのです！」

僕たちは笑うべきだったのに、笑わなかった。僕はトレローニー嬢の表情を見て、笑えなかった。つらそうで、慄然ともしていたが、不安のパニックに襲われている様子はない。そこにあったのは、やはりそうだったのかという思いだ。僕にとっては、それは心の声であるかのように響いた。だが、その声はそれですべてではなかった——その向こうに、まだ声は届いていないが、なにかいっそう暗く深い考えが存在していた。

第六章　疑念

最初に自制心を取り戻したのはトレローニー嬢だった。誇り高く気品に満ちた態度で言った。

「わかったわ、グラントさん。彼らの退職を許しましょう！　今日までのお給金を支払って、そこに一か月分上乗せしてちょうだい。これまでとてもよく働いてくれたし、屋敷を離れる理由が普通とはちがうもの。恐怖にさいなまれている人たちにあまり忠誠心を求めてはいけないわ。残ってくれる人たちにはこの先お給金を倍出しましょう。そのむね伝えるから、すぐに私のところへよこしてちょうだい」

グラント夫人は怒りを抑えきれずにいらだっていた。屋敷の管理をまかされている者として、示し合わせて退職願を出した使用人たちにこれほど寛大な処置を与えることに激怒しているのだ。

「あの者たちにそこまでしてやることはありません、お嬢様。こちらでずいぶんよくしていただいていたのに、こんな行動に出る者たちですよ。あとにも先にも、使用人がこれほど手厚い待遇を受けているのも、お嬢様ほど使用人に親切になさっているご主人も、見たことがありません。あの者たちは、王様の待遇をしてくださるご家庭にいたんです。それが今、面倒なことになったからといって、こんな真似をするとは。なんとも不愉快です、本当に!」

トレローニー嬢はとても穏やかに対応し、誇りが傷つけられたグラント夫人をなだめたので、家政婦はほどなく、見た目だけでも、退職を願い出た者たちへの敵意をやわらげて立ち去った。

やがて家政婦は心構えをあらためて戻ってくると、新たに使用人を雇って人数を揃えたほうがいいか、つまり、とにかくさがす努力をしたほうがいいかと女主人に尋ねた。

「よろしいですか、お嬢様」と家政婦は続けた。「いったん使用人用の食堂に不安が根づいてしまえば、それを取り除くのはなまなかなことではありません。新しい使用人はすぐに来るでしょうが、同じくらいあっという間にやめてしまいます。引き止めることはできません。単に長続きしないか、たとえ退職通告期間まで勤め上げるとしても、雇わなければよかったと毎日一時間ごとに後悔するような生活をお嬢様に送らせることでしょう。女たちは厄介で、厚かましいですが、男たちはそれに輪をかけてたちが悪いんです!」

トレローニー嬢の声や態度には、不安と怒りのどちらもなかった。

「ねえグラントさん、私は残ってくれる人たちでやってみたほうがいいと思うの。お父様はあんな状態だからお客様をお招きすることもないし、今いらっしゃる三人の方をお世話するだけよ。それで人手が足りないなら、その分を補う下働きを雇うわ。メイドを二、三人雇うくらいは難しくないでしょう。もうあなたには目星がついているんじゃないかしら。いいこと、あなたが雇って、その仕事にふさわしくて長く働く意志のある人には、これ以降残ってくれる人たちと同じお給金を払ってちょうだい。もちろん、グラントさん、私があなたを決して使用人扱いしないということはよくわかっているでしょうけれど、お給金を倍にする決まりはあなたにも当てはまるわ」

トレローニー嬢が指の長いきれいな形の手を伸ばすと、家政婦はその手をとって、年長の女性の若い女性に対する気安さから心をこめて口づけた。トレローニー嬢の使用人に対する寛大な扱いには感心するほかなかった。部屋を出ていき際にグラント夫人のささやいた声が僕の心に刻み込まれた。

「このお屋敷が王様の家に思えるのも当然です。女主人が王女様ですから！」

「王女様か！」そのとおりだ。僕の心はその考えに満足したようで、光の波の中をベルグレーヴ・スクエアの舞踏会でトレローニー嬢が僕の視界を横切った初めての出会いの場面に連れ戻した。女王のような姿！ ほっそりとして背の高い身をかがめ、身体を揺らしているところは百合か睡蓮の花のようだった。身にまとっているのは、金糸が混じる黒い薄手のゆったりとしたドレス。髪には、小さな水晶の円盤がラピスラズリで彫られた羽根のあいだにはめ込まれた古代エジプトの装飾品。手首につけている金細工の古風な幅広のバングルかブレスレットは、羽根の部分が色石でできている、一対の翼を広げた形だった。女主人に紹介されたとき、トレローニー嬢は優雅な物腰で接してくれたのに、あのときの僕は怖じ気づいていた。そのあと川辺のピクニックでようやく、思いやりのあるやさしい人だとわかって、畏敬の念はほかの思いに変わったのだった。

しばらくトレローニー嬢は座って、メモをつけていた。それを片づけると、忠実な使用人たちを呼び寄せた。この面接は彼女一人のほうがいいだろうと考えて、僕は部屋を出た。戻ってくると、彼女の目はまだ少し潤んでいた。

そのあと僕もかかわることになった場面は、さらに心がかき乱され、果てしない苦痛を伴うものだった。夕方近く、僕が書斎にいたところ、ドウ部長刑事が入ってきた。静かにドアを閉め、室内に目を走らせてほかに人がいないことを確かめてから近づいてくる。

「どうしたんだい?」僕は訊いた。「個人的に話したいようだね」

「そうなんです!　ここだけの秘密にしていただきたいのですが」

「もちろん、かまわないよ。トレローニー嬢の――そして、言うまでもなくトレローニー氏のためになることなら、なんでも率直に言ってほしい。僕たちはおたがい全力を尽くして二人の役に立ちたいと願っているのだから」

ドウ部長刑事はためらったすえに、続きを口にした。

「あたりまえのことですが、自分には職務があります。知らぬ仲ではないあなたなら、自分がその職務をまっとうする人間だとおわかりのことと思います。自分は警察官――刑事であり、担当した事件は事実を突き止めるのが仕事です。いかなる人物も恐れず、またひいきすることもなく。できれば、スコットランド・ヤードに対する義務は別として、誰かの誰かに対する義務はまったく考慮せずに、あなたと内々に話したいのです」

「いいよ!　かまわないとも!」僕は反射的に答えたが、どういうわけか、心が沈んでいた。「遠慮なく言ってほしい。信頼を裏切ることはしないよ」

「ありがとうございます。これからお話しすることは外部に漏れない――誰の耳にも入らないと考えていいんですね。トレローニー嬢にも、たとえトレローニー氏が回復しても聞かせないと」

「ああ、君がそうした条件をつけるなら！」僕はこれまでより少し堅苦しい言い方をした。相手は僕の口調なり態度なりが変化したこと感じ取って、弁解するように言った。

「申し訳ありません、ロスさん、ですが、この件をあなたと話し合うこと自体、職務規程違反になるのです。とはいえ、あなたとは長い付き合いです。信用できる気がするんです。あなたがそう約束してくださったからというだけでなく、あなたが思慮深い方だからです！」

僕が頭を下げ、「では、先を続けて！」と促すと、彼はすぐに話しだした。

「この事件について頭がくらくらしてくるまで検討してみましたが、一般的な答えが見つかりません。どの襲撃の際も、外部から侵入した形跡はありませんでしたし、屋敷の外へ出た者もいません。この点から、あなたならどんな推論を導き出しますか？」

「誰かが――あるいはなにかが――すでにこの屋敷内にいた」思わず微笑んで答えた。

「自分もまさにそう考えています」ドウ部長刑事は明らかに安堵のため息をついた。「けっこう！それは誰でしょうか」

「僕は〝誰か〟あるいは〝なにか〟と言ったよ」

「〝誰か〟に絞りましょう、ロスさん！あの猫は引っ掻いたり、噛みついたりしたかもしれませんが、年配の紳士をベッドから引きずり出しはしなかったし、彼の腕から鍵付きのブレスレットを外そうともしませんでした。そういったことは、前もってなにもかもわかっている素人探偵が、理屈に合うよう出来事のほうをあてはめられる探偵小説の中では、まことにけっこうです。

ですが、小説とちがって愚か者揃いではないスコットランド・ヤードでは、犯罪が行われるか、未遂に終わった場合、それを引き起こしたのは、たいてい、〝もの〟ではなく〝人間〟だと発見するのです」

「それなら、ぜひとも〝人々〟にしようじゃないか、部長刑事」

「〝誰か〟の話をしていたはずですよ」

「そうだったね。では、〝誰か〟で！」

「暴行や暴行未遂があった三度とも、誰が真っ先に現場に駆けつけて急を知らせたか思い出せますか？」

「ちょっと待ってくれ！　たしか、一度目はトレローニー嬢が助けを呼んだはずだ。二度目は、僕もうとうとしていたが、その場にいた。ケネディ看護師もそうだ。僕が目を覚ますと、部屋に何人か集まっていた。君もいたじゃないか。そうだ、君が来たときにはトレローニー嬢もいた。三度目は、僕が見張りについていたときにトレローニー嬢が気を失いかけた。そこで、彼女を部屋の外に運び出してから室内に戻った。そのときは僕が先頭で、君はすぐうしろからついてきていたように思う」

ドウ部長刑事は少し考えてから口を開いた。

「三度とも現場にいたか、もしくは真っ先に駆けつけたのはトレローニー嬢です。そして、被害が出たのは一度目と二度目だけ！」

刑事がどう推理しているのかは、弁護士として、誤解しようがないものだった。部分的には認めるのがいちばんだ。推論に立ち向かう最善の方法は、それを発言に変えることだと前々からわかっていた。

「つまり君はこう言いたいんだね。実際に傷害が発生したときにのみ、トレローニー嬢が第一発見者であるのは、彼女が手を下した証拠であると。すなわち、未遂事件にも、彼女は発見しただけでなく、なんらかの形でかかわっていたと？」

「そこまではっきり言うつもりはありませんでしたが、まあ、自分が抱いた疑念はそういうことです」

ドウ部長刑事は勇気ある人物だった。事実をもとにした推理からどんな結論が出ようと、決してひるまなかった。

どちらもしばらく黙っていた。僕の心に恐怖が押し寄せてきた。トレローニー嬢に対する疑いでも、彼女のいかなる行動に対する疑いでもなく、そうした行動が誤解されはしないかという恐怖だった。間違いなくどこかに謎があり、その答えが見つからなければ、誰かに疑いがかけられてしまう。そんな場合、大多数の推測がもっとも無難な線をとるのは避けられない。

誰かがトレローニー氏の死によって利益を得ると証明されれば、その結果として、誰であれ疑わしい事実に直面して身の潔白を証明するのは難しくなるだろう。気がつくと僕は、検察側の作戦が明らかになるまで、弁護側にとって安全な姿勢である例の温順な路線をとっていた。刑事が立ててくる仮説に反論するのは、この段階では自分のためにならない。話を聞いて理解することこそ、トレローニー嬢の役に立てる。さまざまな仮説が崩れ、跡形もなく消え去るときが来れば、そのときこそ、あらんかぎりの好戦的な情熱を振るい、あらゆる言葉による武器を駆使すればよいのだ。

「君はもちろん、恐れることなく職務を果たすだろうね」僕は言った。「どんな方針をとるつもりだい?」

「まだわかりません。というのも、現段階では嫌疑すらかけていないのです。あの可憐なお嬢さんがこんな事件に一枚噛んでいると他人に言われたら、自分は相手をどうかしていると思うでしょう。ですが、自分で出した結論には従わなければなりません。なんといっても、法廷中が——事実を知る検察側と、予断はいけないと自分をたしなめる判事を除いて——無実だと断言する、思いもよらない人たちが有罪を立証されてきたのをよく知っていますから。

自分は断じて、トレローニー嬢のような若い女性を不当に扱ったりはしません。ことに、彼女は過酷な重圧に耐えているときですから。また、自分はほかの者にそのような告発を促すようなことを言うつもりもいっさいありません。だからこそ、あなたと内々に話すのです。一対一で。あなたは証拠の扱いに長けていらっしゃる——その道の専門家ですから。こちらの仕事で扱うのは疑惑どまりであって、警察が独自に証拠と呼ぶものは——しょせん、一方だけの証拠にすぎません。自分に比べれば、あなたのほうがトレローニー嬢をよくご存じだ。自分も病室をあちこち観察し、邸内を好きなように動きまわり、屋敷に自由に出入りしていますが、あなたほどお嬢さんを知る機会に恵まれていません。どんな暮らしをしているのか、あるいはどれほど資産があるのか。あるいはほかに、彼女の行動がわかりそうなことも。ご本人から情報を得ようとしたら、たちまち警戒されてしまうでしょう。彼女が罪を犯していたら、決め手となる証拠が失われてしまうおそれもあります。彼女なら発見させない方法を簡単に見つけるでしょうから。しかし彼女が、自分が願っているとおりに潔白なら、告発するのは残酷な仕打ちということになります。あなたに声をかけるのに先立って、この一件を自分の見解に従って考えてきました。勝手な真似をしたとしたら、まことに申し訳なく思います」

「勝手などではないよ、巡査部長」僕は温かく言った。ドウ部長刑事の勇気と正直さと配慮には、敬意を抱かざるをえない。「忌憚なく話してもらえてよかった。僕たちはどちらも事実を突き止めたいと思っている。しかも、この事件は奇妙なことばかり――これまでの経験では追いつかないほど――だから、真実を得ようとするのが、結局はなんであれ、謎を解明する唯一の取っかかりだ。僕たちの見解がどうであっても、僕たちが最終的にどんな結論を得たいと願っているにしても！」

部長刑事がうれしそうな顔で先を続けた。

「そこで、ほかの誰かがこういった可能性に固執しているとあなたが考えた場合を想定してみたんです。きっとあなたは証拠を積み重ねていくか、その可能性を後押しするものであれ、否定するものであれ、ご自分を納得させる考えを思いつくでしょう。そうなれば、我々はある結論に達します。結論とは言えなくとも、ほかのあらゆる可能性が消えていけば、もっとも見込みの高いものが、我々が得られるなにより決め手に近いものとして、または疑惑が濃厚なものとして残ります。そのあとは、当然――」

そのときドアが開いて、トレローニー嬢が書斎に入ってきた。僕たちを見るなり、彼女はたちまちあとずさりした。

「まあ、ごめんなさい！　二人でここにいて、お話し中とは知らなくて」僕が立ち上がった頃には、彼女は部屋を出ようとしていた。

「さあ入って」僕は言った。「ドウ部長刑事と二人であれこれ話し合っていただけなんだ」

トレローニー嬢がためらっているうちにグラント夫人が現れて、書斎の中へ入ってきながら女主人に伝えた。「ウィンチェスター先生がお見えです。お嬢様をお呼びですよ」

目顔で訴えるトレローニー嬢に従い、僕は彼女について部屋を出た。

ウィンチェスター医師はすでにトレローニー氏の診察をすませていて、変化は見られないと告げた。それでも、できればその晩は屋敷に泊まりたいと付け加える。トレローニー嬢は歓迎の色を顔に浮かべて、医師の部屋を用意するようグラント夫人に伝えた。その日のあとになって、医師と僕がたまたま二人きりになったとき、彼がいきなり切り出した。

「今夜こちらに泊めていただくことにしたのは、あなたとお話がしたかったからです。誰にも邪魔されたくありませんし、もっとも怪しまれないのは、トレローニー嬢がお父上に付き添っている夜更けに葉巻をご一緒することかと考えました」

僕たちは、トレローニー嬢か僕が寝ずの番をする取り決めを相変わらず守っていた。未明には二人で見張りにあたることになっている。僕は医師の話に不安を抱いた。ドウ部長刑事とのやりとりで、彼がこっそり監視するだろうと、とりわけその時間帯に注意を払うだろうとわかっていたからだ。

　そのあとは何事もなく過ぎた。トレローニー嬢は午後に仮眠をとって、夕食後に看護師と付き添いを交代しに行った。グラント夫人はトレローニー嬢とともに残り、ドウ部長刑事は廊下で待機していた。ウィンチェスター医師と僕は書斎でコーヒーを飲んだ。葉巻に火をつけると、医師は小声で言った。

「こうして二人きりになれましたから、内密の話をさせてください。これなら〝秘密保持〟できますね、とりあえず、さしあたっては」

「たしかに！」僕は相づちを打ちながら、気持ちが沈んだ。午前中のドウ部長刑事との話し合い、それが心に残していった心をかき乱し悩ます不安のことを考えたのだ。医師が先を続けた。

「この症状は我々関係者全員の正気を試すのに十分ですね。考えれば考えるほど、頭がおかしくなりそうです。そして二本の糸は、それぞれ強度を増しながら、反対方向に強く引っ張り合っているように思えます」

「二本の糸というのは？」ウィンチェスター医師がさっと鋭い目で僕を見た。こんなときの彼の表情に僕はまごつきそうになった。僕がトレローニー嬢に関心を抱いている以外にも、この件に個人的なかかわりを持っていたなら、きっと動揺していただろう。だが実際は、僕は落ち着きを保っていた。今は事件を担当する弁護士――ある意味では利害関係のない〝法廷助言者〟であり、別の意味では〝被告側弁護人〟だ。この頭の切れる男の中に、同じくらい丈夫で彼を正反対の方向に引っ張る糸が二本あると考えただけで、そのこと自体が慰めになり、新たな打撃に対する不安をやわらげてくれた。医師が話しだすと、その顔に謎めいた微笑みが浮かんだ。しかしこれは、話が進むにつれて厳粛なものに取って替わった。

「二本の糸とは、事実と――空想のことですよ！　一度目はすべてが揃っていました――襲撃、強盗および殺人未遂。感覚を麻痺させる集団強硬症が起こったことは、犯人が催眠術と暗示をかけたか、まだ現代の毒物学では分類されていない薬草のたぐいの中毒を引き起こしたことを示唆しています。一方、私が知るどんな本にも分類されていない――荒唐無稽な小説は別として――なんらかの作用も働いています。かのハムレットのせりふ――〝天と地のあいだにはな……おまえの哲学が夢見るよりずっと多くのものがあるのだ〟――にこれほど強く真実を感じたことはありません。

まず〝事実〟の側面を取り上げましょう。ここに一人の男性が自宅で、自身の家の者に囲まれています。屋敷には階級の異なる使用人が大勢いて、使用人同士が結託して襲撃を企てることはできない。氏は裕福で、教養があり、頭もいい。人相からいって、鉄の意志と確固たる目的を持つ人物だということは間違いありません。彼の娘――たしか一人娘で、聡明な若い女性――は父親の部屋のすぐ隣の部屋で眠っていた。どういったものであれ、襲撃を受けたり、騒動を引き起こされたりしそうな理由はなかったし、外部の者がそうする機会もなかった。

それでも、我々は襲撃を許してしまいました。残酷で容赦ない暴力が真夜中に振るわれたのです。発見は速やかにされる。刑事事件が一般的に事故ではなく、計画的なものだと判明する素早さで。襲撃者、あるいは襲撃者たちは、その最終目的がなんだったにせよ、目的を果たす前に明らかに邪魔されています。なおかつ、犯人たちが逃亡した形跡はありません。手がかりもなければ、室内に荒らされた様子もない。ドアも窓も閉まっていたし、物音もしませんでした。誰が暴挙に及んだのか、いや、犯行があったことさえ示す手がかりはいっさいない――被害者がいて、その周辺に被害の跡が残っているほかは！

翌日の夜は、屋敷では大勢が起きていたのに、似たような襲撃が繰り返されました。室内には熱意ある友人と正看護師が寝ずの番につき、近くには刑事や被害者の娘がいる。看護師は強硬症になり、ともに見張りにあたっていた友人は――マスクに守られていましたが――眠ってしまった。刑事でさえ、いくぶんか意識朦朧とした状態で、病室で拳銃を発砲したものの、なにを撃っていたのもよくわからないありさまです。あなたのマスクは、この出来事の〝事実〟の側面にかかわりがある唯一のもののようです。ほかの二人と違って、あなたが自分を見失っていなかったことで――あの部屋に留まる時間に比例して生じる影響ですね――感覚麻痺を引き起こすのは、いずれにしても催眠術ではないということがわかります。

ですが、そこには矛盾する事実があります。トレローニー嬢はあなた方のうちで誰よりも長く病室にいる――頻繁に部屋を出入りしていますし、寝ずの番も分担していますから――にもかかわらず、まったく影響を受けなかったように見えることです。これはその影響がなんであれ、万人に及ぶものではないことを示しています――もっとも、彼女に免疫があるなら話は別ですが。あのエジプトの美術品の一部から得体の知れない物質が発散されているとわかれば、免疫の点では説明になるかもしれませんが、今度は、誰よりも長い時間あの部屋にいる――それどころか半生を過ごしてきた――トレローニー氏が最悪の影響を受けたという事実に直面することになります。いったいどんな影響が、こうしたさまざまな、矛盾する結果をもたらすのでしょう？　だめです！　このある種のジレンマについて考えれば考えるほど、ますますわけがわからなくなる！　たとえトレローニー氏に危害を――肉体的な危害を加えたのが、邸内にいる嫌疑をかけられていない人物だとしても、感覚を麻痺させる奇妙な点は謎として残ります。人を強硬症に陥らせるのは生易しいことではありません。実際、そんな症状を自在に引き起こせる方法は、現在の科学の分野でまだ発見されていませんし。

この一連の件でもっとも重要な鍵を握っているのは、トレローニー嬢です。影響も、それに類似する作用も受けた様子がありませんから。彼女は一度気を失いかけたことを除けば、これまでずっと無事に来ています。これこそおかしな話じゃありませんか！」

僕は聞いていて気が滅入ってきた。医師の態度にあからさまな不信は表れていなかったが、議論が穏やかならぬものになってきたからだ。ドウ部長刑事の疑惑ほど単刀直入ではなかったものの、トレローニー嬢をほかのどの関係者とも異なる存在として選び出したようだった。そして探偵小説の中では、〝一人〟というのは、たちまちにではないにしても、最終的には疑われるものだ。僕はなにも言わないほうがいいと判断した。こんな場合、まさに沈黙は金だ。だいいち黙っていれば、あとで弁解したり、説明したり、前言撤回したりする手間も省ける。

だから、ウィンチェスター医師の議論のしかたがこちらの答えを必要としない――とにかく、さしあたっては――ことに内心ほっとしていた。医師はどんな答えも期待していないように思え

──これに気づいたときは、なぜかうれしかった。彼はしばらく言葉を切ったたまま、じっと頬杖をつき、虚空を見つめ、眉根を寄せていた。葉巻が指のあいだから落ちかけている。どうやらすっかり忘れているようだ。彼は先ほど中断したところからその続きを始めるかのように、落ち着いた声で議論を再開した。

「もう一本の糸についてはまるきり別問題です。それに着手したら、我々は科学や経験といったものをいっさい置き去りにしなければならない。正直言って、それがたまらなく魅力的なのですが。新しい思いつきが心に浮かぶたび、いつの間にか現実離れしたことを夢想していて、ふと我に返っては事実を突きつけられています。病室からの影響であれ発散物であれ、ほかの人たち──たとえば刑事さん──と同じように私にも作用するのかと考えることがあります。もちろん、それが化学物質や薬物なら──たとえば霧状の──その効果は蓄積されていくかもしれません。ですが、いったいどんな物質がそんな効果を発揮するでしょうか。トレローニー氏の部屋には、確かにミイラのにおいが充満しています。シルヴィオが攻撃した例の動物のミイラはもとより、墓所から運び出した遺物がたくさんありますから、無理もないわけですが。

ところで、私は明日シルヴィオで実験をする予定です。ずっとさがしていた猫のミイラが午前中に手に入ることになったんですよ。屋敷に持ってくれば、墓の中で数千年経っていても種族の本能を刺激するものなのかどうか、明らかになるはずです。

ともかく、目下の話題に戻りましょう。あのいかにもミイラらしいにおいは、当時の識者であり科学者でもあった古代エジプトの神官らが、自然による腐敗を防ぐだけの効力があると何世紀もの経験で発見した物質や、それらを組み合わせたものから発生しています。そんな目的を達するには強力な作用が働くに違いありません。この凡庸な後世では理解できない性質と力を備えたなんらかの物質やその混合物が、ここにはあるとも考えられます。はたして、トレローニー氏はそうしたたぐいのことに多少なりとも知識を、あるいは懸念くらいは持っていたのでしょうか。

ただ一つはっきりしているのは、病室の空気は想像を絶するほど汚染されているということです。あのような環境で治療を行うことを断った、サー・ジェームズ・フリアの勇気には感服しますよ。トレローニー氏がお嬢さんに与えた指示と、あなたにうかがったお話、事務弁護士を通じて意向を守るよう手配していた点から、いずれにしても、彼はなにかを疑っていたはずです。まったく、彼は何事か起こるのを見越していたかのようで……。それについてなにかわかるといいんですが！

きっと、トレローニー氏の書類には手がかりなりなんなりあるのでは……。対応の難しい問題ですが、やらなければならないでしょう。氏の今の状態は長続きしません。万一のことがあれば、検死審問が開かれることになります。その場合、あらゆることに詳細な調査をしなければならないでしょう……。現状では、警察が発見した証拠で、襲撃が一度ならず繰り返されたことがわかっています。明白な手がかりがない以上、動機のある人物をさがすことになるはずです」

ウィンチェスター医師は口を閉ざした。話の最後のほうは声がしだいに低くなっていくように思えた。それは希望を失わせる効果があり、彼が明白な疑惑を抱いているのかどうか、今度は僕が確認する番だと告げている気がした。そこで、命令にでも従うかのように、僕は尋ねた。

「誰かを疑っているんですか？」

医師は驚くというよりいくぶん唖然とした様子で僕に目を向けた。

「誰かを疑う？　どれかを、でしょう。確かに、一定の影響があるとにらんでいますが、今のところ私の疑いはその程度のものです。あとになって、私の推論、というか考え——まともなデータがなくては推論を下せません——に対して十分に明確な結論が出たら、容疑を向けるかもしれません。ですが、この段階では——」

医師がつと立ち上がってドアを見た。かすかな音がして把手が回る。僕の心臓は鼓動を止めてしまったような気がした。気味の悪い、漠然とした不安に襲われた。午前中、ドウ部長刑事と話していて邪魔が入ったことがにわかに思い出された。

ドアが開いて、トレローニー嬢が入ってきた。

僕たちを見ると、彼女はあとずさりした。顔がさっと紅潮する。彼女は一瞬立ち止まった。続く数秒が何倍も長く感じられる。僕の中で高まっていた緊張感と、容易に見て取れる医師にもみなぎっていた緊張感が、彼女が話しだすと同時に緩んだ。

「まあ、ごめんなさい。お話し中とは知らなくて。実はウィンチェスター先生をさがしていたんです。今夜は先生がお泊りになることですし、私は安心してベッドに入ってもかまわないかお訊きしたくて。もうすっかり疲れて、参ってしまいそうなのです。きっと今夜は使いものにならないでしょう」

ウィンチェスター医師は心から答えた。

「かまいませんとも！　ぜひベッドに入って、一晩ゆっくり眠ってください。ええ、あなたは眠らなくては。言ってくださって本当によかった。今夜お会いしたとき、次はあなたが患者になるかもしれないと心配しましたから」

安堵のため息をもらしたトレローニー嬢の顔から、疲れの色が薄れていくように思えた。彼女が僕に向けて言ったときの、美しい黒い瞳に浮かんだ深くひたむきな表情を僕は決して忘れないだろう。

「今夜はウィンチェスター先生と一緒に父を守ってくださる？　父のことが気がかりで、一秒ごとに新しい不安が生まれてしまうの。でも、本当にへとへとで。ちゃんと睡眠をとらないと、頭がどうにかなってしまいそうなの。

今夜は部屋を替えるわ。このまま父の部屋の隣にいたら、どんな物音も何倍にも増幅させて新たな恐怖にしてしまいそう。でももちろん、なにかあったら起こしてちょうだいね。玄関ホールの向こうの女主人用客間の隣にある、小さな続き部屋の寝室にいるわ。父と暮らしはじめた頃はそこを使っていたの。当時は悩みもなくて……。その部屋のほうがゆっくり眠れそうだし、数時間なら忘れていられるかもしれない。きっと朝になったら元気になるわ。おやすみなさい！」

僕がトレローニー嬢の背後でドアを閉め、さっきまで座っていた小さなテーブルの前の椅子に戻ると、ウィンチェスター医師が言った。

「あの気の毒なお嬢さんは神経がひどく張り詰めていますね。睡眠をとることにしてくれてよかった。睡眠は活力になりますから、朝になればもう大丈夫でしょう。お嬢さんは神経衰弱になりかけていますここへ入ってきて私たちが話しているのを目にしたとたん、彼女がどれほど取り乱したか、どれほど顔を赤くしたか、気がつきましたか？　あんなに当たり前のことで、自宅に客を招いてあってですよ？　本来なら取り乱したりしないでしょうに！」

僕はトレローニー嬢を擁護する弁明として、彼女が部屋に入ったときのことが、その日の午前中にドウ部長刑事と僕が二人でいたのを見つけたときとどれほどそっくりだったかを説明をしようとした。だが、部長刑事とのやりとりが内密のものだったと思い出し、ほのめかすことさえ医師の好奇心をかきたててまずいかもしれないと判断して、黙っていた。

僕たちは立ち上がって病室に向かった。だが、薄暗い廊下を歩きながら、僕はあの話題に触れたとたん、彼女が二度とも話を中断させたのはなんと奇妙なことだろうと、何度も――いや、それから何日間も――考えずにいられなかった。

そこにはまさしく予期せぬ出来事でできた奇妙な蜘蛛の巣があり、その網の目に僕たちは一人残らず絡め取られていた。

第七章　旅行者の失態

その夜は万事が順調に運んだ。トレローニー嬢は見張りにつかないとわかっていたので、ウィンチェスター医師と僕は一緒に寝ずの番を行った。二人の看護師とグラント夫人は警戒を怠らず、刑事たちは十五分おきに様子を見に来た。患者は昏睡状態のままだ。外見的には健康で、子供のように穏やかな息遣いで胸が上下している。ただし、身じろぎ一つしない。呼吸をしていなければ、大理石でできた彫刻だと言ってもおかしくなかった。ウィンチェスター医師と僕はマスクをつけていた。うんざりするほど暑い夜には厄介な代物だった。

午前零時から三時にかけて胸騒ぎがし、この二晩と同じ例の不気味な感じにまたしても襲われた。やがて灰色がかった夜明けの光がブラインドの端から入ってくると、言葉で表せないほどほっとした。東側から急速に白みはじめ、ひんやりとして希望に満ちた暗闇の中で、僕は呼吸が楽にできるようになっていた。同じ安堵感が安らぎを伴って屋敷の隅々へと広がっていく。

暑い夜間、どんな物音も聞き逃すまいとしていた僕の耳は痛みを感じるほどで、脳か感覚器官が耳とおっかなびっくり連絡を取り合っているかのようだった。看護師の息遣いや衣擦れの音、刑事が室内履きで見回りをしている軽い足音が聞こえるたびに、命を見守る一瞬一瞬が過ぎるたびに、保護をするという責任感に新たな弾みがつくように思われた。同じ感覚が多少は屋敷内に広がっていたに違いない。二階ではときおりそわそわと歩き回る足音が、一階では一度ならず窓が開く音がした。しかし、夜明けの訪れとともに、こうしたすべての音がやみ、屋敷中が休息したようになった。シスター・ドリスがグラント夫人と見張りを交代しに現れると、ウィンチェスター医師は帰宅した。なんとなくではあるが、医師は長時間に及ぶ寝ずの番のあいだ異常な現象がいっさい起こらなかったことに、いささかがっかりしているか、悔しがっているようだった。

午前八時にトレローニー嬢が病室にいた僕たちと合流した。一晩の眠りがどれほど彼女のためになったのかを目の当たりにして、僕は喜んだだけでなく驚いた。彼女は初めて会ったときやピクニックで一緒だったときと同じように、まばゆいばかりだった。頬にうっすらと赤みまで差しているが、黒い眉と紅い唇に比べて、肌はどきりとするほど白い。体力が回復して、当初トレローニー氏に示していた以上の優しさにあふれているような感じだ。愛情のこもった手つきで父親の枕を直し、額にかかった髪を払うしぐさを見て、僕は思わず感動した。

僕自身も長時間の見張りで疲れきっていた。このあとはトレローニー嬢が父親に付き添うため、僕はまぶしい光に疲れた目をしばたたき、眠ることのできない夜の疲労をいっきに感じながら部屋をあとにした。

たっぷり睡眠をとって、昼食後に自宅のあるジャーミン街まで歩こうと玄関ホールまで出たとき、玄関先で使用人に執拗に抗議をしている男がいた。応対している使用人はモリスといい、かつては〝臨時雇い〟だったが、使用人が集団で退職してから一時的に執事に昇格していた。見知らぬ男はずいぶん声高に話していて、抗議の内容は苦もなく聞き取れた。執事は丁重な物腰で応対しているものの、男が邸内に入れないよう、大きな両開きのドアの真正面に立っている。聞こえてきた訪問者の最初の言葉で、事情はのみこめた。

「それはけっこうだが、とにかく私はトレローニー嬢に会わねばならん！　どうしてもと言っているのに、だめとは何事だ。何度も何度も私を追い払いおって！　ここに九時に着いたとき、トレローニー氏は起きていない、具合が悪いので起こせないという話だった。十二時に出直すと、またしても、起きていないとおまえは言った。それでは家族の誰かに会えないかと訊いたら、トレローニー嬢も起きていないと答えた。今度は三時に戻ってきたのに、彼は相変わらず寝ていて、まだ目覚めていないと言うのか。トレローニー嬢はどこだ？　〝お嬢様は手がいっぱいですし、困らせるわけにまいりません！〟だと。ふむ、お嬢さんは困るにちがいないぞ！　または誰かがな。私がここにいるのは、トレローニー氏の特別な用件があるからだ。それに、私は使用人が開口一番〝だめです〟と言う土地から来たのだ。今回は〝だめです〟と言っても通用しないぞ！　墓に入るよりも入手に時間がかかって、あまたのドアやテントの外で待ちながら、三年分の〝だめです〟を聞いてきた。そうなるとおまえだって、中にいる人間はミイラに負けないくらい死んでいると思うだろうよ。もう〝だめです〟は聞き飽きた。帰国して、長年仕事をしてきた相手の屋敷から、まったく同じやり方、それも同じ決まり言葉で締め出されるとは、実に不愉快だ。おまえのご主人は、私が来ても通すなとでも命じたのか？」

男は一息つくと、興奮ぎみに額を拭った。執事がいかにもうやうやしく答えた。

「わたくしが務めを果たす際にお気を悪くなさいましたら、申し訳ございません。ご伝言をお残しになりたければ、わたくしからトレローニー嬢にお伝えいたします。また、ご住所をちょうだいできますれば、お嬢様がお望みでしたらお手紙をお出しになるかと存じます」

モリスがこんなふうに返したので、彼が思いやりのある公平な人物だとすぐに相手に伝わった。

「いや、私は君を個人的に責めているわけではないし、気を悪くさせてしまったのであれば、こちらこそ申し訳ない。たとえ腹が立っていても、公正であるべきだ。だがね、私のような立場に置かれれば、誰だって怒るだろう。急を要するのだ。一時間たりとも——一分たりとも——無駄にはできないのだ！　それなのに私はここで六時間も待ちぼうけを食わされている。時間ばかり無駄に過ぎたと君のご主人が聞けば、私の百倍は腹を立てるはずだとわかっていながら。トレローニー君は今私に会わずに手遅れになるより、千回叩き起こされるほうがましだと思うだろう。まったく！　恐ろしいとしか言いようがない。あれだけの試練を経験したあげく、最後に奮闘をだいなしにされ、愚かな使用人に門前払いをされるとは！　この屋敷に分別のある人間はいないのか。あるいは、たとえ分別がなくても権限のある人間は？　私ならその人物をすぐさま説き伏せられるぞ。君のご主人が二百年も眠っていたとされるエフェソスの七眠者のごとく眠り込んでいたとしても、起きなくてはならないと——」

その男が真剣であり、少なくとも彼の視点では、緊急かつ重要な用件であることは間違いなかった。僕は進み出た。

「モリス」と声をかけた。「トレローニー嬢に、こちらの紳士がぜひとも会いたがっていると伝えたほうがよさそうだよ。彼女が席を外せないなら、その旨グラントさんに頼んでもらうといい」

「かしこまりました！」モリスがほっとした口調で答え、足早に去っていった。

僕は見知らぬ男をホールの向こうにあるトレローニー嬢用の客間へ案内した。男が途中で尋ねた。

「君は秘書かな？」

「違います！　トレローニー嬢の友人で、ロスと言います」

「とても助かったよ、ロスさん！」男が言った。「私はコーベックと言います。名刺を差し上げるところだが、私がいた地域では名刺を使わなかったものでね。たとえ持っていたところで、おそらくそれも昨夜なくなって——」

コーベック氏はしゃべりすぎたことに気づいたかのように急に口をつぐんだ。僕たちはどちらも黙っていた。待っているあいだに僕は相手をじっくり観察した。

小柄でがっしりとした体格で、肌はコーヒー豆のような褐色だ。太りやすいたちだと見えるが、今はかなり痩せている。顔と首にしわが深く刻まれているのは年月と風雨にさらされたせいばかりではない。明らかに肉や脂肪がそげおち、皮がたるんでいる。首はしわだらけで何本も線が入り、砂漠の太陽でひどく日焼けしていた。極東、熱帯、砂漠——そうした地域にいた者には、肌にその痕跡が残る。だが、その痕跡は三地域でそれぞれ異なり、違いを知る者の目にはやすやすと見分けがつくのだ。極東はくすんだ青白さ。熱帯は強烈な赤褐色。砂漠は、一生とれることはないかのように深く肌に染みついた濃い褐色。

コーベック氏の頭は並みはずれて大きく丸く、こめかみの部分以外は縮れた黒っぽい赤茶色の髪がふさふさしていた。額は高くて広く、秀でている。人相学の用語を使えば、前頭洞が著しく発達していると言えた。張り出した額は〝論理的思考〟を、下瞼の膨らみは〝言語〟に長けていることを示している。短く幅の広い鼻は活力を表し、角張った顎先——手入れのされていない濃いひげに覆われているが——と力強い顎は剛毅な気性をうかがわせた。

「砂漠も悪い人間ばかりではないいな！」と僕は彼を見ながら心の中でつぶやいた。

思いのほか早くトレローニー嬢が現われた。コーベック氏は彼女の姿を目にして、いささか驚いたようだ。だが、そうした二次的でありふれた感情では打ち消せないほど、彼は腹を立て、興奮していた。とはいうものの、トレローニー嬢の様子を注意深く見守っており、僕はコーベック氏がなぜ驚いたのかを早いうちに突き止めようと、心に留めた。トレローニー嬢は真っ先に詫びを入れ、コーベック氏のいらだった気持ちをなだめた。

「言うまでもないことですが、父の具合がよければあなたをお待たせするようなことはしませんでした。本当に、最初にお見えになったとき、私が付き添いの当番ではなかったらすぐお会いしていました。ところで、どうしてこれほどお急ぎになっているのか教えていただけませんか?」

コーベック氏は僕を見て躊躇した。彼女がすぐに続けた。

「私に話せることでしたらなんでも、ロスさんの前で言ってくださってかまいません。私が全面的に信頼している方で、問題を解決する手助けをしてくれているのです。父の状態がどれほど深刻か、おわかりではないと思います。この三日間、父は目を覚ましておらず、というより、意識のある気配がまったく見られません。しかも、私は父のことで困り果てています。あいにく、父についても父の人生についてもほとんど知らないものですから。父と暮らすようになったのはほんの一年前で、父の周辺のことはわかっていないのです。あなたがどなたかも、お仕事が父とどんな形でかかわっているのかも存じません」

トレローニー嬢は自分のとんだ無知ぶりをなにより誠実な形で伝えようとするかのように、いつものとても優雅な態度ながら、いくぶん申し訳なさそうな笑みを浮かべて言った。

コーベックは十五秒ほど彼女をじっと見ていた。そのあと、あたかも心が決まり、信頼関係ができたかのようにすぐさま口を開いた。

「私の名前はユージーン・コーベックです。ケンブリッジ大学で修士号と博士号、外科学修士号を取得し、オックスフォード大学では文学博士号を、ロンドン大学では科学博士号と言語学博士号を取得しました。さらに、ベルリン大学では哲学博士号、パリ大学では東洋言語学博士号を。まだほかにも、名誉学位などの学位を持っていますが、お聞かせするほどでもありません。ここまでに挙げた学位で、私が病室にも入り込める資格を備えていることがおわかりになるでしょう。まだ若いうちに——興味と楽しみにとってはありがたいことに、だが、懐にとってはうれしくないことに——エジプト学に傾倒したのです。それも半端なものではありませんでしたから、きっとスカラベにひどく噛みつかれたのでしょう。私は墓所さがしに出かけ、なんとか生計を立て、本では得られないいくばくかの知識を身につけました。すっかり金に困っているとき、ご自身の資金で調査をしておられたあなたのお父上と知り合ったのです。それ以降、私の望みが満たされないことはそうそうありませんでした。お父上は芸術の真のパトロンであり、いかれたエジプト学者にはもったいないほどの大立者です！」

コーベック氏は興奮して語った。父親を称えられたトレローニー嬢が喜びに頬を染める姿を見て、僕はうれしかった。だが、コーベック氏はいくらか、大急ぎでしゃべっている感じがあった。彼は話しているうちに自分の立場をよく考え、目の前の二人の他人にどのくらい信用してもらえるか確認したかったのだろう。話を進めるほどに彼が自信を深めていくのが見て取れた。あとから考えてみれば、また彼が言ったことを思い出すと、彼が多くの情報を伝えてくれたからこそ、僕たちは彼を信頼するようになっていったのだ。

「お父上のために何度かエジプトで調査旅行もしています。彼のもとでの仕事は毎回すばらしい喜びをもたらしてくれました。お父上は多くの宝を——珍しい品物もいくつかお持ちだ——私を通じて入手しました。私が発掘したか、購入したか、あるいは別の方法で手に入れたものを。お父上は、トレローニー嬢、たぐいまれな知識の持ち主ですぞ。ときに、ある特定のものの存在——まだ現存すればですが——を知るようになると、それを見つけたいと心を決めてしまうことがあって、そうなると世界中を追跡調査して手に入れるのです。私はちょうどそんな追跡をしていました」

コーベック氏はいきなり話をやめた。まるで糸でぐっと引かれて口が閉じたように唐突だった。僕たちは待った。コーベック氏はこちらから出る質問に先手を打ちたいかのように、これまでになく用心深い口調で先を続けた。

「立場上、私に課せられた任務についていっさいお話しするわけにいかないのです。それがどこで、なんのためかなど、関係する内容はなんであれ。この件はトレローニー君と私とのあいだの秘密になっています。他言しないと誓わせられているんです」

コーベック氏は言葉を切り、その顔を決まり悪そうな表情がよぎった。

「トレローニー嬢、本当にお父上は今日私に会えないほどお加減が悪いのでしょうか?」

戸惑いの表情が今度はトレローニー嬢の顔に浮かんだ。だが、それはすぐに消えた——彼女は立ち上がり、威厳と礼儀正しさが混じり合った口調で言った。

「ご自分の目でお確かめになって！」トレローニー嬢は父親の部屋に向かった。コーベック氏がそのあとに続き、僕が最後についた。

コーベック氏は病室だとわかっていたようにトレローニー氏の寝室へ入った。どう見ても、新しい状況に置かれた人たちに対する態度や振る舞いを無意識のうちにとっていた。有力な友人に会いたいと切望しながらも、懐かしむようにさっと室内を見回した。そして、視線がベッドに釘付けになった。僕はコーベック氏を注意深く観察した。というのも、この人物しだいで、僕たちが巻き込まれている奇妙な出来事についてかなり事情がわかるような気がしたからだ。

なにも彼を疑っているわけではなかった。見るからに正直で、だからこそ不安を抱かざるをえなかったのだ。勇敢で、引き受けた仕事にどこまでも忠実で、秘密を守るのが義務だと判断したら、とことん守り通すだろう。僕たちが直面している事件は、どう控えめに表現しても、普通とは言いがたい。その結果として、守秘義務の範囲を通常よりおおまかにとらえることが必要だ。僕たちにとって、知らないということは打つ手がないことを意味する。過去について少しでも知識を得られたら、襲撃を受ける前の事情をいくらかでも考えつけるかもしれない。そうすれば、トレローニー氏の回復にも多少は役立つのではなかろうか。移動できる美術品もあるかもしれないし……。またしても、さまざまな思いが渦巻きはじめていた。

僕は気を引き締めて観察を続けた。コーベック氏は日焼けしたいかつい顔に、かぎりない同情の念を浮かべ、力なく横たわる友人を見つめていた。トレローニー氏の厳格な顔つきは眠っていてもやわらいでいなかったが、なぜかそのせいで無力さがよけいに際立った。こんな状況でも、弱々しい表情やそれに見合った表情は浮かべそうにない。ただ、僕たちの前で深い眠りに包まれて横たわっている、この意志が固そうで堂々とした男性には、偉大な廃墟を思わせる哀感があった。僕たちにはなじんだ光景であるものの、トレローニー嬢は、僕と同じように、見知らぬ人間の面前であらためて心を動かされていた。

コーベック氏の顔つきが厳しくなった。同情の色はすっかり消え、こんな恐ろしい災厄を引き起こした者にとっては暗い先行きを示す、断固とした険しい表情になる。さらにそれが、決然としたものに変わった。火山のように激しい情熱がなんらかの明確な目的に向けられていた。彼は僕たちを見回して、ケネディ看護師の上で視線を止めると、心もち眉を上げた。その視線に気づいて、物問いたげな目を向けてきた看護師に、トレローニー嬢はさっと目顔で答えた。看護師は静かに部屋を出て、ドアを閉めた。コーベック氏は、強い男の自然な衝動で、女性ではなく男性から事情を聞こうとしてまず僕を見たが、すぐに礼儀を思い出してトレローニー嬢に視線を向け、尋ねた。

「なにもかも話してください。いつ、どうやって始まったか!」

トレローニー嬢が目で訴えかけてきたので、僕は即座に知っていることをすべてコーベック氏に話した。その間ずっと、彼は身動き一つしなかったように思えたが、赤銅色の顔がわずかにこわばった。最後に、マーヴィン氏の訪問のいきさつと、代理権のことを話すと、コーベック氏の顔が明るくなってきた。そして、彼がこの件に興味を示したのを見て、僕が委任契約の内容についてさらに詳しく説明していくと、彼は言った。

「よし！　これで自分の果たすべき役割がわかったぞ！」

僕は浮かない気持ちで彼の言葉を聞いた。こんな言葉が、こんな場合に出てくると、なにか手がかりが得られるかもしれないという僕の希望が断たれたような気がした。

「どういう意味でしょうか」僕の質問は弱々しく感じられた。

コーベック氏の返事に僕の不安は募った。

「トレローニー君は万事心得ているのだよ。彼がとった行動には、すべて明白な目的があったのだ。我々が邪魔をしてはならない。彼は明らかになにかが起こると予測して、自分で自分の身を徹底的に守ったのだ」

「徹底的ではありませんでしたよ！」僕は思わず言った。「どこかに弱点があったはずです。さもなければ、こんなふうに横たわったりしていないでしょう！」

どういうわけか、コーベック氏が平然としていることに、僕は驚いた。てっきりそれ相応の言葉を見つけて返してくると覚悟をしていたのに、彼が心を動かされることはなかった――少なくとも、僕が思ったような形では。日に焼けた顔に微笑みらしきものをちらりと浮かべて、彼は答えた。

「これは終わりではないのだよ！　トレローニー君が身を守ったことは無駄だったわけではないのだ。間違いなく、彼はこうなることも予想していた。いずれにせよ、こうなる可能性は」

「父がなにを予想していたのかご存じなんですか？　あるいは、どうしてそう思ったのか？」

質問したのはトレローニー嬢だった。

答えはすぐに返ってきた。「いいえ！　どちらもわかりません。ただ、想像するに……」コーベック氏はそこで口をつぐんだ。

「なんです？」若い娘の押し殺した興奮の声は苦悶にも似た響きをおびていた。

コーベック氏の日焼けした顔に険しい表情が戻ったが、答える声と態度には優しさと思いやりがこもっていた。

「信じてください、私はお嬢さんの不安をやわらげるためならどんなことでもします。しかし、これにはもっと重大な義務があるんです」

「義務とは？」

「沈黙を守ることです！」コーベック氏は言うと、その意志の強そうな口をぴたりと閉じた。

それからしばらく、三人とも黙っていた。僕たちがひたすら考える中で、沈黙は好ましいものになり、屋敷の内外から聞こえてくるささやかな生活音が煩わしく感じられた。沈黙を破ったのはトレローニー嬢だった。その目に思いつき――希望――がひらめいたのが見て取れる。だが、彼女は気を静めてから口を開いた。

「いったいどんな緊急の要件で私に面会を求めたのでしょうか？　父が――お相手できないとおわかりでしたのに」そこで言葉を止めたのは、彼女の熟考の表れだった。

コーベック氏の変貌ぶりは滑稽なほどだった。鉄壁なまでに冷静だった彼が愕然とするさまは、パントマイムを見ているかのようだ。だが、彼はそもそもの目的を思い出して痛ましいほど真剣だったので、喜劇的な様子はたちまち消えた。

「なんたること！」コーベック氏は椅子の背にかけていた手を上げ、はっとするほどの激しさで打ち下ろした。彼は眉間にしわを寄せて先を続けた。「すっかり忘れていました！　なんという痛手！　よりにもよってこんなときに！　まさに悲願成就の折に！　彼はそこに力なく横わっていて、私は口止めされている！　彼の望みがわからなくては、手も足も出せない！」

「なんのことですか？　どうか、教えてください！　愛する父のことが知りたくてたまりません！　新たな厄介事でしょうか？　そうではありませんように！　ああ、違いますように！　私はただでさえ不安と問題を抱えているのです！　あなたがそうおっしゃるのを聞くと、あらためて心配になります！　この恐ろしい不安と疑いをやわらげることをなにか言ってくださいませんか？」

コーベック氏はがっしりとした身体をすっと伸ばして言った。

「残念ながら！　なにも言えないのです、言うことはかなわないのです。お父上の秘密ですから」彼はベッドを手で示した。「だが――とはいえ、私がこちらに来たのは彼に助言を求め、相談にのってもらい、援助してもらうためです。ところが彼は寝たきりで……。そして時間はどんどん過ぎていく！　じきに手遅れになるかもしれない！」

「なんのことです？　話してください」トレローニー嬢がすがりつくように口を挟んだ。顔がつらそうに引きつっている。「どうか、教えてください！　なにかおっしゃって！　不安で、恐くて、わからないことばかりで、もう耐えられません！」

コーベック氏は多大な努力のすえに心を落ち着けた。

「詳しい事情は言いかねるが、私は大変な失態をしたのです。三年にわたって取り組んできた仕事は成功をおさめました。さがし求めたすべての——さらにそれ以上の——品物を発見し、無事に持ち帰ることができたのです。それ自体値段がつけられないほど貴重な品々ですが、私にさがすよう望み、指示を出したお父上にとっては二倍に貴重です。私は昨夜ロンドンに着いたばかりで、今朝目覚めると、その大切な品々が盗まれていました。不可解な手口で盗まれたのです。私が帰国したことはロンドンの誰一人知りませんでした。みすぼらしい旅行鞄になにが入っていたのか、知っていたのは私だけです。部屋のドアは一つきりで、鍵もかんぬきもかけていました。部屋があるのは五階ですから、窓から侵入するのは不可能でしょう。万全を期して、私はこの手で窓を閉めて掛け金をかけました。今朝、その掛け金に触れた形跡はありませんでした……。ところが、旅行鞄は空でした。ランプは一つ残らず消えていたんです！　ああ！　言ってしまった。私は一組みのアンティークのランプをさがしにエジプトへ行っていたのです。トレローニー君が行方を突き止めたがっていた品です。想像を絶する苦労をして、幾多の危険をくぐりぬけ、私はランプを追い求めました。無事に持ち帰りながら……。このていたらくです！」

コーベック氏は感極まって顔をそむけた。その不屈の魂でさえ、喪失感で打ちのめされていた。

トレローニー嬢が進み出て彼の腕に手を置いた。僕は驚きの目で彼女を見つめた。彼女の心をそれほどまでに動かした情熱と苦痛が決意となって表れたような感じだった。背筋が伸びて、目がきらめき、身体の隅々にまで活力があふれている。話す声にさえ力強さがこもっていた。トレローニー嬢は間違いなく芯の強い女性であり、必要とあれば応えられる強靱さがあった。

「すぐに行動しなくては！　もし私たちにできるなら、父の望みをかなえてあげなくてはならないわ。ロスさん、あなたは弁護士よ。それにこの屋敷には、あなたがロンドンでも屈指だと認める刑事さんがいらっしゃる。きっとなにかできるはずよ。すぐに始められるわ！」

コーベック氏は彼女の熱意を受けて元気を取り戻した。

「よろしい！　さすがはトレローニー君のお嬢さんだ！」コーベック氏はそう言っただけだったが、トレローニー嬢のやる気に感嘆しているのは、思わず彼女の手をとった様子で明らかだった。

僕はドアに向かった。ドウ部長刑事を呼んでこようとしたのだ。同意の表情から、マーガレット――トレローニー嬢――には伝わったらしい。ドアの前まで行ったとき、コーベック氏に呼び止められた。

「第三者をこの件にかかわらせるのは少し待ってほしい。今お話した内容をその刑事は知るべきではないこと、ランプは長期にわたる困難で危険な調査の目的であったことを忘れないでいただきたいのです。私がその刑事に話せるのは、彼がいかなる情報源からつかめるのも、私の財産の一部が盗まれたという事実だけです。ランプについてある程度は説明せざるをえないでしょう。とりわけ、それが金製品であるということは。心配なのは、盗人がランプの歴史的な価値を知らず、犯罪を隠蔽しようとして、溶かしてしまうことです。破壊されるくらいなら、私は喜んで本来の価値の十倍でも、いや二十倍、百倍、千倍でも支払います。刑事には必要最小限のことだけを話すつもりです。ですから、彼が尋ねるどんな質問も私に答えさせてください。もちろん、私があなた方に訊くか、お二人どちらかのお話を参考にする場合は別ですが」

僕たちは二人ともうなずいた。そのとき、ある考えが浮かんで、僕は言った。

「それはそうと、この件を伏せておく必要があるなら、ドウ部長刑事に個人的に引き受けてもらえればそのほうがいいんじゃないでしょうか。いったんスコットランド・ヤードに情報が伝わってしまえば、もうこちらの力では抑えようがなくなって、それ以上秘密にしておけなくなるでしょう。僕からドウ部長刑事に話して、こちらへ連れてきます。僕がなにも言わなかったら、部長刑事は仕事を引き受け、個人的に取り組んでくれるということです」

コーベック氏がすぐさま答えた。

「秘密厳守が最優先です。一つ私が恐れているのは、すべてのランプが、あるいはそのうちのいくつかでも、即座に壊されるかもしれないということです」

度肝を抜かれたことに、トレローニー嬢が間髪を入れず、だが静かに、きっぱりと言った。

「ランプは壊されません。どれ一つとして!」

コーベック氏は唖然として、微笑みさえ浮かべた。

「なぜわかるのです?」と彼が尋ねる。

トレローニー嬢の答えはなおさら不可解だった。

「なぜかはわかりませんが、でも、わかるのです。身をもって感じているのです。生まれてこのかた抱いてきた信念のように!」

第八章　ランプの発見

初めドウ部長刑事は、いくぶん難色を示したが、個人的に持ちかけられるであろう相談にのることに結局は同意した。ただし、自分は助言を引き受けるだけだと僕に釘をさした。行動をとる必要が出てきた場合、本部に報告せざるをえなくなるかもしれないからだ。これを了解のうえで、僕は彼を書斎に残し、トレローニー嬢とコーベック氏を呼びに行った。ケネディ看護師がベッド脇の席に戻ってから僕たちは病室を出た。

コーベック氏が事件について用心深く、感情を交えず的確に述べるさまには感心せずにいられなかった。彼はなにも隠していないようでいて、行方不明になった品物に関する最低限の説明しかしなかった。事件の謎をつぶさに語ることはなく、よくあるホテルの盗難ととらえているような感じだ。僕はコーベック氏の第一の目的が品物をその形が失われる前に取り戻すことだとわかっていたので、彼が必要な情報だけ口にして、それ以外はいっさい伏せ、しかもそれを悟らせないという、なかなかお目にかかれない知的技能を見抜くことができた。「なるほど」と僕は思った。「彼は東洋のバザールで鍛えられ、しかも西洋の知性でもって、〝師匠〟を超えたのだ！」

コーベック氏が自分の話をすっかり伝えると、ドウ部長刑事はしばらくじっくりと考えてから答えた。

「鍋か秤か？　それが問題ですね」

「どういう意味です？」コーベック氏が敏感に反応して問い返した。

「バーミンガムに昔から伝わる泥棒の合言葉ですよ。最近は、誰でも隠語を知っていると思っていました。その昔ブラムことバーミンガムには規模の小さな金属工場がひしめいていて、金銀匠たちは、やってきた人間からほとんど誰彼かまわず、金属を買い取っていたんです。少量の金属ならたいてい安く買い叩くものの出どころを問わず、一つのことしか訊かない習わしでした——つまり、売り手が品を溶かしてほしいかどうかです。溶かす場合は買い手が値段を決め、るつぼは必ず火にかけられました。買い手の判断で現状を保つ場合、品は秤にのせられて、古い金属の標準価格で売れました。

今でもそうした取引は大量に行われていますよ。ブラム以外の街でもです。盗まれた懐中時計を捜索しているとしばしば遭遇しますが、山積みの金属から歯車やぜんまいを特定するのは無理というものです。もっとも、我々が追っているものに出くわすこともそうそうありませんが。

さて、今回の場合は泥棒が〝できるやつ〟かどうかに大きく左右されます——連中は自分の仕事を心得ている人間をそう呼ぶんです。一流の泥棒は、盗んだ品物に単なる金属以上の価値があるかどうかを見抜きます。価値があると判断すれば、そいつは盗品をあとで——アメリカかフランスあたりで——売りさばける人間に預けるのです。ところで、盗まれたランプがあなたのものだと特定できる人はほかにいそうですか？」

「いや、私以外にはいない！」

「類似品はありますか？」

「私の知るかぎりではない」コーベック氏が答えた。「そうは言っても、さまざまな点で似ているものはあると思うが」

部長刑事は間をおいてから再び尋ねた。

「そのほかの専門家──たとえば大英博物館の──か、古物商か、トレローニー氏のような収集家には、そのランプの価値──美術品としての価値──がわかるでしょうか？」

「もちろんだとも！　分別がある人間なら、一目見ただけで、あれは価値があるとわかるだろう」

ドウ部長刑事の顔が明るくなった。

「それなら見込みはあります。部屋のドアに鍵がかかり、窓も閉まっていて、客室係や靴磨きが出入りした際にたまたま盗まれたのでなければ。この仕事をしたやつはその機会を狙っていたんです。良い値がつかないかぎり盗品を手放すことはないでしょう。これは質屋に警告しておかなければ。いずれにせよ、一ついい点は、大騒ぎする必要はないということです。あなたが望まないかぎり、スコットランド・ヤードに報告するまでもありません。内々で捜索しましょう。あなたが最初に言ったとおり、事を隠しておきたいなら、それが有利に働きます」

コーベック氏は一呼吸おいてから静かに言った。

「盗みがどう行われたかについて、とくに言及がなかったように思うが？」

警官は知識と経験に満ちた微笑みを浮かべた。

「極めて単純な手口ですよ。間違いありません。こうした謎めいた犯罪は蓋を開けてみればそんなものです。犯罪者は自分の仕事とそのあらゆるこつを知っていて、機会を待ち構えています。しかも、こうした機会がどんなものにつながりそうか、普段はどうやって訪れるかを経験からわかっている。狙われた相手は用心深くするしかありません。盗みのあらゆるこつも、彼を狙って作られたであろう落とし穴も知らないわけですから、ちょっとした不注意かなにかで罠に落ちてしまいます。我々がこの事件について知り尽くせば、あなたはなぜもっと早くその方式に気づかなかったのかと不思議に思うことでしょう！」

この言葉にコーベック氏は少しむっとしたらしく、見るからに興奮した態度で答えた。

「いいかね、君、この事件に単純なところなどない──品物が盗まれたところだけだ。窓は閉まっていて、暖炉は煉瓦でふさいであった。部屋にドアは一つきりで、私は鍵もかんぬきもかけた。ドアの上に明かり採り窓はなかった。明かり採りから忍び込んだホテル強盗の話は聞いたことがある。私は夜間に一度も部屋を離れなかった。ランプをこの目で確かめてからベッドに入り、目覚めた時点でまた見に行った。こうした事実から単純な盗みを思いつけるなら、君は切れ者だよ。そうとしか言いようがない。たちまち私のランプを取り返してくるほど頭が切れるのだろう」

トレローニー嬢がなだめるようにコーベック氏の腕に手を置き、穏やかな声で言った。

「いたずらに心を痛めてはいけませんわ。きっとランプは出てきます」

ドウ部長刑事があまりにも素早くトレローニー嬢の方を向いたので、刑事が彼女に抱いている疑いが早くも固まったことを、僕は思わずにいられなかった。部長刑事が言った。

「お嬢さん、そうおっしゃる根拠はなんですか？」

すでに疑惑について知っている僕は、その耳でトレローニー嬢の答えを聞くのが怖かった。やはりそれは新たな痛みないし衝撃となってやってきた。

「どうしてわかるのかは言えません。でも、確信しています！」

ドウ部長刑事はつかのま黙って彼女を見つめてから、僕にちらりと目を向けた。

ほどなくドウ部長刑事は、自分の活動、問題のホテルと客室の詳細、ランプを特定する手段について、コーベック氏と少し突っ込んだ話し合いを進めた。やがて捜査に取りかかるために席を立った刑事に、コーベック氏は泥棒が危険を察知してランプを破壊するといけないから、くれぐれも秘密を守るよう念を押した。彼も自分の仕事に関連する用件を片付けに外出するものの、夜は早めに戻って屋敷から出ないと請け合った。

その日のトレローニー嬢は、父親を結局は深く失望させるに違いない盗難事件で新たにショックを受け、懸念も抱いたはずだったが、いつになく元気で気力もあるように見えた。

二人でトレローニー氏の美術品を一通り調べて、夜まで大半の時間を過ごした。コーベック氏に聞いた話から、エジプト研究者の世界で彼が行っている活動の幅広さがある程度わかってきたおかげで、自分の周囲にあるすべてのものに、これまでにない関心をかきたてられはじめた。調べを進めるうちにますます興味がわき、心にくすぶりつづけていたかもしれない疑念が、驚嘆と称賛に変わった。屋敷は古代美術の驚きに満ちた宝庫そのものに思えた。トレローニー氏の寝室にある大小の美術品――古代エジプトの美しい装飾が施された棺から飾り戸棚に並んださまざまなスカラベまで――に加えて、大広間や階段の踊り場、書斎、小部屋さえ、収集家の垂涎の的になりそうな美術品であふれていた。

初めから僕と行動をともにしていたトレローニー嬢は、より熱心にどの品も眺めた。見事な魔除けが並んだ飾り戸棚を調べたあと、彼女は実に無邪気に言った。

「近頃では私がこうした品々にほとんど目も向けていなかったなんて、信じられないでしょうね。父が倒れてから初めて、いくらか関心を持つようになったの。今ではその気持ちがどんどん強まって、もう夢中と言ってもいいくらい。私にも収集家の血が流れていて、それが表に出てきたのかしら。もしそうなら、これまで心を惹かれなかったのはおかしなものね。もちろん、大型の美術品はあらかた知っているし、多少は調べたことがあるわ。でも本当に、それらがずっとそこにあったみたいに、なんとなく私はあって当然のように思っていたの。一族の肖像画と同じだと感じることがあるわ。一族にとっては、あってあたりまえのものなのよ。だから、あなたが父の収集品を一緒に調べてくれたらうれしいわ！」

トレローニー嬢がそんなふうに話すのを聞くのは楽しかったし、最後の提案には胸が躍った。二人ですばらしい美術品を調べたり評価したりしながら部屋や廊下をめぐっていく。量の多さと種類の豊富さは唖然とするほどで、大部分はちらっと見ることしかできなかった。だが、先へ進むにつれ、一つずつ順番にもっとていねいに調べるべきだということで意見が一致した。

大広間には、花模様の細工が施された大きな鉄枠のようなものがあった。マーガレットの話では、トレローニー氏が石棺の重い蓋を持ち上げるのに使っていたという。枠は重くなく、手軽にあちこち動かせた。それを使って、僕たちは石棺の蓋を次々に開け、その大半にびっしりと彫られたヒエログリフを見た。よく知らないと打ち明けたわりには、マーガレットはヒエログリフに詳しかった。父親と過ごす日々の中で、知らず知らずのうちに身についたのだろう。彼女は聡明で勘が鋭く、並外れた記憶力の持ち主で、いつのまにか少しずつ蓄積されていった知識の量は、学者もうらやみそうなほど膨大なものになっていた。それでいて、純真で謙虚で、少女めいたところがあって、気取りがない。物の見方や考えがとても新鮮で、自分のことはほとんど考慮しないので、一緒にいると、僕は当面のところ、トレローニー家が巻き込まれている困難と謎とをすっかり忘れ、少年に戻ったような気分になった……

わけても興味深い石棺は、間違いなくトレローニー氏の部屋にある三基だった。二基は黒っぽい石でできていて、そのうち一基は斑岩、もう一基は鉄鉱石のたぐいだ。どちらもそれなりにヒエログリフが刻まれている。だが、三基目はまるで異なっていた。メキシコ産オニキスを思わせる特徴的な色味の黄褐色の石は、多くの点でオニキスに似ているが、自然な渦巻き模様はあまり目立たない。あちらこちらにある斑点は透明といってもよく――少なくとも、半透明だった。蓋も含めて棺全体に、数百数千もの微細なヒエログリフが無限とも思えるほどずらりと刻まれ、裏面、前面、側面、端、底、そのすべてに繊細な絵が黄色の石に濃い青で色鮮やかにくっきりと描かれていた。その石棺はとても長くて、九フィート近くあり、幅は一ヤードほど。側面は波打っていて、どこにも直線はない。角でさえ優美な丸みをおびていて、見る者の目を楽しませてくれた。

「まったく」と僕。「これは大男のために作られたんだろうな!」

「大女のためかもよ！」マーガレットが言った。

この石棺は窓辺に置かれていた。それがその部屋のほかの棺とは違っていた。屋敷にある残りの棺は、材質がなんであれ——花崗岩、斑岩、鉄鉱石、玄武岩、粘板岩、あるいは木材——内側の構造は実に簡素だった。表面になにも描かれていないものもあれば、全体か一部に、ヒエログリフが彫られているものもある。だが、突起があるものや表面が平坦でないものは一つとしてなかった。ひょっとすると、石棺は浴槽に使用されていたのかもしれない。事実、いろいろな点で、僕がこれまで見たことのあるローマ時代の石か大理石造りの浴槽に似ていた。ところが、この石棺の内部には人のような形に高くなった部分があった。僕はマーガレットになにか解説してもらえないか訊いてみた。その答えとして彼女が言った。

「父はこの石棺の話をしたがらなかったわ。私は一目見て心を惹かれたのに、父に尋ねるとこう言われたの。〝いつかすべてを教えてやろう——そのときわしが生きていたらな！　しかし、まだだめだ！　それにまつわる話をおまえにしたいが、まだ話せない！　おそらく早晩、わしはすべてを知るだろう。そうなったら一緒にとくと検討しよう。おまえはとてつもなく興味深い話だと思うはずだ——なにからなにまで！〟一度、私は軽い調子だったと思うけれど、訊いてみたことがあるの。〝もうあの石棺の話をしてもらえるのかしら、お父様？〟父は首を振ると、深刻な顔で〝まだだ。だが、必ず話す——わしが生きていれば——生きているかぎり！〟と答えたの。父が寿命についての言葉を繰り返すので怖くなって、私は二度と訊く気になれなかったわ」

この話に、僕はどういうわけかぞくぞくした。それがどうやってか、どうしてかはよくわからないものの、ついに一筋の光が射したように思えたのだ。どうやら、心がなにかを真実だと受け入れる瞬間があるようだ。けれどもそれは、考えた経過から生まれるものでも、複数の考えがあった場合はその関連性から生まれるものでもない。これまで僕たちはトレローニー氏をめぐる周囲の暗闇にいた。そして彼に襲いかかった奇妙な災厄から得られた手がかりが、しごくかすかであやふやなものとはいえ、初めて明らかな満足感を与えてくれたのだ。

難問を解く手がかりが二つあった。一つ目は、トレローニー氏がほかならぬこの美術品と自分の寿命に対する疑問を結びつけていたこと。二つ目は、それに関する目的か期待を抱いていて、それがかなうまで娘にも明かそうとしなかったこと。さらに、この石棺の内部の構造は特殊なのではないかと思いついた。あの妙に高くなった部分はどんな用途があるのだろう？　トレローニー嬢にはなにも言わなかった。彼女を怯えさせても、よけいな希望を持たせてもいけないと思ったからだが、自分では早いうちに機会をとらえてもっと探ってみようと心を決めた。

問題の石棺のかたわらに、血石らしい、赤い模様の入った緑色の石でできた低いテーブルがあった。脚はジャッカルの脚をかたどり、どの脚にも、純金で精巧に作られた、口をいっぱいに開けた蛇が巻き付いている。テーブルの上には、奇妙でいてとても美しい、変わった形の石の宝石箱か貴重品入れが置かれていた。小型の棺に似ているが、側面の長い部分は、上部や下部のように四角に切り落とされず、横に張り出して先が尖っている。それで箱は、それぞれ二つの側面に二つの平面を備え、一方の端の部分と上部と底部に面がある不規則な七面体となっていた。一つの石から作られているが、僕は初めて目にするたぐいの石だった。下の部分は深みのある緑色で、エメラルドにそっくりながら、宝石の輝きはない。だからといって、色も質も決して冴えないものではなく、触れてみると極めて硬く、手触りがよかった。見た目は宝石といってもよいほどだ。上に行くほど色は明るくなっていき――変化の段階が見て取れないほど実に微妙だ――中国の〝官衣〟に近い美しい黄色へと変わる。それは僕がこれまでに見たどんな物ともまったく違っていて、知っているどんな石や宝石にも似ていなかった。きっと珍しい原岩か、なにかの宝石の母岩だろう。数箇所を除いて、全体に細かいヒエログリフが精緻に彫られ、石棺のと同じ青緑色のセメントか顔料で色付けされていた。長さはおよそ二フィート半、幅はその半分ほどで、高さはほぼ一フィート。ヒエログリフが彫られていない箇所は、尖った先端に向かっている蓋に分散していた。ほかの部分より透明感があるように見える。透けているかどうか確かめようと蓋をとってみることにしたが、わずかにさえ動かなかった。あまりにぴったりはまっているせいで、箱全体が内側から神秘的にくりぬかれた一つの石ででもあるかのようだ。側面と縁には変わった見た目の突起が、石を切った際に明らかな意図をもって彫られたほかのどんな部分にも負けず劣らず精巧に作られていた。そこにはそれぞれ異なる妙な形の穴かへこみがあり、ほかの部分と同様、一面にヒエログリフが丹念に刻まれ、青緑色のセメントで埋められていた。

大型の石棺の反対側に、小さなテーブルがもう一台あった。雪花石膏でできていて、象徴化された神々と十二星座が繊細に彫られている。このテーブルに、赤金色の帯金に水晶板をはめ込んだおよそ一フィート四方のケースが置かれていた。帯金にはヒエログリフが美しく彫られ、石棺や箱のものとよく似た青緑色に色付けされている。全体的にはかなり現代的な作品だった。

だが、ケースは現代的であっても、中身は違っていた。絹のように織り目が細かく、古金ならではのやわらかな風合いを持つ金色の布張りのクッションに、見る者をぎょっとさせるほど完全なミイラの手が置かれている。上品ですんなりとした女性の手で、指は長く先が細く、何千年も前に死体防腐処理者に渡されたときとほぼ同じくらい状態がいい。防腐処理されても、その美しい形はまったく損なわれていなかった。手首でさえ柔軟さが残っているらしく、クッションの上でやさしい曲線を見せている。肌は濃厚なクリームの色あるいは古い象牙の色で、そのほのかに浅黒い肌が当地の暑さを偲ばせるが、それは日陰の暑さだ。それが手としてひどく変わっているのは、中指と人差し指が二本ずつあって、全部で指が七本ついている点だった。手首の端はちぎれたかのようにぎざぎざで、赤褐色の染みがついている。手のそばのクッションには、エメラルドで精巧に細工された小さなスカラベが置かれていた。

「これも父の謎なの。私が尋ねたとき、父は自分の宝の中でおそらくいちばん貴重な物だと答えたわ。ただし、例外が一つあるそうなの。それについては、訊いても教えてくれなかったうえに、いっさいの質問を禁じられた。〝いつか話す〟と父は言ったわ。〝そのこともすべて、しかるべきときに——わしが生きていればな！〟」

またしても〝生きていれば！〟だ、と僕は思った。ここに集まった三つの物、石棺と宝石箱とミイラの手とで、怪奇小説の三部作になりそうだ！

このときトレローニー嬢はなにか屋敷のことで呼ばれていった。僕は室内のほかの美術品を調べていったが、彼女がそばにいない今は、魅力が薄れたような気がした。その後、女主人用の客間に呼ばれていくと、トレローニー嬢がコーベック氏の宿泊についてグラント夫人と相談しているさいちゅうだった。コーベック氏の部屋をトレローニー氏の部屋のそばにするか、かなり離れたところにするかで迷っていた二人は、よくよく考えたあげく、僕に意見を求めることにしたのだ。僕は、あまり近くにしないほうがいいということに気持ちが落ち着いた。いずれにしても、必要なら近くの部屋にすぐ移ってもらえる。グラント夫人が立ち去ると、どうして今自分たちがいる客間の家具は屋敷のほかの部屋のものとまったく違うのかトレローニー嬢に尋ねた。

「父の配慮なの！　私が初めてこの屋敷に来たとき、父は当然とも言えるけれど、いたるところにあふれている死や墓の記録に私が怯えるんじゃないかと考えたのよ。それで、この部屋とその向こうに小さな続き部屋を――あのドアが居間に通じているの――用意して、きれいな家具を置いてくれた。ゆうべはそこで眠ったのよ。ほら、どれもすてきでしょう。あの飾り戸棚は偉大なナポレオンが所有していたの」

「それで、この部屋にはエジプトらしいところがないんだね？」室内にある調度品を見れば歴然としていたが、僕はなによりトレローニー嬢が言ったことに関心を示すために訊いた。「実に見事な飾り戸棚だね！　ちょっと見てもいいかい？」

「どうぞ！　ぜひごらんになって！」トレローニー嬢が答え、微笑んだ。「この仕上げ削りは内側も外側も、父が言うには、文句なく完璧らしいの」僕は近寄って、飾り戸棚をよく見た。ユリノキ材に象嵌が施され、金めっきでふんだんに装飾されている。引き出しの一つを開けてみることにした。細工のよさがわかるように深いものを選んだ。把手を引っ張ると、中でなにかが転がるような気配がして、金属が触れ合うちりんちりんちりんという音がした。

「おや！」僕は言った。「なにか入っているね。開けないほうがよさそうだ」

「私はなにも入れていないわ」とトレローニー嬢。「メイドが一時的になにかとっておくのに使って、取り出し忘れたのかもしれないわ。ぜひ開けてちょうだい！」

引き出しを開けたとたん、僕もトレローニー嬢も驚きのあまり身を引いた。目に飛び込んできたのは、大小さまざま、妙に形もまちまちないくつもの古代エジプトのランプだった。

僕たちは身をかがめてランプをじっくりと見た。僕の心臓は早鐘を打っていた。マーガレットも胸が大きく上下しているところからいって、異様に興奮しているようだ。

どちらも手を出すのをためらい、考えることすら恐れて眺めているうちに、玄関ドアのベルが鳴った。その直後に、コーベック氏に続いてドウ部長刑事がホールに入ってきた。女主人用の客間のドアは開いていて、僕たちに気づくと、コーベック氏は駆け込み、あとから部長刑事がいくぶんゆっくりと入ってきた。コーベック氏は控えめな喜びめいたものを顔にも態度にも表して、いきなり言った。

「一緒に喜んでください、親愛なるトレローニー嬢。私の荷物が戻ってきて、中身はすべて手つかずでした！」コーベック氏は顔を曇らせて付け足した。「ただし、ランプを除いて。ほかの品全部の千倍も貴重なランプを……」トレローニー嬢の顔が妙に青ざめていることに気づいて、彼は言葉を切った。コーベック氏の目が彼女と僕の視線をたどって、引き出しに入っているランプに行き着く。驚きと喜びの入り交じった悲鳴のようなものをあげると、引き出しに身を乗り出して、ランプに触れた。

「私のランプ！　私のランプだ！　では、無事――おお、どれも無事だったのか！　だが、どうやって――いったいぜんたいどういう具合で――ここに来たのだろう？」

誰もが黙ったまま立っていた。ドウ部長刑事が大きく息を吸いこむ音が聞こえた。僕が目を向けると、その視線をとらえた刑事は、自分に背を向けているトレローニー嬢へと目を転じた。

ドウ部長刑事の目つきには、トレローニー氏が襲撃された際の第一発見者は彼女だと僕に告げたときと同じ疑惑がこもっていた。

第九章　知識の必要性

ランプを取り戻したコーベック氏は小躍りせんばかりに見えた。愛しいものででもあるかのように、一つずつ手にとってはやさしく眺めまわしていく。うれしさと興奮で息が弾んでいるのが、猫が満足そうに喉を鳴らす声のようにも聞こえる。ドウ部長刑事が旋律の中の不協和音のように、静かな口調で沈黙を破った。

「このランプ一式があなたの所持品で、盗まれた物であることに本当に間違いありませんか？」

コーベック氏はむっとした調子で答えた。「あたりまえだ！　間違ったりするものか。こんなランプはこの世に二組とない！」

「あなたの知るかぎりではでしょう！」ドウ部長刑事の言葉は上品だったが、態度は怒りを誘発するものだったので、彼にはなにか狙いがあると僕はにらんだ。そこで、黙ってなりゆきを見守った。刑事は続けた。

「そう、大英博物館にはあるかもしれません。あるいはトレローニー氏がすでにお持ちのものだったかもしれません。この世に新しいものは何一つない、というじゃありませんか、コーベックさん。エジプトだってそうです。これが原物で、あなたが手に入れたランプは模造品だった可能性もあります。これがあなたの所持品だと見分けられる特徴でもあるのでしょうか？」

この頃にはコーベック氏は本気で腹を立てていた。慎みをかなぐり捨て、激高のあまりほとんど支離滅裂ではあるけれど、それでいて知識を与える、単語を並べただけの話を矢継ぎ早にした。

「見分けるだと！　模造品だと！　大英博物館だと！　くだらん！　おおかた、スコットランド・ヤードでは一組とってあって、愚かな警官にエジプト学を教えているのだろうよ！　私にランプの区別がつくかと？　砂漠で、三か月間、肌身離さず持ち歩き、毎晩横になっても眠らず見張っていたんだぞ！　一時間ごとに、目が痛くなるまで拡大鏡で点検し、ついにはどんな小さな染みも、欠けも、汚れも、私には船長にとっての海図のように、あるいは、疑いなく常にどの土地にもいる、いずれは死ぬ運命にある愚鈍なこそ泥と同じくらい、なじみ深くなったのだ。ほら、お若いの、よく見ろ！」

コーベック氏は飾り戸棚の上にランプを並べた。

「こんな形の一組になったランプを目にしたことがあるか……いや、こうした形のランプを一つでも？　どうだ、ランプに彫られた堂々とした像ときたら！　これほど完璧な一組はお目にかかったことがあるまい——スコットランド・ヤードでも、ボウ・ストリートでも。

見ろ！　一個に一体ずつ、七種類のハトホル女神が刻まれている。それに、死者の船に乗って太陽神ラーと冥界の神オシリスのあいだに立っている上下エジプトを治める王女の〝霊魂《カー》〟の像。かたわらには、その〝カー〟に従う、脚に支えられた〝眠りの目〟が、さらに、北の空に昇る、天空の神ホルスの形の一つハルマキス神が彫られているだろう。こんなものが大英博物館で——またはボウ・ストリートで見られるのかね？　あるいは、君はカイロのエジプト考古学博物館、またはケンブリッジ大学付属のフィッツウィリアム美術館、パリやライデン、ベルリンの博物館を調べて、ああした場面がヒエログリフでは一般的に見られるもので、こっちのは模造品にすぎないとわかったとでも？　君はおそらく、プタハ＝ソカリス＝オシリスの合成神がパピルスの笏に包まれた護符を持っているのにどんな意味があるのか、教えられるんだろうな。君は今までこれを見たことがあるのか？　大英博物館で、エジプト考古学博物館で、スコットランド・ヤードで？」

　コーベック氏が唐突に口を閉ざした。やがて、それまでとまったく違う口調で話を再開した。

「やれやれ！　頭の鈍い愚か者はこっちらしい！　なあ君、無礼な態度をとってすまなかった。自分のランプを見分けられるのかと訊かれて、つい頭に血がのぼってね。気にしてないだろうね？」

部長刑事が愛想よく答えた。

「いえいえ、気にしてませんとも。自分は敵であれ、味方であれ、やりとりしている相手が怒るところを見たいんです。人は怒っているときに本当のことを教えてくれますから。こちらは冷静さを失ったりしませんよ、それが仕事ですから！　お気づきですか、この二分間であなたがランプについて話してくださった内容のほうが、以前に細かく教えてくださった見分け方より詳しいんです」

コーベック氏はうなった。手の内をさらけ出してしまって機嫌がよくなかった。突然、僕に顔を向けると、彼らしい自然な調子で言った。

「ところで、どうやってこれを取り戻したのか教えてくれないかね？」

僕はすっかり面食らって、思わず言っていた。

「取り戻していません！」

コーベック氏がからからと笑った。

「いったいどういうことだね？　取り戻さなかったとは！　なぜランプがこうして君たちの目の前にあるのか。部屋に入ってきたら、二人でランプを見ていたではないか」

もうこのとき、僕は驚きから立ち直り、気持ちを落ち着けていた。

「ええ、まさにそうです」僕は認めた。「ちょうどあの瞬間に、たまたま、本当に偶然、発見しただけなんです！」

コーベック氏は身体を反らして鋭い目でトレローニー嬢と僕を交互に見つめながら言った。

「つまり、誰もランプをここへ持ってこなかった、それでもその引き出しで見つけたということかね？　まあ、それで、誰も取り戻さなかったと？」

「誰かが持ってきたことは確かでしょう。ランプがひとりでに現れるはずはありませんから。でも、誰が、いつ、どうやってかについては、僕たちはどちらも知りません。使用人の誰かがなにか知っていないか、訊いてみるしかないでしょうね」

しばらく誰もが黙ったまま立っていた。長い時間に感じられた。沈黙を破ったのはドウ部長刑事で、彼はうっかり口をすべらせた。

「ああ、くそ！　失礼しました、お嬢さん！」そのあと部長刑事の口はぴしゃりと閉じられた。

使用人を一人ずつ呼び出して、女主人用の客間の引き出しに入っていた品物についてなにか心当たりはないか尋ねたが、みな知らないと答えるばかりだった。僕たちは品物がなんであるのか彼らに教えず、また見せもしなかった。

コーベック氏はランプを脱脂綿で包んで、ブリキの箱に入れた。ちなみに、ブリキの箱はドウ部長刑事の部屋に運ばれ、どちらかの刑事が拳銃を携帯して一晩中見張った。翌日、僕たちは屋敷に小型の金庫を運び入れ、そこにランプをしまった。鍵は二種類あった。一つは僕が身につけ、もう一つは貸金庫に預けた。ランプを再び行方不明にしてはならないと、全員が心に決めていた。

ランプが見つかってから一時間ほどあとに、ウィンチェスター医師がやってきた。手にしていた大きな包みを開けてみると、猫のミイラだった。トレローニー嬢の許しを得て、医師はミイラを女主人用の客間に置き、シルヴィオが連れてこられた。だが、おそらくウィンチェスター医師は別として、誰もが驚いたことに、シルヴィオはいやそうなそぶりを見せるどころか、ミイラには目もくれなかった。テーブルの上でミイラのすぐそばに置かれたまま、大きく喉を鳴らしている。やがて、医師は予定していたとおりに、シルヴィオを連れてトレローニー氏の部屋に向かい、僕たちもみなついていった。ウィンチェスター医師は気負い立ち、トレローニー嬢は心配していた。僕はといえば興味津々だった。医師の考えがわかりかけていたからだ。ドウ部長刑事は一歩引いた感じで落ち着いていたが、熱心な研究家であるコーベック氏は好奇心であふれんばかりになっていた。

ウィンチェスター医師が病室に入ったとたん、シルヴィオは鳴き声をあげてもがきだした。医師の腕から飛び出して猫のミイラに駆け寄り、乱暴に引っ掻きはじめる。トレローニー嬢はシルヴィオをなかなか引き離せなかったが、猫は部屋の外に出されるなりおとなしくなった。

彼女が戻ってくると、いっきにかまびすしくなった。

「やっぱりそうだ！」と医師。

「どういう意味です？」とトレローニー嬢。

「実に奇妙なものだ！」とコーベック氏。

「不思議ですね！　でも、なにも立証されていませんよ！」と部長刑事。

「判断を差し控えます！」と僕。なにか言っておくほうが賢明だと思った。

やがて全員一致で、この話題を打ちきった――さしあたっては。

その夜、僕が自分の部屋で、それまでの出来事について書き留めていると、ドアを控えめに叩く音がした。僕がどうぞと応えると、ドウ部長刑事が入ってきて、そっとドアを閉めた。

「君だったのか、部長刑事。さあ、かけて。どうしたんだい？」

「あなたと話がしたかったんです。あのランプについて」僕がうなずいて続きを待つと、ドウ部長刑事が話しだした。「ご存じのとおり、ランプが見つかった部屋は昨夜トレローニー嬢が休んだ部屋とつながっていますね？」

「ああ」

「夜間に、屋敷のあのあたりの窓が開いたあと、閉じる音を聞いたんです。見て回りましたが、なんの異状も認められませんでした」

「ああ、それなら知っているよ！」僕は言った。「窓が開け閉めされる音は僕も聞いたんだ」

「おかしいと感じる点はありませんでしたか？」

「おかしい、か！　たしかに、これまでに遭遇した中で、なにより当惑させられ、頭を抱えさせられることだね。おかしなことばかりだと驚異に思えてしまうね。そして、次にどうなるのか単に様子を見てしまうんだよ。だが、おかしいとはどういう意味だい？」

ドウ部長刑事は言葉を選んでいるかのように間をおいたあと、おもむろに口を開いた。

「いいですか、自分は魔法だのなんだのを信じる人間じゃありません。どんな場合も事実を追求します。結局はすべてのことに理由と原因があると常に思い知らされるんです。あの新来の紳士は、ランプがホテルの客室から盗まれたと主張しています。ランプは、彼に聞いた話からすると、事実上トレローニー氏のものですね。この屋敷の女主人である氏の娘が、普段使っている部屋を空けて、あの夜は階下で眠っている。ある窓が夜間に開閉する音がする。日中は盗難事件の手がかりを追っていた我々が屋敷に戻ってきて、彼女の寝室に近く、つながってもいる部屋で盗難品を発見する！」

部長刑事が言葉を切った。先日、彼の話を聞いたときと同じ苦痛と懸念が全身にじわじわと、というより、どっと押し寄せるのを僕は感じた。それでも、この問題に立ち向かうしかなかった。トレローニー嬢との関係が、そして彼女に対する気持ちが――今ではそれが深い愛と献身だと十分にわかっている――それほど僕を駆り立てていた。腕利きの刑事がこちらに鋭い視線を注いでいたので、僕はなるべく冷静に言った。

「そこから導き出される考えは？」

ドウ部長刑事は絶対的な確信をもって答えた。

「自分の考えはこうです。そもそも盗難など起こらなかった。ランプは何者かの手でこの屋敷に運ばれ、一階の窓から受け取られた。そしてしかるべきときに発見されるよう飾り戸棚に入れられたのです！」

ともかくも僕はほっとした。この推論はあまりにもばかげている。だが、安堵したのを悟られたくなくて、なるべく深刻な調子で答えた。

「では、誰がランプを屋敷に持ち込んだと？」

「まだ特定の人物に絞ってはいませんよ。コーベック氏自身という可能性もあります。危険が大きすぎて、第三者をあてにはできなかったかもしれませんからね」

「だとしたら、君の推論の自然な流れによると、コーベック氏は嘘つきで詐欺師であり、トレローニー嬢と共謀して、誰かをランプの件でだまそうとしたということになる」

「手厳しい意見ですね、ロスさん。あまりに率直で、ある男に的を絞って、彼への新たな疑いを起こさせています。ですが、自分は自分の理性が指し示す方向に向かわなければなりません。トレローニー嬢共謀説より、別の犯行グループがあるというほうが有力でしょう。実際、別の件でトレローニー嬢について考え、疑いを抱くことがなければ、彼女が関係しているなど思いもよりませんでしたよ。

だが、コーベックについてはこっちのものです。ほかに誰が共犯だろうと、彼は犯人ですよ！あのランプはコーベックが見て見ぬふりをしないかぎり盗めなかったでしょう——彼の話が本当だとしたら。嘘だったら——まあ、やつはとにかく嘘つきです。貴重品がたくさんある屋敷に滞在させるのはまずいんじゃないでしょうか。ただし、自分と同僚とでやつを見張れるという点もありますが。しっかり警戒を続けますよ。やつは今、この自分の部屋で、例のランプを監視しています。もっとも、そこにジョニー・ライトもいます。自分が交代してから彼が引き上げるので、また窃盗の被害に遭う可能性はまずないはずです。言うまでもなく、ロスさん、この話もやっぱり内密に願いますよ」

「もちろん！決して秘密は漏らさないよ！」僕が約束すると、ドウ部長刑事はエジプト学者の行動を監視するために部屋を出ていった。

あたかも僕のつらい経験はすべて二つ一組になる運命であり、前日の一連の出来事が繰り返されようとしているかのようだった。しばらくして、今度はウィンチェスター医師がひそかに僕を訪ねてきたのだ。医師は夜の往診をすませて帰宅するところだった。彼は僕が勧めた椅子に座り、すぐさま話を切り出した。

「これはまったくおかしな出来事です。今しがたトレローニー嬢から、ランプが盗まれ、ナポレオンの飾り戸棚で見つかった話を聞いてきたばかりです。これでまた謎が複雑になりそうですね。しかし、かえってほっとしましたよ。トレローニー氏の症状の原因について、人為的なもの、自然災害的なものは考え尽くし、超人間的で超自然的な力によるものではないかとさえ考えるようになってきていますから。それくらい不可解なものがありますが、私の頭がおかしくなりかけていないなら、そのうちきっと答えがわかるでしょう。事態がいっそう複雑になって、我々がさらに当惑させられないうちに、コーベック氏にいくつか質問をして、助けてもらおうかと思っています。彼はエジプトやエジプト関することはなんでも、驚くほど造詣が深いようです。ヒエログリフも少し翻訳してくれるかもしれません。彼にとっては造作もないことでしょう。どう思われますか？」

僕は答える前にしばらくよく考えてみた。助けは得られるだけ得ておきたい。自分としては、ウィンチェスター医師もコーベック氏も完全に信用していた。意見を交換することや助け合うことで、よい結果がもたらされるかもしれない。ともかく、害にはならないだろう。

「では、僕が声をかけてみましょう。コーベック氏はエジプト学の権威のようですし、情熱家であると同時にいい人だと僕には思えます。ところで、彼が教えてくれるかもしれない情報についてですが、その内容を話す相手は少し選ぶ必要があるでしょうね」

「もちろんです！」ウィンチェスター医師が答えた。「あなた以外には、誰にもなにも言うつもりは毛頭ありません。トレローニー氏が回復したときに、ご自分のことを必要以上にしゃべられて、不快に思われるかもしれないということを、我々は肝に銘じておかなければ」

「さあ！」僕は言った。「ゆっくりしていきませんか。一緒にパイプでもやろうとコーベック氏を誘ってきますから。そうすれば、いろいろ話し合えます」

医師がうなずいた。そこで僕はコーベック氏がいる部屋へ行って、彼を連れ出した。彼がいなくなって、刑事たちはさぞ喜んだだろう。僕の部屋へ戻る途中でコーベック氏が言った。

「ランプをあそこに置いてくるのはどうも気が進まない。警護するのは刑事二人だけだ。あれはすこぶる貴重な掘り出し物で、警察の手になどまかせられんよ！」

その言葉から、疑惑を抱いているのはドウ部長刑事にかぎらないことがわかった。

コーベック氏とウィンチェスター医師は顔を合わせると、たちまち意気投合した。エジプト学者は自分にできることはなんでも力になると言ったものの、話せる範囲で、という条件を加えた。これではあまり期待できそうになかったが、ウィンチェスター医師はさっそく相談を持ちかけた。

「よろしければ、ヒエログリフを少し翻訳してもらえないでしょうか」

「むろん、そのくらいのことなら、喜んでお引き受けするよ。言っておくと、ヒエログリフはまだ完全には解読されていないんだが、確実にその日は近づいている！もうまもなくだ！ところで、なにを翻訳してほしいのかね？」

「二つあるんです」ウィンチェスター医師が言った。「そのうち一つを持ってきます」

医師は部屋を出て、すぐに戻ってきた。その夜、シルヴィオに引き合わせた猫のミイラを手にしている。学者がそれを受け取って、少し観察してから口を開いた。

「ごくありふれたものだね。ブバスティスという古代エジプトの都市で信仰されていた猫頭の女神バストに、死後の楽園でパンとミルクをたっぷり与えてくださいと訴えている内容だ。内部にはもっと書いてあるかもしれない。包帯をはがしたいなら、精一杯やってみよう。しかし、特に変わった点はなさそうだ。布の巻き方からして、これはナイル河口の三角州地帯で、こうしたミイラが一般的で安価に作られるようになった後期のものだろう。私に見せたいもう一つのヒエログリフは？」

「トレローニー氏の部屋にある猫のミイラに記されたものです」

コーベック氏の顔が曇った。「だめだ！　それはできない！　とにかく今は、トレローニー君の部屋にあるものについてはなんであれ、実質的には秘密にしなければいけないのだ」

ウィンチェスター医師と僕は同時に口を開いた。僕はたった一言、「ここまでか」。僕があえて彼に伝えた以上に、彼の考えや意図を察していると思われてはいけないと考えてのことだ。

医師は「実質的には秘密にする？」ふと、つぶやくように言った。

コーベック氏は投げかけられた疑問にすぐさま応じた。

「誤解しないでほしい！　秘密を守るという厳密な制約に縛られてはいないが、トレローニー君から、そうだな、大幅に寄せられている信頼にかけて守らなければいけないのだ。あの部屋にある品の多くについて、彼は明確な目的を持って見える場所に置いている。彼の信頼できる友人にして秘密の聞き役である私が、その目的をくじいてしまうのは、正しくもふさわしくもない。

トレローニー君は知ってのとおり――いや、君らは知らないか、私の言葉からそうとは受け取っていないようだが――研究者、それも実に偉大な研究者だ。長年、ある目的に向けて研究を続けてきた。そのためには労を惜しまず、金に糸目をつけず、わが身の危険も顧みず、禁欲的な生活を送っている。もうすぐ成果を出して、同年代で抜きんでた発見者あるいは研究者の仲間入りをするはずだ。それが今、いつでも成功を手にできるかもしれないというこのときに、襲撃を受けて倒れてしまうとは！」

コーベック氏は感極まったらしく言葉を切った。やがて立ち直った彼は、先を続けた。

「それと、もう一つ、誤解しないでほしい点がある。私はトレローニー君から深く信頼されていると言ったが、彼の計画、または狙い、または目的を知り尽くしていると君らに思わせるつもりはない。彼が研究していた時代を知っているし、どんな歴史上の人物の生涯を調べていたか、誰の記録をはかりしれない忍耐力で一つ一つ追っていたかも知っている。だが、それ以上のことはわからない。ただ、彼がなんらかの狙いか目的を持って、そうした知識をそろえていたことは確かだ。それがなにか、想像できなくはないが、口は閉ざしておかなければならない。どうか二人とも、私が自分から進んで部分的に信用される立場に立っていることを忘れないでくれ。私はその立場を重く見ているし、ぜひとも友人たちにも同じようにしてほしいのだ」

彼の口調はいかめしく、話すほどにウィンチェスター医師と僕の両方に敬意を示すようになっていた。僕たちは彼の話がまだ終わっていないとわかっていたので、黙って様子を見ていると、彼が先を続けた。

「君たちのどちらかが私の言葉から集めたかもしれない手がかりでさえ、トレローニー君の研究の成功を危うくしかねないのは重々承知のうえだが、ここまでしゃべってしまった。しかし、二人とも彼を――そしてお嬢さんを――」コーベック氏は僕の顔をじっと見つめながら言った。「力の及ぶかぎり、誠実で無私な心で、助けたいのだということは確信している。トレローニー君はまったく意識のない状態で、その様子があまりにも謎めいていて、彼の研究のなんらかの結果ではないかと考えずにいられない。事がうまく運ばなかった場合のことを予測していたのは、我々にも一目瞭然だ。まったく！　私にできることは進んでやるし、彼の役に立ちそうな知識ならなんでも活用したい。イギリスに着いたときは、彼が私を信頼して託してくれた任務を達成したという考えで喜びにあふれていた。彼がさがし求める最後のものだと言っていた品物を入手して、これで彼が何度もほのめかしていた実験を始められると確信した。その矢先に、こんな災難が彼に降りかかるとは、実に恐ろしい。ウィンチェスター先生、君は医者であり、その顔が偽りを伝えていなければ、賢くて勇敢な人間だね。彼を不自然な昏睡状態から目覚めさせる方法を考え出せないだろうか？」

少し間があいたあと、答えがゆっくりと慎重に返ってきた。

「私が知っている一般的な治療法はありません。ひょっとすると、特殊な治療法ならあるかもしれません。でも、それを見つけようとしても無駄です、ある前提がなければ」

「前提とは?」

「知識です！　私はエジプトについては、その事物、言語、文字、歴史、秘儀、薬、毒、超自然の力――あの神秘的な土地の謎を作り上げているいっさいを知りません。この病気、というより病状、呼び方はともかく、トレローニー氏が苦しめられているものは、なんらかの形でエジプトとかかわっています。私は当初からそうにらんでいて、やがてそれは、証拠こそありませんが、確信に変わっていきました。今夜のあなたの話で、私の推測が裏付けられ、証拠は得られると信じるに至りましたよ。

この屋敷で、襲撃があった――トレローニー氏が倒れているのが発見された――夜から起こっている出来事をあなたはご存じないでしょう。もう私はあなたに打ち明けてもいいのではないかと思っています。ロスさんが同意してくれれば、彼から話してくれるよう頼むつもりです。私より人前で事実を述べることに長けておられますから。彼なら要領よく話せますし、今回の件では、ご自身で見聞きし、現場に居合わせた者や集まってきた者からその場で話を聞くという、最高の記録をお持ちです。全容を知れば――そうなるよう願っていますが――あなたはご自分がトレローニー氏の最大の助けになって、彼のひそかな希望を推し進めるには、黙っているほうがいいか、話すほうがいいかをきっと判断できるようになるでしょう」

僕はうなずいて同意を示した。コーベック氏が椅子からさっと立ち上がって、彼らしく直情的にそれぞれに手を差し出した。

「わかった！」コーベック氏が言った。「信用してくれて感謝する。私のほうでは、トレローニー君の意向に対する義務しだいだ。彼自身の利益のために、彼個人の事柄において話していいとわかれば、自由に話すと約束する」

それに応じて僕は話しだし、ジャーミン街の部屋のドアが叩かれて目覚めたときから起こったいっさいをコーベック氏に、できるかぎり正確に伝えた。ただ、伏せておいた話もある。僕がトレローニー嬢に寄せる気持ちと、主な出来事に続く些細なこと、ドウ部長刑事とのやりとり。これはそもそも内密の話であり、どんな場合でも自ら沈黙を守るのが当然だろう。

コーベック氏は固唾をのんで僕の話を聞いていた。興奮を抑えきれずに立ち上がって部屋の中を行ったり来たりもしたが、冷静さを取り戻すたび椅子に戻った。また、口を挟もうとしては、なんとか自分を抑え込むといった場面もあった。僕は語ることで考えがまとまったと思った。というのも、話しながらも、物事がより明確に見えてきたような気がしたからだ。さまざまな重要度で事件に関係する大小の物事が正しく把握できるようになっていた。ここまでのいきさつは、謎がますます深まったように思われるその原因を除けば、一貫性を持った。これが一部始終を語る、というより一部を抜いて語るよさだ。個別の事実や疑惑、容疑、憶測が、それぞれ説得力のあるものへと変わっていた。

コーベック氏が納得したのは明らかだった。彼は逃げ口上を打つことも、制約を持ち出すこともなく、すぐさま要点を得て男らしく敢然と話した。

「私の心は決まった！　特別な配慮を必要とするなんらかの〝力〟が働いている。このまま全員で手探りを続ければ、お互いの足を引っ張ることになり、邪魔し合うことによって、異なる方向に取り組んでいる誰か、あるいは各自が役立つかもしれないことをしても、それをだいなしにしかねない。我々がまずしなければならないのは、トレローニー君をあの不自然な昏睡から目覚めさせることではないだろうか。看護師が回復した点からいって、彼も目を覚ます可能性があるのは明らかだ。寝室で倒れていたあいだにほかにもどんな被害を受けたかは、誰にもわからないが。それでも、やってみるしかない。彼はあの場に倒れていて、どんな力が作用したにしても、それは今もそこにある。そして我々は、当然、それを事実として対処しなければならない。長い目で見れば、一日くらいどうということはないだろう。今日はもう遅いし、明日になれば、活力を取り戻しておかなくてはできない仕事が待っている。

ウィンチェスター先生、君は睡眠をとらなくてはだめだ。明日はここだけでなく、ほかの診療もあるだろう。ロスさん、君は今夜、見張りをする番のようだね。いい暇つぶしになる本を持ってこよう。ちょっと書斎でさがしてくるよ。この前来たときにどこにあったか覚えているし、その後トレローニー君が読んだとも思えない。その本の中で興味があるか、ありそうな箇所はずっと以前にすべて知っていたからね。だが、私があとで君に話すほかの物事について理解するには必要になるか、とにかく役に立ちそうだ。君はウィンチェスター先生に、彼の助けになることはなんでも話してかまわない。というのも、我々の仕事はじきに範囲を広げるとわかっているからだ。三人で役割を分担しよう。それぞれの役割を果たすには、ありたけの時間と知識が必要となるだろう。なにも一冊まるごと読むことはない。君の興味を引く箇所は——むろん、今回の件に関してという意味であって、その本は全編が、当時は極めて未知だった国の旅行記として興味深い――序文と二、三章だけだ。しるしをつけておくよ」

彼は、退席しようと立ち上がっていたウィンチェスター医師と温かい握手を交わした。考えるうちに、コーベック氏が本をとりに行っているあいだ、僕は一人で座って考えていた。周囲の世界がどこまでも広がっていくように思えた。僕が心を寄せる唯一の小さな場所は、原野の真ん中にぽつんと存在する点のようだ。それを暗闇と未知の危険が取り巻き、四方八方から押し寄せてきている。そして、僕たちのささやかなオアシスの中心にいるのは、優しく美しい人。愛し、身を捧げ、命を差し出してもかまわないと……！

すぐにコーベック氏は本を持って戻ってきた。三年前にあった場所ですぐに見つかったのだ。紙片をいくつか挟んで、僕が読むべき箇所を示すと、彼は本を僕の手に渡して言った。

「その本にはトレローニー君も驚いたんだ。私も読んだときはびっくりした。疑いなく、君にとって特別な研究のおもしろい入口になるだろう――どんな出口が待っているにせよ。まあ、我々のうちの誰かに出口が見えるものならだが」

出ていこうとした彼はドアの前で足を止めて付け加えた。

「一点取り消したい。あの部長刑事はいいやつだ。君が彼について教えてくれたことで、別の見方ができた。おかげで、ランプの警備を彼にまかせて、今夜はゆっくり眠れるよ！」

コーベック氏が立ち去ると、僕はマスクをつけて本を持ち、見張りを務めにトレローニー氏の部屋へ行った！

第十章　魔術師の谷

僕はシェード付きのランプが置かれた小さなテーブルに本を置き、そのシェードの布を片側に寄せた。そうして読書ができるだけの光量を確保したあと、視線を上げてベッドと看護師とドアを目で確認した。状況は楽しめるものとは――つまり、効率よく知識を得るのにぴったりな本に没頭できそうなものとはとうてい言えなかった。けれども、できるだけ心を落ち着けて本に取りかかった。表紙からして目を引くもので、一六五〇年にアムステルダムで発行されたオランダ語の二つ折り本だった。何者かがオランダ語の下にほぼ逐語訳で英語を書き込んでいたが、二つの言語は文法が異なるため、訳語を読んでいくのはなまなかなことではなかった。文中の訳語を前後に置き換えなければならないからだ。しかも、二百年ほど前の風変わりな手書き文字で判読も難しかった。とはいえ、ほどなく型にはまった英語でオランダ語の構文を追うのになじみ、手書き文字もだいぶ見慣れてきて、読み進めるのが楽になってきた。

初めは部屋の環境と、トレローニー嬢が思いがけなく現れて本を読んでいるのを見つかってしまうのではという恐れで、いくらか心がざわめいていた。ウィンチェスター医師が自宅へ帰る前に三人で決めた手はずでは、トレローニー嬢はこの先行う原因究明の捜査に引き入れないことになっていた。それというのも、明らかに神秘的な問題に、女性らしくなんらかのショックを受けるかもしれないからだ。さらに、トレローニー氏の娘として、捜査にかかわるどころか、父親の意向が尊重されないことを知っただけでも、あとで父親に対して難しい立ち場に置かれるかもしれない。

　だが、トレローニー嬢が午前二時まで見張りの番につかないことを思い出して、途中で様子を見に現れるかもしれないという不安は消えた。僕の当番はまだ三時間近く残っていた。ケネディ看護師はベッド脇の椅子に腰掛けて、忍耐強く注意を払っている。踊り場の時計が——屋敷のほかの時計も——時を刻む音がして、街の喧騒がそれぞれはなんの音かわからないままぼんやりとしたざわめきとなり、それが西向きの風に運ばれ、ときおりうなりにまで膨らむ。それでも、僕の頭の中を占めているのは静けさだった。本を照らしている明かり、シルクのランプシェードの、趣味がよい緑色の縁飾り、視線を上げるたびに目に入る病室の暗さ。本を読み進んでいけばいくほど、暗さが深まっていくように思え、ページに目を戻したときには反射する光がまぶしいほどに感じられた。だが、僕は本を読みつづけ、今や内容そのものがおもしろくなってきていた。

　それはニコラス・ファン・ホインという人物が書いた手記だった。序文に、オックスフォード大学はマートン・カレッジの数学者にして古代遺跡の研究家だったジョン・グリーヴズ（一六〇二—五二）が記した『ピラミッド書写』に魅せられて自らもエジプトを訪れ、不可思議なものに興味を持つようになって、数年間、見も知らない土地を訪ね、廃墟となった神殿や墓の数々を探検したとあった。アラブ人の歴史家イブン・アブド・アルハカム（八〇三?—七一）の著書に見つけた多数のピラミッド建設異聞のいくつかを、彼は書き留めていた。こうしたことを僕はいっきに読むと、しるしをつけられた箇所へと進んだ。

ところが、その部分を読みはじめたとたん、なにか邪魔立てするような影響を感じるようになった。誰かがそばにいるかのような気配を感じ、看護師が動いたのかと思って何度か目をやった。ケネディ看護師は相変わらず椅子に背筋を伸ばして警戒に当たっている。僕は本に視線を戻した。

手記には、カイロの南、アスワンの東部にある山地を数日かけて越えたあと、どのようにして探検家がその場所に至ったかが記されていた。ここに、彼が書いた文章をそのまま現在の英語に訳してみる。

「日が暮れる少し前に、我々は東西に走る、狭く深い谷の入口に到着した。私は谷へと進みたかった。今や地平線に沈みつつある太陽が、細くなった断崖の向こうに広い裂け目を照らしている。だが随行しているアラブ人たちは、谷を抜ける前に夜になるかもしれないと主張して、先へ進むのを頑として拒んだ。初めのうち彼らは特に根拠もなく恐れていた。これまでは、みな私が望めばためらうことなく、いつでもどこにでも行っていたのだ。問い詰めると、そこは魔術師の谷という場所で、なんぴとも夜に入ってはならないと言う。さらに重ねて〝魔術師〟が誰を差しているのか話すよう迫っても、彼らは首を振り、そこに名前はないし、なにも知らないと答えるばかりだった。

しかし翌朝、太陽が昇って谷を照らすようになると、彼らの恐れもいくらか消えた。それでようやく、いにしえの――彼らは〝遥かな大昔〟という言葉を使った――偉大な魔術師が、王か女王かはわからないが、そこに埋葬されていると話してくれた。ただし、その人物に名前はないから教えようがないと最後まで言い張った。つまり、存命中は名前があったはずだが、死後に来世で復活するためのよすがを残さないようにされたのだろう。谷を通り抜けるあいだ、彼らは絶えずひとかたまりになって、私の前を足早に歩いていった。誰一人うしろに残ろうとはしなかった。彼らの言い分としては、魔術師の両腕は長く、しんがりが狙われるかららしい。その名誉な位置に着かざるをえなかった私にはほとんど慰めにならなかった。

谷の南側のもっとも狭い部分は、表面が滑らかな岩の絶壁になっていた。そこから先には、いくばくかの神秘的な記号のほか、多くの人や動物、魚、爬虫類、鳥、太陽や星や、あまたの風変わりで美しい文様が彫られていた。その中には、腕や脚、指、目、鼻、耳、唇といった身体の一部もあった。謎めいた絵文字には、最後の審判において人間の所業を伝える〝記録天使〟も首をひねるのではないだろうか。そこにはなにかひどく奇妙で、これまでに訪れたほかの岩壁に彫られたものとはまるで異質なものがあった。私は止まれと大声で叫んで、その日一日、望遠鏡で確認するのはもちろん、岩壁の表面も調べた。同行していたエジプト人たちは怯えきって、ありとあらゆる手で私を断念させようとした。岩に彫刻されたものこそ墓の入口を示しているのではないかと疑い、午後遅くまで留まっていたが、正確な墓の入口はさがし出せなかった。この頃には誰も言うことを聞かなくなっていた。みなに置いていかれたくなければ、谷から離れるしかなかった。だが心ひそかに、墓を発見して探検すると決めていた。この目的を達成するため、さらに山地に入って、進んで私のもとで働いてくれるというベドウィンの長と会った。ベドウィンはエジプト人のように迷信深くない。族長のアブ・ソムとその民はやる気十分で探検に参加してくれることになった。

こうしてベドウィンたちとともに谷に戻ると、私はなんとか岩壁をのぼろうとしたが、手足をかけられないほど岩の表面がつるつるで、うまくいかなかった。もともと凹凸《おうとつ》がほぼなくて滑らかな岩をさらに削ってあった。そこには階段のあった跡が、その風変わりな土地の厳しい気候に影響されず、うっすらと見て取れた。階段は鋸《のこぎり》で切り落とされたか、鑿《のみ》と木槌で壊されたかしていた。

地上からは墓を発見できないし、梯子も用意していなかったので、私はずいぶん迂回することになったものの、断崖の上に出る道をさがし出した。崖の上からロープで下ろしてもらい、入口がありそうだとにらんだ岩壁の表面を調査した。そこで巨大な石板にふさがれた入口を見つけた。崖の高さの三分の二ほど、地表から百フィートあまりのところの岩石を切って作られたものだった。岩に刻まれた絵文字と神秘的な記号がそれを隠す役割を果たしていた。切れ目は深く、岩壁とその戸口そして扉そのものになっている巨大な石板の向こうまで続いていた。石板は私が持っていた石鑿や石切道具では隙間に差し込めないほどぴたりとおさまっていた。だが、私はいっそう力を込めて執拗に道具を振るい、ついに墓への入口を開けた。石の扉が内側へ倒れ込む。戸口をくぐって墓の中へ入っていきながら、そばの腕木に長い鉄製の鎖が巻いて吊られていることに気づいた。

私が発見したのは未盗掘の墓だった。最上等のエジプト墳墓の様式で、小部屋と、下の通路に続く竪坑があり、通路の奥にはミイラが安置されている部屋があった。なにかを記録したもの——それが意味するものはもはやわからなくなっているが——と思われる絵文字が奇妙な台状の石に驚くべき色彩で刻まれていた。

部屋の壁面すべてと通路には異様な形式で表された不可解な文字が彫られていた。深い窪みに置かれている巨大な石棺には、いたるところに記号が精緻に刻まれている。ベドウィンの長とその二人の配下は危険を承知のうえで私と墓に入っていたが、彼らは明らかにこうした気味の悪い探検に慣れていて、石棺の蓋を壊すことなく取り外すことができた。ただ、いくら壊すまいと努力してもそうした幸運にはめったに恵まれないのだと言って、三人とも首をかしげていた。実際、それほど慎重にしていたようには見えなかったし、墓にあったさまざまな副葬品の扱いはかなり雑だった。石棺が壊れなかったのは、ひとえにそれが非常に頑丈で分厚かったからかもしれない。石棺は珍しい石——私にはなにか見当もつかなかった——で極めて美しく仕上げられたものだったので、私は強く興味を惹かれた。運び出せそうにないことが残念でならなかった。だが、時間的にも砂漠を旅する点からいっても、とうてい無理だ。持ち出せるのは、身につけて運べる程度の小さなものにかぎられていた。

石棺におさめられていたのは、通常のミイラと同じように幾重にも亜麻布に包まれた亡骸——明らかに女性の——だった。いくつかの装飾から、私は高位の女性だと推測した。胸の上に片方の手が載せられていたが、亜麻布が巻かれていない。これまで目にしてきたミイラは腕も手も布で巻かれ、布で包まれた身体の外側に、腕や手に似せて作られ彩色が施された木製の装飾品が置かれていた。

ところがこの手はどういうわけか、ミイラとなって横たわる彼女自身の手だった。亜麻布から突き出ている腕は本物で、どうやら防腐処理を行う過程で大理石のように見せようとしたものらしい。腕と手はくすんだ乳白色で、長いあいだ空気にさらされた象牙のような色合いだった。皮膚と爪は完全な状態で残っていて、埋葬のために遺体を一晩そこに安置したといった感じだ。手に触れて動かしてみると、インドで見た苦行僧さながら長期間動かさなくてこわばってはいたものの、腕は生身のもののようにいくらか柔軟さがあった。奇妙なのはそれだけではなかった。この古代人の手にはどう見ても七本の指があったのだ。どの指も形が整っていて長く、すこぶる美しい。正直言うと、何千年ものあいだ邪魔されることなく眠っていたにもかかわらず生身のようなその手に触ったことで、身体が震えて鳥肌が立っていた。なにかを守るかのように置かれていたその手の下には、大粒のルビーがあった。一般的に小さなものしかないルビーとしては、目をみはるほどの大きさだ。明かりに照らされて、その宝石は汚れのない血のような、えも言われぬ色合いを見せた。だが、驚嘆すべきは、すでに述べた大きさでも色でもなく、値段のつけようのないその珍しさだった――ルビーの中で七つの星が、まるで本物の星がそこに閉じ込められているかのように光っていたのだ。ミイラの手を持ち上げたとき、そのこの世のものとも思えない宝石が置かれているのを目にして、私は衝撃のあまり一瞬、身体が麻痺してしまったようになったくらいだ。あたかもそれが、見た者を石に変えるという、蛇の頭髪をもつゴルゴン三姉妹のメデューサの、切り取られた頭ででもあるかのように、その場に立ち尽くして凝視していた。ここから早々に離れたいという強い衝動に駆られた。それで、その珍しい宝石と、宝石で精巧に作られた風変わりで豪華な護符をいくつかとって、急いで引き上げることにした。もっと長く留まって、ミイラを包んである布をよく調べたいとも思ったが、留まるのが怖かった。人里離れた場所で、いくぶんいかがわしいところがあるからこそ行動をともにしている、よく知らない男たちといることに、ふと気づいたためだ。

我々は地表から百フィートあまり上にある物寂しい死の穴蔵にいた。そこでは、なにかあっても誰も私を発見できないし、さがしにも来ない。いずれもっと信頼のおける随行者とともに戻ってくると、私はひそかに心を決めた。それだけでなく、さらなる調査をしたいという気になっていた。この謎の多い墓には奇妙な暗示が数多く見て取れた。ミイラを包んである布や、見たこともない石でできた風変わりな形の箱も調べてみたかった。その箱は巨大な石棺の中に保管されていたため、ほかにも宝石が入っているのではないかと思えたのだ。

墓にはもう一つ箱があった。大きさや装飾は珍しいものの、形は最初のものよりずっとシンプルだった。分厚い鉄鉱石でできていて、蓋は空気を遮断するかのように、ゴム糊と焼き石膏らしいもので軽く固めてある。三人のベドウィンは、その頑丈さから中にもっと多くの宝が眠っているのだと考え、蓋を開けるよう主張してやまなかったので、私はそうしていいと許可した。だが、彼らの期待は見事に裏切られた。中には精巧な造りのそれぞれ異なる彫像のついた四つの壺がきっちりと詰め込まれていただけだった。像の一つは人間の頭部で、残りは犬とジャッカルと鷹の頭になっていた。私にはすでに知識があった。そうした埋葬品はミイラにされた死者の内臓やその他の器官を入れる容器として使われたものだ。壺を開けてみると――蠟できれいに密封してあったが、薄かったので難なく開いた――油が入っていた。ベドウィンたちは油のほとんどをぶちまけ、宝が隠されているのではないかと中に手を突っ込んで探った。だが、無駄骨だった。宝は入っていなかった。彼らの物欲しげな目つきに、私は身の危険を感じた。そこで、神経の太い男たちにさえ効き目のある迷信を持ち出して、彼らを急いでそこから離れさせた。ベドウィンの長は竪坑から出てくると、上にいた部族民に我々を引き上げるよう合図した。信頼していない男たちと残りたくなかった私は、すぐさま族長のあとに続いた。ほかの二人がぐずぐずしていたので、自分たちで宝をさがして墓を荒らすのではないかと不安になった。けれども、状況がいっそう悪化してはまずいと思い、それを口にするのは控えた。ようやく二人も上がってきた。そのうちの一人――最初に断崖へのぼっていった男は、頂上に着いたとたん、足を踏み外して落下した。即死だった。彼に続いていたもう一人は無事だった。そのあと族長がのぼり、最後が私の番だった。私はその場を離れる前に、力のかぎり石板を引っ張って墓の入口をふさいだ。できれば、自分が再び調査に訪れるときまで誰にも見つかってほしくなかった。

断崖の上の丘に全員で立ったとき、まぶしく輝く灼熱の太陽が、それまで暗く奇妙に謎めいた墓にいたため、うれしく感じられた。断崖から落ちた哀れなベドウィンが暗い墓穴ではなく明るい日差しの中で倒れていてよかったとさえ思った。私はほかの者たちと彼の遺体をさがして、埋葬してやるつもりでいたが、族長は軽く受け流すと、男二人にさがしに行かせ、私たちは先へ進んだ。

その夜、我々が野営していると、男が一人だけ戻ってきた。遺体を谷の外にある砂漠に深く埋めて、ジャッカルなどの肉食獣に掘り返されないよう、風習に従って埋葬場所に大きな石を積み上げたのだが、そのあと仲間をライオンに殺されたということだった。

その後、たき火を囲んでみな座ったり寝転んだりしていたが、私はその一人で戻ってきた男がなにか白っぽいものを仲間に見せ、相手が一様に特別な畏敬と崇拝の念らしきものを示していることに気づいた。そこで、そっと近づいてみると、なんとそれはほかでもない巨大な石棺の中で宝石を守っていたミイラの白い手だった。男は、断崖から落ちた仲間の遺体からどうやって発見したかを話している。見間違いようがなかった。なにしろ手には墓で目にしたのと同じ指が七本あったのだから。おそらく転落死した男は族長と私が竪坑をのぼっているあいだにでもミイラからちぎり取ったのだろう。仲間が畏敬の念を示していることから、手を護符か魔除けとして使うつもりだったはずだ。しかし、その手に魔力があったとしても、それをミイラから奪った男に加護はなかった――盗んだあとに転落死しているのだから。すでに彼の護符はおぞましい洗礼を受けていた。ミイラの手の付け根は血に浸されてまだ間もないかのように赤く汚れていたのだ。

その夜、私は襲われるのではないかとかなりびくついていた。哀れなミイラの手が魔除けとしてそんなに貴重なものなら、それが守っていた珍しい宝石の価値はいったいどれほどのものになるだろう。宝石のことを知っているのは族長だけだが、不安は深まるばかりだった。なにしろ、その気になれば民に命じて私を襲わせることができるのだから。私は一晩中起きて自衛するとともに、できるだけ早くこの集団から離れて、帰国の途につこうと決意した。まずはナイル河畔に出て、私がどんな珍しいものを持っているか知らない案内人とアレクサンドリアへ向かうのだ。

ついに抗いがたいほど強力な睡魔が襲ってきた。〝星の宝石〟をほかのものと一緒に服の中に入れるのを見たベドウィンたちが、宝石を狙って襲撃してくるか、眠っているあいだに懐を探ってくるかもしれないと思い、私は宝石をこっそり取り出して、手に持っていた。それはたき火の揺らめく光だけでなく、星明かり――月は出ていなかった――をも反射しているようだった。そのとき、墓で目にしたものと似た記号が裏側に深く彫られていることに気づいた。眠りに引き込まれていきながら、記号の彫られた〝星の宝石〟を人目に触れないよう握り締めていた。

目を覚ますと、朝日が顔に当たっていた。起き上がってあたりを見回す。たき火は消え、そばに倒れている一人を除いて、野営地はもぬけの殻だった。倒れていたのはベドウィンの長で、仰向けになって事切れていた。顔の色はすっかり黒ずみ、なにか恐ろしいものを見たかのように恐怖に見開いた目は虚空をにらんでいる。首に指の跡が赤く残っており、絞め殺されたのは一目瞭然だった。指の数がずいぶん多いように思えて数えてみると、七本あった。

まるで一つの手でつけられたかのように、親指を除いて、あとの指跡は平行に並んでいる。七本指のミイラの手が思い浮かんで、背筋が冷たくなった。

どこまでも広がる砂漠にあってさえ、魔力が及ぶかのようではないか！

驚いて、族長の上にかがみこんだとき、それまで握り締めていた右手――眠っているさなかでも手の中のものを守ろうと本能的に握り締めていた――を開いた。そのとたん、ルビーは手から落ちて死んだ男の口に当たった。語るも不思議なことに、たちまち男の口から大量の血があふれ出て、赤い宝石がつかのま視界から消えた。私は族長をひっくり返して宝石をさがし、気がつくと、彼は右手の上に倒れ込んだかのように、折り曲げた腕を身体の下にして横たわっていた。その手に先が尖って刃の鋭い大ぶりのナイフ――アラブ人がベルトに差しているような――が握られていた。彼は私を殺そうとしていたときに、逆にやられたのかもしれない――人か神か、古い神々かはわからないが。それはさておき、私は血にまみれて本物の星のように輝くルビーを見つけると、躊躇することなくただちにその場を離れた。一人で灼熱の砂漠を旅して、神のお恵みにより、泉のそばで野営していたアラブ人部族に出くわした。彼らは塩を分けてくれた。しばらく一緒に休んだあと、道を教えてもらって出発した。

ミイラの手がどうなったのか、誰が所有しているのかは知らない。どんな争いや疑惑、災難、強欲がついてまわるのかもわからないが、それを手にした者の身にそういったものが降りかかってくるのは間違いないだろう。きっとどこかの砂漠の民が秘められた力を持つ魔除けとして用いるはずだから。

なにが彫られているのか理解しようとして、都合がつきしだい、私は星のルビーを詳しく調べた。記号は――理解できなかったが――以下のとおりだった……」

この心を虜にする手記を読んでいるあいだに、手のような形をしたこの世のものとは思えない影が、ページの上を二度よぎったような気がした。一度目はランプシェードの緑色のシルクの縁飾りを見間違えたのだとわかったが、二度目に視線を上げたときは、部屋の向こうでブラインドの隙間から入ってくる星明かりを浴びたミイラの手が目に入った。手記の内容と結びつけたのは当然のことだろう。思い違いでなければ、まさにこの僕のいる部屋に旅行家ファン・ホインが記した手があることになる。僕はベッドに目をやり、そのそばで看護師がじっと穏やかに油断なく座っていることに安心した。こんな時間に、こんな状況で、そんな手記を読んでいたので、現実の人物がそこにいると確信を持てるのは心強かった。

僕はテーブルに置いた本を見つめながら座っていた。数々の奇妙な考えがいっきに浮かんで、頭の中で渦を巻きはじめた。眼前の光を受けた白い指がなにか催眠効果をもたらしはじめているかのようだった。たちまち、あらゆる思考が止まり、つかのま世界も時間も静止したように思えた。

なんと、本物の手が本に載っているではないか！　心臓が止まりそうなほど驚いたが、その手を僕は知っていて――愛していた。マーガレット・トレローニーの手は、目にしてうれしかった――触れるのも。しかも、不可思議なことがあったあとだけに、僕は妙に心を揺さぶられていた。だがその感覚は一瞬のことで、彼女が声をかけてくる前にもう消えていた。

「どうかしたの？　なぜ本を見つめていたの？　一瞬、また意識を失ったのかと思ったわ」

僕はさっと立ち上がった。

「読んでいたんだよ、書斎にあった古い本をね」僕は説明しながら本を閉じて小脇に挟んだ。「もう戻してくるよ。君のお父上はすべてのものを、特に書物をあるべき場所から移動してほしくないと思っているはずだからね」わざと別の方向に話を持っていったのは、トレローニー嬢になにを読んでいたのか知られたくなかったし、本を置きっぱなしにして彼女の好奇心を刺激しないようにするのがいちばんだと判断したからだった。僕は病室を出たが、書斎へ行ったわけではなく、自分の部屋へ本を置きに行った。そこに置いておけば、休憩時間に手にとれるからだ。

病室に戻ると、ケネディ看護師が自分の部屋に引き上げるところだった。それから、トレローニー嬢が僕と見張りについた。彼女がそばにいるあいだは、どんな本も読みたくなかった。並んで座って小声で会話していると、時間は飛ぶように過ぎていった。気がつくと、カーテンの端に当たっていた灰色っぽい光がもう黄色みをおびたものに変わっている。僕たちの話題はトレローニー氏とは関係のないものだった――彼の娘について話すことが、ひいては彼について話すということになるなら別だが。しかし、エジプトやミイラ、死、墓、ベドウィンの長の話はいっさい口にしなかった。明るさを増す光の中で、僕の手の中のトレローニー嬢の指が七本ではなく五本だということはよくわかった。

朝にウィンチェスター医師が来て患者を診察したあと、僕に会いに来た。ちょうど寝る前にダイニングルームで食事――僕には朝食とも夕食とも判断がつかない――を摂っているところだった。そこへコーベック氏も入ってきたので、三人で昨夜の話の続きを始めた。コーベック氏に、墓を発見したところまで本を読んだことを伝え、ウィンチェスター医師も読むべきだと思ったことを話した。医師が、もしよければ本を貸してもらえないかと言う。これからイプスウィッチまで列車で行く用事があるので、車中で読みたいらしい。夕方、往診に来たときに返却すると約束したので、僕は本をとりに自分の部屋へ行った。ところが、本はどこにも見当たらなかった。トレローニー嬢が見張り番を交代するために病室に現れたあと、本を自室へ持ってきて確かにベッド脇の小さなテーブルに置いたにもかかわらず。なんとも奇妙だった。使用人が持っていくようなたぐいの本でもない。僕はダイニングルームへ戻って、本が見つからなかったことを二人に説明した。

ウィンチェスター医師が屋敷から出ていくと、オランダ人の手記の内容をそらで覚えているらしいコーベック氏は、僕と本の内容について検討した。僕はルビーの描写に差しかかったところで、女性の見張り役が交代することとなり、その先は読めていないことを話した。彼は微笑した。

「その点についてがっかりすることはないよ。ファン・ホインの時代だけでなくその後二世紀近くも、そこに彫られたものの意味は解明できなかったのだから。古代エジプト文字の解読が始まってヤングとシャンポリオンがあとに続き、バーチとレプシウス、ロゼリーニ、サルヴォリーニが、さらにマリエット・ベイとウォリス・バッジ、フリンダーズ・ピートリーなどそれぞれの時代のエジプト学者が相次いで多大な成果をあげていった結果、ヒエログリフの本当の意味が解明されたんだ。

後日、トレローニー君が自分で説明しないか、私に口を閉じておけと言わなければ、そこに書かれているヒエログリフの意味を私が説明しよう。君にはファン・ホインの手記の続きを知ってもらうほうがいいと思う。あの宝石の描写と、彼が宝石を旅の終わりにオランダに持ち帰ったことと、あの本が果たした役割を。彼の手記が果たした役割は興味深いぞ。中でも最大なのは、それを読んだ者たちに考えさせ――行動を起こさせたことだ。

そのうちの一人がトレローニー君であり私だった。トレローニー君は東洋の言語によく通じていたが、北部の言葉については不案内だった。一方私は、語学の習得が得意だった。オランダのライデン大学で学んでいたとき、もっと楽に大学図書館で調べ物ができるようにとオランダ語を学んだ。そしてちょうど本屋の目録を通してエジプトに関する研究の膨大なコレクションを作成していたトレローニー君が、手書きの翻訳があるこの手記を手に入れて研究していたとき、私は別の版をもともとの言語であるオランダ語で読んでいた。どちらも岩の中に作られた孤独な墓の描写に感動を覚えた。普通の探求者が近づきがたい崖のはるか上のほうに入口があり、しかも、そこへ至るあらゆる手段が慎重に取り除かれ、なおかつ、ファン・ホインによれば崖の滑らかな表面には精緻な装飾が施されていたというのだから。さらに、そんな場所に作られたそのような墓ならば、莫大な金がかかったはずなのに、埋葬されている人物の記録も彫像も残っていないらしいという異様さ――ファン・ホインの時代からいうと、当世におけるエジプトの美術品と記録に関する一般知識が驚くほど深まっているのに――にも我々は感動した。しかも、おもしろみに欠けるこの時代にあっては、〝魔術師の谷〟という地名そのものも魅力的だった。

トレローニー君がほかのエジプト学者の支援を求めていたさなかに我々は出会い、ほかの数多くの件と同様、この件についても議論を交わし、謎めいた谷をさがし出そうと決意した。探索に出発するのを待っていたあいだ――トレローニー君は自分で確認しなければならないことが山のようにあった――私はファン・ホインの手記の内容が事実であるという痕跡をたどれないかとオランダに渡った。まっすぐファン・ホインの出身地ホールンへ行って、根気強く彼や彼の子孫の家が残っていないかさがした。探索から発見に至るまでの経緯をこまごま話して君を煩わせるまでもないだろう。ホールンは商業都市を抱えるという地位を失ったことを除けば、ファン・ホインの時代からあまり変わっていない場所だった。景観は当時のままで、そうした静かな古い町では一世紀も二世紀もたいして差はない。私は家をさがし当て、彼の血を引く者はもう残っていないことを知った。記録を当たってみたが、一族が死に絶えたことがわかっただけだった。

そこで、ファン・ホインの財産がどうなったのかを調べることにした。彼のような旅行者なら間違いなく数々の宝を持っていたはずだ。ライデンやユトレヒト、アムステルダムの博物館を片っ端から当たっていき、金持ちの収集家の私邸も何軒か回った。ついにホールンの年老いた時計職人兼宝石職人の店で、ファン・ホイン本人が手にした中で至上の宝とみなしていた宝――大粒のルビーをスカラベの形に彫り、星が七つあって、ヒエログリフが刻まれた――を発見した。その老人はヒエログリフに関する知識は持ち合わせておらず、昔ながらの穏やかな生活を送っていて、近年の文献学の発見も彼の耳には届いていなかった。ファン・ホインのことも、この二世紀のどこかにそういう名前の人物がいて、偉大な旅行家として町で尊敬されているということしか知らない。宝石も、変に刻まれて一部が損なわれた珍しい石としてしか評価していなかった。最初はそうした特異な宝石を手放すことをためらっていたが、結局は金銭面で折り合いをつけることができた。君も知っていると思うが、トレローニー君はことのほか裕福であり、彼のための購入なので、金に糸目はつけなかった。まもなく私は深い満足と歓喜に打ち震えながら、宝石を巾着型の財布に保管してロンドンに戻った。

これこそファン・ホインのたぐいまれな手記が事実だという証拠だった。宝石はトレローニー君の大金庫に無事におさめられ、我々は探検の旅に向けて期待に胸を膨らませた。

最後の最後になって、トレローニー君は心から愛していた若い奥方を置いていくのを渋ったが、奥方も夫を深く愛していて、彼が調査をやり遂げたいと切望していることを知っていた。それで、よき女性がするように、いっさいの不安――彼女の場合は特別に――を押し隠して、彼が情熱を注いでいることを最後までやりとおすようにきっぱりと言い渡した」

第十一章　女王の墓

「トレローニー君の望みは控えめに言っても、私の望み同様、壮大なものだった。期待や絶望に一喜一憂しがちな私ほど気持ちが不安定ではなく、彼は形のある期待から信念に変わった目標に狙いを定めていた。ときに私はそのような宝石が二つあるか、ファン・ホインの手記がアレクサンドリアかカイロ、ロンドン、もしくはアムステルダムで手に入れたなにかの骨董品をもとにした作り話かもしれないと不安に駆られた。だがトレローニー君の信念が揺らぐことはなかった。

手記の信憑性以外にも、心を悩ませる数多くの事柄があった。エジプトの民族主義者アラービー＝パシャの反乱（一八七九—一八八二）がイギリス軍に鎮圧されてまもない頃のことで、エジプトは旅行者、とりわけイギリス人にとって安全な場所ではなかった。とはいえ、トレローニー君は畏れ知らずの人で、私は自分が臆病者ではないかという気さえすることがままあった。我々はアラブ人を集めて隊を組み、その中にはこれまでの砂漠の旅で知り合い、信頼できる者もいた——つまり、ほかの者ほど彼らには不信感を抱かなかった。盗賊団に出くわしても自衛できるほどの大所帯で、荷物も途方もなく多かった。まだイギリスに好意的な役人から許可と、消極的ながら協力も取り付けてあった。そうした許可を得るに当たっては、トレローニー君の財力がものを言ったと言わざるをえない。一行は蒸気船でアスワンまで行き、そこでアラブの族長から何人か人手を出してもらい、慣習に従って心付けを渡して、砂漠を抜ける旅に出発した。

あちこちさまよい、雑然と固まっている丘に果てしなく続く曲がりくねった道を一つ一つ試してみたあと、ついに日が暮れる頃、ファン・ホインの描写にそっくりの谷に行き着いた。その谷は険しい崖が高くそびえ、中央付近で道が狭まったあと、東西に広がっていた。翌朝、夜明けとともに断崖の向かいに立った我々の目には、岩壁の上のほうにある入口と、もともとは明らかにそれを隠す目的で刻まれたヒエログリフが容易に見て取れた。

だが、ファン・ホインと当時の人々——そのあとの時代に至っても——にはわけのわからなかったヒエログリフも、我々には謎でもなんでもなかった。大勢の学者が心血を注ぎ、その人生を捧げて、神秘に閉ざされたエジプト言語の扉を開いてくれていたからだ。我々秘密を学んだ者は、岩壁の表面を粗く削ってテーベ人の神官が四千年ほど前に彫ったものを読むことができた。

碑文は神官の手によるもの——それも敵対する神官の——だということは、疑いの余地もなかった。岩の表面のヒエログリフにはこう書かれていた——

『神々はいかなる召喚にも応じぬ。〝名を失いたる者〟はその不敬により永遠に孤独なれ。天罰を恐るる者は近づくべからず』

その警告は記された当時だけでなくその後数千年というもの、ヒエログリフがその地域の人々にとって死んだ言語となってさえも、恐ろしく強力なものであったはずだ。そうした恐怖を抱かせる言い伝えというものは、狙い以上の長い年月にわたって残る。そこに使われている記号は同じ文字を繰り返すことでその重要性を強調しているからなおさらだ。ヒエログリフで表す〝何百万年〟は〝永遠〟に相当する。この文字は三回ずつのグループで三度、合計九回も繰り返されており、それぞれのグループのあとに地上界、冥界、天界を示す絵文字が刻まれている。つまり、この〝孤独な者〟があらゆる神から罰を受け、〝光の世界〟においても〝死者の世界〟においても復活しないように、その魂が神々の世界に入らないようにするためだ。

トレローニー君も私も、あえてほかの者には碑文の意味を教えなかった。アラブ人は呪いや天罰が下るという宗教は信じていないが、迷信深いので、そのような警告が刻まれていることを知ればすべて投げ出して逃げてしまったかもしれないからね。

しかし、彼らはヒエログリフが読めなかったし、我々も慎重にしていたから、そのような事態にはならなかった。すぐそばで野営を張った――といっても、谷沿いの少し離れた場所にある張り出した岩のうしろだったので、必ずしも碑文の前というわけではない。そうはいっても、〝魔術師の谷〟というその古くからの地名にアラブ人は――彼らを通して我々も――恐れを抱いていた。運んできていた木材を組んで梯子をこしらえ、岩場にかけた。崖の頂上から突き出た場所に梁を固定して滑車をぶら下げる。我々は扉の役割を果たしている巨大な石板を発見した。雑には め込まれ、いくつかの石で補強されていたものの、それ自体の重みでその場に安定している。内部へ入るには、その石板を押し込むしかなく、そうやって我々は墓に入った。ファン・ホインの記述どおり、太く巻かれた鎖が岩に固定されているのを見つけた。それだけではなく、巨大な石の扉の残骸の中に豊富な証拠があった。扉は上下にある鉄製の蝶番で開閉する仕掛けで、その整った設備はもともと内側から閉ざして固定するために作られていた。

トレローニー君と私は二人きりで墓の中に入った。いくつも持ってきていたカンテラを置いていきながら進んだ。最初に一通り見て回ってから、すべてを詳細に調べたいと思っていた。先へ進むたびに、我々はさらなる驚きと喜びに満たされていった。墓はこれまで目にしたものの中でも一級品で、実に堂々として美しかった。彫刻や絵画が精緻な点からいっても、出来映えのよさからいっても、埋葬されている女性が生前から墓を準備していたのは明らかだった。ヒエログリフの絵はくっきりと描かれ、色鮮やかだ。地表から高い位置にあるその墓は、ナイル川が氾濫する地域から遠く離れて湿気さえ届かないせいで、なにもかもが職人が描いたばかりであるかのようだった。我々が気づかざるをえなかったものが一つあった。それは、外の岩壁にヒエログリフを刻んだのは神官でも、表面を滑らかに削ったのは、墓を建てた人物の最初からの計画だったのではないかということだ。絵画と彫刻はすべて同じ概念を象徴的に表していた。天然の部分と荒く削られた部分のある竪坑の外側は、建築学的には、前室としてしかとらえられないだろう。東に面していると思われる突き当たりは、硬い岩から切り出された支柱のある前庭《ポーチコ》になっていた。支柱はどっしりとして七面あり、ほかの墓には見られないものだ。支柱の上部は、雌牛の頭に円盤と羽根飾りを頂いたハトホル女神と犬の頭をした北部の神のハピが乗った月の船が彫刻されている。船は太陽神ホルスに導かれ、竜座と大熊座に囲まれた北極星によって表される北へ向かっていた。大熊座では、いわゆる〝北斗七星〟を形成する星がほかの星より大きく彫られて金が埋め込まれていたため、カンテラに照らされたそれらの星は特別な意味を持って光り輝いているように思えた。ポーチコの内側を歩きながら、岩窟墓に見られる建築上の二つの特徴があることに気づいた。前室つまり葬祭室と、玄室が揃っているのはファン・ホインの手記どおりだが、彼の時代にはこれら古代エジプト人がつけた名称は知られていなかった。

西側の壁の下のほうに置かれた石碑もしくは記念碑は瞠目すべきもので、調査の目的であったミイラをさがしに行く前だったにもかかわらず、詳細に調べた。この碑はすばらしいラピスラズリの一枚板でできており、余すところなく小さく優美なヒエログリフが刻まれていた。彫り跡は混じり気のない朱色の極めてきめの細かいセメントで埋められていた。碑文は次のとおりだ。

『エジプトの女王にして、北と南の統治者アンテフ王の娘、太陽の娘、王冠を頂く女王テラ』

そのあと、彼女の人生と治世の歴史の完全な記録が記されていた。

統治権を示す記号は女性らしさにあふれる装飾とともに刻まれていた。上エジプトの冠と下エジプトの冠を組み合わせた王冠は、ことのほか美しく精緻に彫られている。我々のどちらにとっても、ヘジェトとデシュレト――上エジプトと下エジプトの紅白の冠――を女王の石碑で目にするのは初めてだった。記録には例外なく、古代エジプトではどちらの冠も王のみがかぶる習わしになっていたからだ――女神を除けば。あとの部分で説明を見つけた。それをこれから伝えよう。そのような碑文はそれ自体が衝撃的で、どの時代のどの地域の誰であっても注意を引いたが、どれほど我々が仰天したか、君には想像もできないだろう。それを目にした人物が我々より前にいたとはいえ、四千年前に石板が崖の入口に設置されて以来、最初に理解をもって見たのはトレローニー君と私だ。二人にとってこのメッセージは、死者から読むために与えられたもの。これは神官が神々の畏怖をあおるか恩寵を引き出せる唯一の存在だと公言していた時代に、古き神々に戦いを挑み、彼らを支配したと主張した人物のメッセージだった。

竪坑と石棺がある玄室の上方にある部屋の壁はびっしりと彫刻が施されていた。石碑以外のすべての文字は青みがかった緑の顔料で塗られている。斜めから見ると緑色の彫り面は、古びて退色したインド産のトルコ石といった印象を受けた。

我々は持参していた滑車装置を使って玄室へ下りていった。トレローニー君が最初だった。深い竪坑で七十フィート以上あったが、一度も埋められた形跡がなかった。底部にある通路は石棺のある玄室まで上り傾斜で、一般的に見られるものより長く、仕切られていない。

中に入った我々は黄色の石でできた見事な石棺を発見した。どんなものかは説明するまでもない。君はトレローニー君の寝室でそれを見ているからな。蓋は地面に置かれていた。セメント付けされていなかったのは、ファン・ホインが手記に書いてあったとおりだ。言うまでもなく、我々は中をのぞき込んで狂喜乱舞した。ただし残念なことが一つあった。棺の内部をのぞき込んだオランダ人旅行者の目に飛び込んできたときの光景――生きているような白い手が包帯に包まれたミイラの上に置かれていた――とどれほど違っているか、痛感せずにはいられなかった。事実、白く象牙のような腕の一部が目の前にはあった。

だが、ファン・ホインとはまた別の興奮に我々は包まれた！

手首の断面に乾いた血がこびりついていたのだ！　まるで死んだあとで遺体から出血したかのように！　ちぎられた手首のぎざぎざになった端は凝固した血ででこぼこになっており、そこからオパールの母岩のような白い骨が突き出ていた。血はしたたり落ちて茶色の包帯に錆のような色の染みを作っている。これこそ手記を完璧に裏付けるものだった。ファン・ホインは事実を記していたというこれほどの証拠を目の前にしては、彼のほかの部分の記述が創作だと疑うことはできない。ミイラの手についていた血のことも、絞め殺されたベドウィンの長の首に七本の指の跡がついていたことも。

我々が目にしたものや、どうやって知るに至ったのか、すべてを詳細に語って君の時間をとるつもりはない。それは学者に共通している知識からだったり、墓にあった石碑からだったり、壁面に施された彫刻や描かれたヒエログリフからだったりする。

テラ女王はテーベに都が置かれていたエジプト第十一王朝――紀元前二一〇〇年頃から二〇〇〇年頃に勢力のあった――の人物だった。父王アンテフの唯一の子供として、王位を継いだ。非凡な才能の持ち主だっただけでなく、型破りな性格だったにちがいない。というのも、父親が逝去したとき、彼女はほんの少女だったからだ。その若さと女性であるということに野心家の神官たちはつけいって、巨大な権力を得た。富とその人数と知識によってエジプト全土に、とりわけ上エジプトに権勢を振るった。やがて、統治権を王位から神官職に譲渡させるという、大胆で入念に練られた計画を成功させるべくひそかに準備を整えた。しかし、そうした動きを疑っていたアンテフ王は、娘に前もって軍隊に忠誠を誓わせておくよう忠告してあった。一方で国術も身につけさせ、当の神官たちの教えを学ばせることさえした。王は崇拝する神を一つに絞ることで、それ以外の神を崇拝する者に対抗したのだ。各勢力が王の加護によって当面の利益を得たいか、その娘に影響を及ぼすことで究極の利益を得たいか。そこで、王女は書記官に混じって育てられ、彼女自身、絵や文字を書くのにかなり長けていた。こうしたことの多くが壁面に絵やヒエログリフで秀麗に描かれている。私もトレローニー君も、その中には王女本人が描いたものも少なくないのではないかという結論に至った。なにしろ石碑に、彼女は〝芸術の庇護者〟として記されていたからだ。

しかし、王はそれだけでは満足せず、娘に魔術を覚えさせ、彼女は眠りと意思を操る力を会得していた。これは正真正銘の〝邪悪な〟魔術で、神殿で使われるものではなかった。言ってみれば、神殿で行われるのは無害または〝善良な〟魔術であって、効力を発揮するというよりも人を感じ入らせるためのものだ。王女は利発な生徒で、教えた者たちを遥かに超えてしまった。その力と腕前によって絶好の機会を得ると、それを最大限に活かした。尋常ならざる方法で自然から秘密を手に入れ、包帯を巻いて自分を棺におさめさせ、死者として丸ひと月ものあいだ墓に安置させることまでしている。神官たちは本物のテラ王女はその試みで死亡し、別の少女が替え玉になったのだと主張しようとしたが、王女は彼らの説を完全に打ち砕いた。こうしたことはすべて見事な出来の絵からわかったことだ。おそらく彼女の時代に、クフ王の時代にその完成が見られた第四王朝の高い芸術性が再び勢いを盛り返したのだろう。

石棺が置かれた玄室に、彼女が眠りの支配に成功したことを示す絵と文章があった。まさに、いたるところにそれを象徴するものが描かれていた――大地や年月を表す記号の中にさえ。太陽の紅炎は、テラは女王ではあるが、王位と男性が持つ特権のすべてを主張したことを伝えている。ある場面では、彼女は男性の衣装を身にまとって紅白の冠をかぶっていた。続く絵では、服装は女性のものになっていたが、上下エジプトの王冠をかぶったままで、その足元には脱ぎ捨てられた男性の衣装が描かれていた。復活の望みや意図が描かれた絵には例外なく、北を意味する記号が書き加えられていて、あちこちに――どれも過去や現在や未来の重要な場面が描かれていた――北斗七星が見られた。彼女がこの星々を自分自身となんらかの特別な結びつきがあるものとみなしているのは明白だった。

石碑と壁画に記された記録の中でもっとも注目に値するのは、テラ女王が神々を強制的に従わせる力を持っていたと書かれていた点だろう。ところでこれは、エジプト史上類をみない信仰というわけではなかったが、その動機がほかと違っていた。彼女はスカラベの形にしたルビーにそれぞれ七つの尖端がある七つの星と使役の呪文を刻んで、地上界と冥界のありとあらゆる神を力で従わせた。

碑文には、神官の女王に対する憎悪が募って、自分の死後に名前を抹消しようとするだろうということが彼女にはわかっていたと、率直に説明されていた。これは凄まじい報復だった。というのも、エジプトの神話では、名前がなければ、死後、神々に引き合わされることはないし、その者のために祈ってくれる人もいないからだ。それゆえテラ女王は、復活を遙か先に延ばし、自分の誕生を支配した北斗七星の下にあたるもっと北方の地で遂げようとしたのだ。この目的を達成するために、彼女の片方の手は空気に触れる状態になっており——包帯を巻かれずに——その下に星の宝石が置かれていた。そうしておけば、空気があるところなら〝カー〟が動けることで、彼女も動けるかもしれないのだ！　そう、テラ女王の身体は意のままに霊体になることができて、粒子の存在で移動し、必要な時と場所で再び一つの身体に戻れる——これが、じっくり考えたあとで、トレローニー君と私がともに達した見解だった。それに、あらゆる神々と意思と眠り——意思と眠りはシンボルによって擬人化されている——を詰めた宝石箱か貴重品入れについて間接的に言及している文面の断片があった。箱は七面あると書かれていた。ミイラの足元で七面ある宝石箱を見つけても、我々はさほど意外に思わなかった。この箱も君はトレローニー君の部屋で目にしているね。包帯が巻かれた身体の下部——左足底の亜麻布には石碑に使われていたのと同じ朱色で、多量の水を意味するヒエログリフが、右足底には大地を示すヒエログリフが書かれていた。つまり、彼女の身体は不滅で、自由自在に形を変えられ、大地と水、大気と火——後者は星の宝石の光が、さらには、包帯に巻かれたミイラのそばに置かれていた火打ち石と鉄がそれを裏付けている——をともに支配しているということだろう。

宝石箱を石棺から取り出したとき、我々は——君もだろうが——箱の側面に妙な突起があることに気づいた。だが、そのときは突起がなんのためなのか説明がつかなかった。石棺には護符が数個入っていたものの、特に価値や重要な意味があるものではなかった。もしそうした特別なものがあるとすれば、きっと包帯の下だろう。それとも、ミイラの足元にあったその風変わりな宝石箱の中か。しかし、箱を開けることはできなかった。蓋があるのは間違いなく、確かに、箱は上下二つの部分から成り立っていた。てっぺんから少し下がったところにかすかな線が入っていて、そこがつなぎ目らしいのだが、恐ろしく精密な仕上がりで、どこで上下に分かれるのかはっきりわからない。言うまでもなく、蓋は動かなかった。どうやら内部からなんらかの方法で固定されているようだった。私がこうしたいきさつをすべて伝えるのは、君が今後かかわるかもしれないものを理解できるようにするためだよ。どう判断するかはあとにしてくれ。こうした不可解なことはこのミイラやそれを取り巻く周辺で起こっていて、どこかで、これまでの物の見方をがらりと変えざるをえなくなる。ありふれた人生で経験することや一般的な知識に当てはめるのはとうてい無理なのだ。

我々は壁面や天井、床に描かれた絵や文字をおおまかに書き取るまで、魔術師の谷のそばに留まっていた。彫り跡が朱色の顔料で着色されたラピスラズリの石碑は持ち出していた。石棺とミイラも、雪花石膏の壺が入った箱も、血石と雪花石膏とオニキスと紅玉髄でできたテーブル、弓形の部分に身をくねらせた金のコブラの留め金がそれぞれについた象牙の枕も運び出した。前室と玄室に置かれていた品物もすべて——木製の船とその乗組員、冥界で死者に代わって働くとされる小さな人形《ウシャプティ》、象徴的な護符も取り出した。

立ち去り際には、梯子を外して、必要ならまた使えるように、崖下から少し離れた場所の砂地に埋めた。それから大量の荷物とともにナイルへ戻る困難な旅に出発した。正直、巨大な石棺を運んで砂漠を越えるのは並大抵のことではなかった。荒削りの荷車が一台あり、それを引っ張る人手もたっぷりあったが、そのスピードはいやになるほど遅いように思え、宝を安全な場所まで持っていけるか心配になった。夜は盗賊に襲撃されないかと不安でたまらなかった。だがそれ以上に、調査隊の中にいる数人の者たちが気がかりだった。結局のところ、彼らは略奪をなんとも思わない連中であり、我々は貴重な品々を山のように持っているわけだから。連中は——少なくとも、そのうちの物騒な者たちは、なぜそれらが貴重かを知らず、我々が運んでいるのは品物が金目のものでできているからだと当然のように考えているのだ。ミイラは石棺から取り出して、安全に運べるように別に梱包してあった。帰途に着いて一日目の夜、二人のアラブ人が荷車から埋葬品を盗もうとし——翌朝、死体で発見された。

二日目の晩は、人間の無力さを感じさせる凄まじい嵐——シムーンと呼ばれる砂を含んだ強烈な熱風——が接近してきた。吹き付けてくる砂に圧倒された。アラブ人の中には嵐の前に避難場所が見つかることを期待して逃げ出した者もいた。残った我々はフード付きのマントをしっかりと身体に巻き付けて、とにかく耐えつづけた。朝になって嵐が過ぎ去ると、砂に埋もれていた荷物を回収した。ミイラを梱包してあった箱はすっかり壊れていて、肝心のミイラは見当たらなかった。あたりをくまなくさがして、あちこち砂を掘ってみたが、徒労に終わった。トレローニー君はそのミイラを絶対に屋敷へ持ち帰ると決めていたため、みな途方に暮れた。逃げたアラブ人が戻ってくるのではと思って丸一日待ってみた。それというのも、彼らがなんらかの方法で荷台からミイラを移動させたかもしれず、それならミイラを掘り返しにくるだろうという根拠のない望みを抱いたからだ。夜明け間近という頃、トレローニー君が私を起こして耳打ちした。

『魔術師の谷の墓に引き返さなくてはならない。わしが連中にそう命令を出したら、ためらいはいっさい表に出さないでくれ。君が行き先について一つでも質問すれば、それが疑問を生み出すことになって、我々の目的が果たせなくなるからな』

『わかったよ』と私は答えた。『だが、どうして谷へ行かなくてはならない?』彼の返事は、私の中にある調律済みの弦をかき鳴らしたかのように私をぞくぞくさせた。

『ミイラがそこで見つかるはずだからだ! 確信があるのだ!』そこで私が疑問を挟むか反論するのを予期したように言い足した。『いいから、見ていたまえ!』そのあとトレローニー君は自分の毛布に戻った。

アラブ人たちは来た道を引き返すことに驚き、不満を示す者もいた。相当いざこざもあり、仕事を放棄した者も数名いた。それで、二度目の東向きの旅は人数が減っていた。最初、族長は我々が決定した目的地についてなんの詮索もしなかったが、魔術師の谷へ戻っていることが明らかになってくると、さすがに懸念を示した。調査隊が谷に近づくほどその懸念は濃くなり、ついに谷の入口に着いたとき、彼は足を止め、それ以上進むことを拒んだ。族長は、もし我々二人でも行くのなら、帰りを待つと言う。ただし、三日待っても戻ってこない場合は、立ち去るということだった。いくら金を積んでも彼の決意は揺らがなかったが、梯子をさがし出して崖のそばまでは運んでもいいと譲歩した。そこでそうしてもらったあと、族長は残りの者を連れて谷の入口まで戻っていった。

トレローニー君と私はロープとカンテラを手に、再び墓へのぼっていった。我々のいないあいだに何者かがそこにいたのは間違いなかった。墓への入口を守っていた石板は内側に倒され、ロープが断崖の上からぶら下がっていたからだ。中へ入ると、玄室に通じる竪坑にもロープが垂らされていた。二人で顔を見合わせたが、どちらも言葉は発しなかった。持参したロープを固定して、打ち合わせどおりにまずトレローニー君が下り、すぐあとに私が続いた。竪坑の底面に並んで立って初めて、私の頭に、なんらかの罠にはまったのではないか、何者かが崖の上からロープを伝ってきて、我々が竪坑を下りたロープを切って二人を生きたまま葬ろうとしているのではないか、という考えがよぎった。それは身の毛もよだつような考えだったが、今さらどうしようもなかった。私は黙ったままでいた。二人ともカンテラを持っていたので、十分な明かりの中、通路を抜けて石棺のあった玄室に入った。まず思ったのは、がらんとしているということだった。壮麗な壁画やヒエログリフに覆われていても、巨大な石棺が、雪花石膏の壺を入れた箱が、死者のための道具や食物、小さな人形を載せたテーブルがないことで、岩を切り出して作られたその墓は寂莫としていた。

しかも、まだ包帯を巻かれたままのテラ女王のミイラが、巨大な石棺があった床に置かれていたことで、はかりしれないほど心寒い光景となっていた！　ミイラのそばには、奇妙にねじれた格好で三人のアラブ人――調査隊から逃げ出していた――の死体が横たわっていた。どの顔も黒く変色し、口や鼻や目から吹き出た血で手や首が汚れていた。

三人とも喉に痣が――すでに黒っぽくなっていたが、指が七本ある手の跡がついていた。

トレローニー君と私は身を寄せ合って互いの身体につかまり、死体を見つめながら、畏敬と恐怖に襲われていた。

だが、なにより異様だったのは、ミイラとなっている女王の胸の上に、七本の指のある象牙色の手が、手首にじぐざぐの赤い線――血がしたたり落ちそうに思えた――だけを残して置かれていたことだった」

第十二章　魔法の箱

「驚きから我に返ると――ずいぶん長いあいだ呆然としていたように思えた――我々はただち

にミイラを抱えて通路を抜け、竪坑から運び上げた。私が先に上がってミイラを受け取った。そうして下をのぞき込むと、トレローニー君がちぎられたミイラの手を持ち上げて自分の胸元へ入れるのが見えた。明らかに、手が傷ついたり失われたりしないようにという配慮だった。アラブ人の死体はそのまま残してきた。ロープで吊り上げた貴重な荷物を地面に下ろし、調査隊が待つ谷の入口へと運んだ。

愕然としたことに、隊は移動しつつあった。族長に抗議すると、契約はきちんと履行した、取り決めどおり三日待ったと答える。私は彼が我々を置き去りにするという身勝手な意図をごまかすために嘘をついているのだと思ったし、意見を交換した結果、トレローニー君も同じ疑念を持っていることがわかった。ところがカイロに着いてみると、族長の言ったとおりだったことが判明した。二度目にミイラの安置所に入ったのは一八八四年十一月三日で、そう信じるだけの根拠があった。

我々はあの死者の玄室で驚きに立ち尽くして、丸三日も――人生で失って――勘違いをしていたのだ。亡き女王テラや彼女の所有物にまつわる迷信を信じる気になったのは、おかしなことだろうか？　我々にはないなんらかの力あるいは理解を超えた力にとまどいを覚えて、迷信にとらわれるのは意外だろうか？　その力が決めておいた時間に我々と墓を下りていったのではないかと思うのは？　本当に、死者から奪った我々に死に場所が用意されていたのかもしれない！」

コーベック氏は丸々一分ほど沈黙したあと、話を再開した。

「カイロまでは問題なかった。その先はアレクサンドリアへ行き、そこから定期船でマルセイユへ渡り、急行でロンドンへ向かう予定だった。ところが、ロバート・バーンズの詩にもあるように、まさに〝誰にも未来のことはわからない〟で、アレクサンドリアでトレローニー君を待っていたのは、奥方が娘を出産して亡くなったという悲報だった。

悲しみに打ちひしがれたトレローニー君はすぐさまオリエント急行に飛び乗った。私は一人で宝を索漠とした屋敷に持ち帰るしかなかった。ロンドンにはなんの問題もなく帰り着けた。旅路はなにやら特別な幸運に恵まれていたという気がした。この屋敷に着いたとき、葬式はとっくにすんだあとだった。嬰児《みどりご》は乳母に預けられ、トレローニー君は奥方を失ったショックからなんとか立ち直って、中断していた人生と研究に再び取りかかろうとしていた。彼が受けたショックがどれほどのものかは一目でわかった。黒かった髪が急に灰色に変わっていたのが雄弁に語っていた。さらに、力強かった顔つきは硬く厳しいものになっていた。アレクサンドリアの海運事務所で電報を受け取ってからというもの、彼のうれしそうな笑顔を見たことは一度もない。

こういった場合は仕事を――全身全霊をかけてきた研究をするのがいちばんだ。思いがけない奥方の死という悲劇と子供の誕生――子供は母親が死んだあとに生まれていた――は、我々がテラ女王の玄室で人事不省の状態で立っていたあいだに起こっていた。それはトレローニー君のエジプト研究と、わけても女王に関連する謎となにかしらつながりがあるように思えた。トレローニー君は娘さんのことはほとんど話してくれなかったが、どうやら彼の中で娘に対して二つの感情がせめぎ合っていたようだ。娘さんを溺愛といってもいいほど愛しているのは傍目からもわかった。だが、彼女の誕生で奥方が命を失うことになったことがどうしても忘れられないのだ。

ほかにも、彼が心を痛めるものがなにかあるようだったが、それがなにかは決してしゃべろうとしなかった。一方で、一度だけぽろりとこぼしたことがあった。

『あの子は母親には似ていないが、顔立ちも髪や目の色も女王テラの肖像画に不思議なほど似ているんだよ』トレローニー君は、自分は面倒を見られないので、世話をしてくれる人たちのもとへ娘さんを預けたと言った――それも、彼女が若い娘なら経験しておかしくないあらゆる素朴な喜びを味わった女性に成長するまで。それが彼女にとって最善なのだと。私は何度もトレローニー君と娘さんについて話そうとしたが、彼は口が重かった。一度こう言ったことがある。『必要以上にしゃべらないのには理由があるのだ。いつか君にもわかる日が――理解する日が来るだろう！』私は彼の寡黙さを尊重し、私が旅から帰って以降の娘さんの様子についてはそれ以上尋ねなかった。君の前で彼女と会うまで、一度も見かけたことさえなかった。

さて、我々が墓から持ってきた宝がここへ運び込まれると、トレローニー君は自分で配置場所を決めた。ミイラは――ちぎり取られた手以外は――大広間に置かれていた壮麗な鉄鉱石の棺におさめられた。この石棺はテーベ人の司祭長ウニのために作られたもので、君の目にもとまったかもしれないが、全面にエジプトの古き神々へのすばらしい祈りの言葉が彫られている。墓から取り出したほかの品々は、知ってのとおり、自室に並べた。その中で彼なりの特別な理由があって置いたのはミイラの手だった。トレローニー君はそれを彼の財産の中でも、おそらく別格扱いで、もっとも神聖なものとみなしていたと思う。彼が〝七つ星の宝石〟と呼ぶ彫刻されたルビーのためだろうね。ルビーがあの大金庫に入れられ、複雑な仕掛けによってロックされ守られているのは、君も承知のとおりだ。

きっと君は退屈に思っているだろう。だが、君にこれまでのいきさつを理解してもらうためには、話しておく必要があるのだ。トレローニー君が宝に関する話題を再び持ち出したのは、私が女王テラのミイラとともに帰国してずいぶん経ってからだった。彼は何度か――ときには私も同行し、ときには単独で――エジプトに足を伸ばしていたし、私も自分の研究もしくは彼のために何度か旅をしていた。その間、十六年近くというもの、彼は各品について話題にしたことはまったくなかったのだが、差し迫った事情で、やむをえず、調べてみることになったのだ。

ある朝まだ早いうちに、トレローニー君は急遽、私を呼び寄せた。当時私は大英博物館で研究しており、ハート・ストリート沿いにある部屋で寝起きしていた。屋敷に着いてみると、彼は興奮に顔を輝かせていた。そんな彼は奥方の死の知らせを受ける以前からさえ見たことがなかった。彼はすぐに私を自室へ連れていった。窓のブラインドは下ろされ、鎧戸は閉まっていて、一筋の光も射し込んでいなかった。部屋の通常の明かりはついていなかったが、光量のある電気ランプをいくつも――蠟燭なら五十本分以上の明るさだ――部屋の片側に置かれていた。七面体の宝石箱が載った小型の血石のテーブルは部屋の中央に引っ張ってこられていた。宝石箱はまぶしいほどの光に照らされ、このうえなく優美に見えた。実際、内側から輝いているかのようだった。

『どう思うね?』トレローニー君が尋ねた。

『まるで宝石だ』と私。『魔術師の〝魔法の箱〟と呼んだほうがいいかもしれないな、しょっちゅうこんなふうに見えるのなら。なんだか生きているみたいだ』

『どうしてそう思う？』

『光の輝きのせいかな』

『もちろん、光のせいだとも。だが、むしろの光の位置なんだよ』

トレローニー君はしゃべりながら、部屋の通常の明かりをつけ、電気ランプを消した。その結果は驚くべきものだった。一瞬にして、箱が放っていた輝きがすべて失われたのだ。それでも、以前と変わらず美しい石ではあったが、石でしかなかった。

『ランプの配置で気づいたことはあるかね？』とトレローニー君。

『いいや！』

『北斗七星と同じ配列にしてあるのだよ、ルビーの中の星と同じようにな！』

その言葉に私は確かな説得力を感じた。なぜかはわからないものの、ミイラやその周辺では数多くの神秘的なことが起こっているから、新たな謎めいたこともその一つだろうと思えたのだ。

トレローニー君は引き続きしゃべっていた。

『十六年間というもの、あの調査旅行のことばかり考えていたし、我々の前に立ちはだかる謎を解く手がかりをさがそうと必死だった。だが、昨夜まで、わしは解決策が見つかるような気がしていなかった。おそらくその夢でも見ていたにちがいない、わしははっと目を覚ました。自分でもなにをしたいのかよくわからないまま、なにかをしなければという思いでベッドを飛び出していた。そのとき、それがいっきに明確になった。

墓所の壁には、大熊座の七つの星が北斗七星を作り出すとほのめかす記述があったし、北が繰り返し強調されていた。同じ記号が〝魔法の箱〟と我々が呼ぶものにも繰り返し記されている。箱に半透明の部分があることはすでに承知のことだ。七つ星の宝石が石質隕石《エアロライト》の中心から作られ、魔法の箱も同じ隕石から切り出されたとヒエログリフが伝えていたのを覚えているだろう。それで、正しい方向に輝く七つの星の光は、箱かその中にあるものになにがしかの影響を与えるかもしれない、と思ったのだ。わしはブラインドを上げて外を見た。北斗七星が天空高くに位置して、それと北極星の両方が窓の真正面にあった。箱を載せたままテーブルを光が届く場所へ引っ張っていって、半透明の部分が星と向き合うよう動かした。たちまち箱が輝きはじめた――君もランプの明かりのもとで目にしたとおりだ。もっとも、そのときはかすかなものだったが。わしは辛抱強く待ったが、空が雲に覆われ、星明かりは届かなくなってしまった。そこで、針金とランプで――ほら、わしが実験でよく使っていただろう――電灯の効果を試みた。それぞれの星に対応するようにランプを適切な場所に置くのにしばらく時間がかかったが、すべてを正しく配置した瞬間に、君も見たとおり、輝きだした。

だが、そこから先へ進めなかった。明らかになにか足りないものがあるのだ。ふと、光がなんらかの効果を持つのなら、岩の中にあった玄室には星明かりが入り込めないのだから、なにか光を生み出す道具が墓所にあったはずだとひらめいた。そのとき、あらゆる物事が明らかになった気がした。血石のテーブルの上部の窪み――魔法の箱の底がぴったりおさまるようになっている――に箱を置いた。すぐに石で注意深く作られた風変わりな突起が北斗七星の星々の方角と一致することがわかった。

わかったぞ《エウレカ》！　足りないのはランプだけだ――と、わしは叫んだ。電灯を突起の上に置こうと、つまり近づけようとした。だが、輝きは二度と現れなかった。それで、そのために作られた特別なランプがあるのだという確信が深まった。もしそのランプを見つけることができれば、謎の解明に至る一歩となるはずだ』

『しかし、ランプについては？』私は訊いた。『どこにあるというのか。我々はいつ見つけられる？　見つけたとしても、どうやってそれらが目指すものだとわかる？　なにが――』

突然、トレローニー君は私の言葉を遮った。

『一度に一つずつだよ！』彼は静かな口調で言った。『最初の質問に残りはすべて含まれている。ランプはどこにあるか？　答えよう。墓の中さ！』

『墓の中？』私は驚いて繰り返した。『二人で隅から隅まで調べたじゃないか。ランプなど影も形もなかった。いや、何一つ残っている気配はなかっただろう、一度目に墓をあとにしたときも、二度目のときも――アラブ人の死体を除けば』

私が話しているうちから、トレローニー君は巻いた数枚の大判の紙をとってきて、広げはじめていた。巨大なテーブルにそれらを広げると、本や文鎮で端を押さえた。一目でそれらがなにかわかった。我々が書き取った墓の絵や文字を彼が丹念に複写したものだ。準備が整うと、彼は私を振り返って、ゆっくりとした口調で言った。

『墓所を調べたときに、通常そうした墓で見つかるものが一つ欠けていたことを不思議に思ったのを覚えているかね？』

『もちろん！　セルダブがなかった』」

コーベック氏が僕に言った。「セルダブがどういうものか説明しよう。墓の壁の奥に作られるのぞき窓のついた小部屋のことだ。埋葬された人物の彫像をおさめるためのもので、現在までに、調査されたものには碑文は見つかっていない」解説が終わると、彼はまた本筋に戻った。

「トレローニー君は、自分が言わんとしていることを私が理解したと見ると、かつての熱意をうかがわせる口調で話を続けた。

『あそこにはセルダブが――それも秘密の――あったにちがいないという結論に至った。前にそれを考えてもみなかった我々はどうかしていたのだ。あんな墓を作らせた人物がそうした建築的な機能を無視するわけがないとわかっていてもよかったのだ。なにしろ、それまでとは違う美意識と完全性を示し、きめ細やかな女らしい華やかさで細部に至るまで入念に仕上げさせた女性だったのだから。儀式では特別の意味がなくても、彼女なら装飾として作らせていただろう。ほかの墓には設えられているのだし、彼女は自分の事業が完全なものになることを好んだはずだ。そうしたことを踏まえると、あそこにはセルダブがあった――いや、あるということになる。それをさがし出せば、中でランプも見つかるにちがいない。言うまでもなく、調査に行った際、今のようにランプの存在に気づいていれば――すべては推測の域を出ないが――隠された場所や封印があるのではないかと疑ってかかっただろうに。もう一度エジプトへ行ってはくれんかね。墓を調べてセルダブを見つけるために。そして、ランプを持ち帰ってほしいのだ！』

『あの墓にセルダブがないことがわかるか、見つかってもランプが中になかった場合はどうする?』

トレローニー君は長年めったに見せることのない彼独特の陰気でぞくりとするような微笑みを浮かべて、ゆっくりと答えた。

『その場合は、君、見つかるまで頑張るしかあるまいね!』

『いいだろう!』私は答えた。

彼は紙の中の一枚を指さした。『ここに葬祭室の南側と東側を書き取ったものがある。あらためて目を通していて、この角のまわりの七箇所が、我々が北斗七星と呼び、女王テラの誕生と運命を支配している星列を象徴していることに気づいた。注意深く調べたところ、星座が天空のそれぞれ異なる部分に現れるように、各星を分けて描写している。どれもみな天文学的に見て正しく、実際の空のように大熊座の指極星が北極星を指し示している。つまり、これらすべては、通常ならセルダブが見つかる壁のある一点を指しているのだ!』

『すばらしい!』私は叫んだ。そうした推理はまさに称賛に値した。トレローニー君はうれしそうに言葉を続けた。

『墓に入ったら、この場所を調べてみてくれ。おそらくバネか機械で隠し扉が開く仕掛けだろう。いや、ここで推測したところで始まらない。君ならその場に行けば、どうするのが最善かわかるだろう』

私は次の週にエジプトへ出発した。再び墓の中に立つまで不休の覚悟だった。かつて随行したアラブ人が何人か見つかって、大いに力になってくれた。エジプトの状態は十六年前とはがらりと変わり、軍隊も武装した警護も必要なくなっていた。

私は一人で崖をのぼった。砂漠気候のために木製の梯子はまだ使える状態だったから、なんの造作もなかった。長い年月のあいだに墓を訪れた者がいることがすぐにわかり、その中には偶然秘密の場所を見つけた者がいるかもしれないと思って心が沈んだ。実際、そうした者に出し抜かれたことがわかれば、それは苦い発見となるだろう。すなわち、私の旅は無駄足だったということになるのだ。

カンテラを点して墓の葬祭室に続く七本の支柱のあいだを通ったときに、苦い思いは現実のものとなった。

私がそこで見つかると予想していたまさにその場所に、口を開いたセルダブがあったのだ。中は空っぽだった。

だが、葬祭室はがらんどうではなかった。アラブの衣装を身にまとった干からびた死体が、段り倒されたかのように、セルダブのすぐ前に横たわっていた。私はトレローニー君の憶測が正しいか確かめるために壁をくまなく調べた。そして、壁に記された星々のすべての位置から、北斗七星に置き換えて割り出される北極星の位置は口の開いたセルダブの左、つまり南側で、そこに金色の星が一つあることに気づいた。

それを押すと奥に引っ込んだ。セルダブの前面にあった石と、内部の壁にもたせかけられていた石がわずかに動いた。さらに詳しく調べると、開いた口の反対側の壁に、別の星列が示す似たような箇所を見つけた。だが、それ自体が七つ星の形になっていて、どれも磨かれた金で精巧に作られている。私は星を一つずつ押してみたが、なんの変化もなかった。そのとき、ふとひらめいた。口を開くバネが左側にあるのなら、この右側の星は七本指の手で七つとも同時に押すものではないだろうか。私は両手を使って、なんとかやってみた。

かちりと大きな音がして、金属製の像がセルダブの開口部付近から飛び出したように思えた。石はその場でゆっくりと後方に回転し、また、かちりという音とともに閉じた。下降していく像をちらりと目にして、私は一瞬ぞっとした。イブン・アブド・アルハカムがその著書に記している、大洪水を予知してピラミッドを建設したスリッド・イブン・サルホーク王が、宝を守らせるために西のピラミッドに置いた不気味な守護者のようだったからだ。〝大理石の像が槍を片手に立っており、その頭は毒蛇が絡みついている。近づく者があれば、毒蛇がその牙を食い込ませ、喉に巻き付いて死に至らしめ、そのあと元の場所に戻る〟。

私はそうした像が感じのよいものとして作られないのは百も承知だった。それに立ち向かうには並ではない度胸が必要とされる。私の足元で息絶えているアラブ人はその効果のほどを示す証拠ではないか！　私は壁に沿ってまた調べていった。あちらこちらに何者かが重いハンマーを叩きつけたかのように欠けた場所があった。つまりこういうことだろう。私やトレローニー君よりこの手の仕事に熟練し、秘密のセルダブがあるのではないかと疑った墓荒しがそれをさがそうとした。そしてたまたまバネ仕掛けを叩き、アラブ人の歴史家が書き表したとおりの、報復する〝宝の番人〟を解き放ってしまった。結果がそれを雄弁に語っている。私は木片をとると、安全な距離に立って、木片の端で左側の星を押した。

たちまち石が引っ込んだ。隠し場所から像がさっと現れ、手にした槍を突き出す。すぐに像は上昇して見えなくなった。これで七つ星を安全に押せるのではないかと考えた私は、実行した。再び石が後退し、〝宝の番人〟はその隠れ家に戻っていった。

私は両方の試みを何度か繰り返してみたが、結果はいつも同じ。像のメカニズムを調べたくても、ありきたりの道具では不可能だった。岩のその部分全体を切り取るしかなさそうだったからだ。いつかふさわしい道具を揃えてあの場所に戻り、それを試したいと願っているよ。

君は知らないと思うが、セルダブの入口はたいていとても狭くて、片手しか入らないこともある。このセルダブでわかったことが二つあった。一つは、ランプのことだ。たとえ中にあったのだとしても、大きなものではありえないこと。もう一つは、なんらかの形でハトホル女神に関連があるだろうということ。女神を表すヒエログリフ――四角の中に鷹と小さい四角が右上の角に書かれる――がセルダブ内部の壁に彫られ、石碑に見られた鮮やかな朱色で着色されていたからだ。ハトホルはエジプト神話ではギリシャのヴィーナスに相当する女神で、美と喜びを司る。だが、エジプト神話ではどの神も複数の姿を持っており、ハトホルはいくつかの姿では復活の概念と関係がある。この女神は七つの姿もしくは変形体がある。となれば、七つのランプとなんらかの形でつながっていてもおかしくはない！　そういったランプがあると、私は確信した。

一人目の墓泥棒は死を迎えた。二人目はセルダブの中身を発見した。最初の試みは何年も前に行われた。死体の状態からそうとわかる。二度目の試みについてはいつ頃のことか示す手がかりはなかった。かなり以前のことかもしれないし、最近のことかもしれない。けれども、ほかに墓を訪れた者がいたとしたら、おそらくランプはずいぶん前に盗られたのだろう。いずれにせよ、ランプさがしがいっそう困難になるのは火を見るよりも明らかだった!

それが三年ほど前のことだ。それ以降、私は『アラビアン・ナイト』に登場する男のように古いランプを、新しいランプと交換してもらうためでも、金儲けのためでもなく、さがした。自分がなにをさがしているのか相手にはあえて言わなかったし、それがどんなものかも説明しようとしなかった。そんなことをすればランプは永遠に手に入らなくなってしまうからだ。ただ当初から、自分ではどんなものをさがさなければならないかというぼんやりとした考えはあった。時間が経つほどに、その考えははっきりとしたものになっていき、そのうち見当違いかもしれないものをさがすことで、あわややりすぎてしまいそうになった。

いやというほど失望を味わい、無駄骨も折ったが、私は諦めなかった。とうとう、二か月と経たない前、チグリス河畔の町モスルで年配の商人から、私がさがし求めているようなランプを一つ見せられた。ここ一年近く、毎回落胆することになっても、そのたびに自分は正しい道をたどっているという高まる期待に励まされ、それを追いつづけていた。

ついに成功まであと一歩のところまで来ていると悟ったとき、はやる気持ちをどう抑えていいかわからなかった。とはいえ、私は東方の商人を相手の駆け引きには熟達していた。そのユダヤ系アラブのポルトガル人は強敵に出会ったのだ。私は買う前に彼が持っている商品すべてを見たいと言った。彼は一つずつ取り出していき、大量のがらくたに混じって七つの異なるランプがあった。それぞれに特徴的な符号がついていた。どれもハトホル女神を象徴する形のものだ。目当ての品物がなにか相手に悟られないよう、在庫のほとんどを買い占めたことで、さすがの肌の浅黒い友人も動揺したようだった。最後には泣きそうな顔で、私が彼を破滅させたと訴えた――もはや売るものがなくなってしまったということで。その商人がもっとも安く見積もっていたと思われる品物に、私が最終的にどんな値段をつける気だったかを知れば、彼は髪をかきむしっていたことだろう。

私は購入した品物のほぼすべてを一般的な値段で売りさばいたあと、急いで帰国の途に着いた。疑惑を招かないように、あえて人に譲ったり、捨てることさえしなかった。私の荷物は値段のつけようがないほどのものだったから、どんな軽はずみな行動も控えなくてはならなかった。異国の地での旅をできるかぎり速くして、ランプのほかは旅の途中で手に入れた小型の美術品とパピルスだけを持ってロンドンに到着した。

さて、ロスさん、これですべてです。もしあなたが伝えるとすればですが、トレローニー嬢にこのうちどれだけを話すかは、おまかせします」

そのとき、澄んだ若い声が背後から聞こえてきた。

「トレローニー嬢になんですって?」当の本人だった!

僕たちはぎょっとして振り返り、互いに目顔で尋ねるように顔を見合わせた。トレローニー嬢は戸口に立っていた。彼女がいつからそこにいたのか、どれほど話を聞かれたのかはわからなかった。

第十三章　昏睡からの目覚め

なんの前触れもなく言葉をかけられた場合、人はたいてい飛び上がらんばかりに驚くだろう。だが、ショックが過ぎると分別が働くようになって、どう振る舞えばよいかはもちろん、物事にどう当たればよいか、どう話せばよいかも判断できるようになる。そう、この場合もそうだった。今や僕の頭は、マーガレットが次に素朴に率直な質問をしてくるはずだと警告していた。

「二人でずっとなにを話していたの、ロスさん？　どうやらコーベックさんはランプを発見するまでの出来事をすべてお話しになられたようね。いつか私にも聞かせてくださいね、コーベックさん。かわいそうな父が回復したあとでですけど。きっと父は自分で私に話したいと思うでしょうから。あるいは、私が話を聞くときに同席したいと願うでしょうから」

彼女は僕たちそれぞれに鋭いまなざしをちらりと向けた。

「まあ、それこそ私が入ってきたときに話していたことなのね？　わかりました！　待ちますわ。でも、そう長くではないといいのですけど。父のあのような状態が続いていることで、心身ともに参ってきていると自分でも感じるんです。実際、さっきは神経がおかしくなりそうな気がして。それで、公園へ散歩に行ってくることにしたの。いい気分転換になるでしょう。ロスさん、できれば、私が出かけているあいだ、父のそばにいてもらえないかしら。そうしてくださると安心ですから」

僕はさっと立ち上がって、気の毒なトレローニー嬢がたとえ半時でも出かけるのを喜んだ。彼女は見るからに疲れきってやつれており、その顔色の悪さに胸が締めつけられる。僕は病室へ行って、いつもの椅子に腰を下ろした。そのときはグラント夫人が見張りについていた。日中は部屋に最低一人いれば事足りる。僕が見張りにつくと、彼女は屋敷の用事をすませに席を離れた。ブラインドは上がっていたが、部屋は北向きなので、外の強くまぶしい光もやわらいでいた。

椅子に座ったまま、コーベック氏が話してくれた内容について長いあいだあれこれ考え、屋敷に足を踏み入れてから起こった奇妙な出来事にその内容を織り込んでいった。ときにはいくぶん懐疑的に――あらゆる物事にも人にも、自分の五感で感じたことにさえも。腕利き刑事の警告が繰り返しよみがえってくる。ドウ部長刑事はコーベック氏を抜け目のない嘘つきで、トレローニー嬢の共犯だとけなしていた。マーガレットが共犯だとは！　それが決定打になった！　そんな意見に向き合ったことで、疑いが消えたのだ。彼女の姿が、名前が、どんな些細なことでも彼女に関することが思い浮かぶたび、それぞれの出来事が血の通う事実としてくっきりと現れる。シェイクスピアの『オセロ』ではないが、〝僕は彼女の誠実さに自分の命を賭けてもいい！〟

驚くべき具合にあっという間に愛の夢になっていた夢想から我に返った。ベッドから声がしていた。低く、力強く、重みのある声だ。その第一声は明快なラッパの響きのように僕の目も耳も引き寄せた。トレローニー氏が目を覚ましてしゃべっていた！

「君は誰だね？　ここでなにをしている？」

トレローニー氏がどんなふうに意識を取り戻すか考えていた者がいたとしても、彼がいきなり完全に目を覚まして、自分を制御できる状態だと予想した者はいなかったはずだ。僕は仰天して、ほとんど反射的に答えた。

「ロスと言います。あなたを見守っていました！」

トレローニー氏は一瞬驚いたようだったが、すぐに習慣的に相手を判断しはじめたことが見て取れた。

「見守っていた！　どういう意味だね？　なぜわしを見守る？」

彼の目が幾重にも包帯を巻いた手首にとまった。事実を受け入れてからは、これまでと違う、攻撃性が影を潜めたかなり温和な口調で訊いた。

「医者かね？」

僕は微笑しそうになっているのを感じながら──長いあいだ彼の生命がどうなるか心配していたプレッシャーから解放されて、答えていた。

「いいえ、違います！」

「では、どうしてここにいる？　医者でないなら、何者だ？」トレローニー氏の口調はまた専制君主的な色をおびていた。思考は迅速だった。言葉を口にする前に、僕の答えが基づくべき一連の根拠のすべてが頭を駆け巡っていた。マーガレット！　マーガレットのことを考慮しなければならない！　相手は僕についてなにも知らない──その存在についてさえ──彼女の父親なのだ。数ある男の中からどうして僕が娘の友人として自分が病床にあるとき選ばれたのか、ごく自然に興味を――不審でなければ――持つだろう。父親というものは、そうした娘の選択にいささか嫉妬を覚えるものだし、マーガレットに愛をはっきりと伝えていない現時点では、なにをしても結局は彼女を困らせることになるにちがいない。

「僕は法廷弁護士です。とはいえ、仕事でこちらに伺っているわけではありません。単にあなたの娘さんの友人として来ているのです。彼女はあなたが殺害されたと思ったときに、おそらく僕が弁護士だということで、来てくれるよう最初に声をかけることにしたのでしょう。そのあと彼女は親切にも僕を友人として考えてくれ、誰かがそばで見守るようにというあなたの意向に従って、残ることを許してくれたのです」

トレローニー氏は明らかに頭の回転が速く、口数の少ない人だった。僕がしゃべっているあいだ、心を見通すかのような鋭い目でじっとこちらを見つめていた。ほっとしたことに、彼はそれ以上その件については問い出さなかった。僕の言葉を嘘偽りのないものだと受け取ってくれたらしい。どうも彼には僕の知らないなにかの事情があって、それが深い容認につながっているようだった。トレローニー氏は目をきらりと光らせ、口元を思わず知らずごくかすかにゆがめた――そこには満足がうかがえた。彼は頭の中で一連の話を吟味していた。突然、口を開いた。

「あの子はわしが殺害されたと思ったと？　ゆうべのことか？」

「いいえ！　四日前のことです」

トレローニー氏は愕然としたようだった。最初に言葉を交わしてあいだに彼はベッドに起き直っていた。それが今はベッドから飛び出さんばかりだ。だが、なんとか自分を抑え、枕にもたれて静かに言った。

「なにもかも話してくれ。君の知っていることすべてを。細大漏らさず。省略はいっさいなしだ。だがその前に、まずはドアの鍵を閉めてほしい。ほかの者に会う前に、これまでのいきさつを知りたいのだ」

ともかくトレローニー氏の最後の言葉に僕の心は浮き立った。〝ほかの者〟！　明らかに彼は僕を例外として認めているのだ。彼の娘に思いを寄せている現状では、これはありがたいことだった。僕は心の中で歓声をあげながらドアのところへ行って、そっと鍵を回した。席に戻ると、彼はまた起き直っていた。

「さあ、話してくれ！」

それで、僕は自分が屋敷に到着してから起きた出来事について覚えているごく些細なことまで含めてすべてを事細かに説明した。もちろん、マーガレットに対する思いについてはいっさい口にせず、先に述べた内容に関することのみしゃべった。コーベック氏については、彼がさがし求めていたランプを持ち帰ったとだけ言うに留めた。そのあとで、ランプが行方不明になったこと、この屋敷でそれが出てきたことを話した。

こういう状況下にあって、トレローニー氏が自制心を働かせて聞いていることに、僕はほとんど度肝を抜かれていた。氷のごとき冷静というわけではなく、ときどき目がきらりと光ったり、燃え上がったりし、傷ついていないほうの手の力強そうな指がシーツをぎゅっとつかんだり、引っ張ってしわの範囲を広げたりしてはいた。そうした反応は、コーベック氏が帰国したことやランプが女主人用の客間で見つかったことを話したときに顕著に見られた。トレローニー氏は何度か口を挟んだが、どれもほんの一言二言で、それも、つい心に浮かんだ感想が口をついて出たといった感じだった。僕たちがもっとも困惑していた謎めいた出来事の部分は、特には興味を抱かなかったようだ――というより、彼はすでにわかっているようだった。なにより彼が不安を示したのは、ドウ部長刑事が発砲したことについて話したときだった。彼は「愚か者めが！」とつぶやくと同時に、部屋の向こうにある傷ついた飾り棚へさっと目をやって、不快感を示した。彼の娘が痛々しいほど父親を心配していたことやずっと献身的に看護していたこと、優しく気遣っていたことを話すと、彼は感激した様子だった。思わずささやいた声には、秘めた驚きのようなものがこもっていた。

「ああ、マーガレット！」

僕がトレローニー嬢――父親と話している今は〝マーガレット〟ではなく〝トレローニー嬢〟として考えていた――が散歩に出かけるまでの出来事を伝え終わると、彼はかなり長い時間無言のままでいた。実際には二、三分だっただろうが、果てがないように思われた。トレローニー氏は出し抜けに僕に顔を振り向け、きびきびと言った。

「それでは、君のことをすべて話してくれ！」

これは難問だった。僕は顔が赤くなるのを感じた。トレローニー氏の目――今は穏やかで好奇心が表れているが、相手を分析して吟味するような色は消えてはいない――は僕に据えられていた。口元に浮かんでいるかすかな笑みらしきものに、僕はいっそう決まり悪くなったものの、いくらか安堵もした。とはいえ、僕は困難と直面していて、仕事柄身についた習慣が大いに役立った。僕は相手の目をまっすぐに見て、答えた。

「先にお話ししたとおり、名前はロスです、マルコム・ロス。法廷弁護士をなりわいとしています。ヴィクトリア女王在位の最後の年に大法官の推薦により勅選弁護士に指名されました。仕事の面ではかなり成功しています」

ほっとしたことに、トレローニー氏は言った。

「ああ、知っておるよ。君のことはかねがね聞いていた！　いつどこでマーガレットと出会ったのだね？」

「最初はベルグレイヴ・スクエアにあるヘイ家の屋敷で、十日前のことです。その後、レディ・ストラスコンネルに誘われて川へピクニックに行きました。ウィンザーからクッカムまで、マーガレット——トレローニー嬢は僕のボートに乗っていました。スカルという軽量ボートの競技を少しやりますので、ウィンザーに自分のボートがあるんです。それでいろいろ話をしました——ごく自然に」

「ごく自然に、か！」

その黙認するような口調には、ほんのわずかに皮肉めいたものがあったが、それ以外、トレローニー氏の気持ちをうかがわせるものはなかった。僕は実力者を前にしているからには、なにか自分の強さも示すべきだろうと思いはじめた。友人たちは——ときには対立相手も——僕を強い人間だと言う。現在の状況では、真っ正直になることこそ、強さだろう。そこで僕は目の前の困難に立ち向かうことにした。しかしながら、自分の発言が父親への愛で満たされているマーガレットの幸せに影響するかもしれないということは常に頭にあった。僕は再び口を開いた。

「そのとき、その場や環境での会話はとても楽しいものでした。そばに人がいなかったことで打ち明け話もし、僕は彼女の内面を垣間見ました。僕のような年齢で人生経験もある男が若い女性からそんなものを垣間見るとは！」

僕が話すほどに父親の顔はいかめしくなっていった。だが、彼はなにも言わなかった。決定的な一連の話を口にしてしまっていた僕は、賢明に頭を働かせながら先を続けた。状況は僕にとっても深刻な結果を引き起こすかもしれなかった。

「お嬢さんが絶えず孤独にさいなまれていることは一目でわかりました。僕には理解できる気がしたのです——一人っ子なものですから。思いきって遠慮なく話すよう水を向け、うれしいことに、彼女はそうしてくれたんです。ある種の信頼感が二人のあいだに生まれました」

父親の顔に浮かんだ表情に、僕は慌てて言葉を付け足した。

「お嬢さんがあなたになにも話していなかったというのは、お考えのとおり、正しいことでも適切なことでもありません。彼女は長年心の中に慎重に隠してきた思いを言葉にしたいと願っていたというふうに衝動的に口にしたにすぎません。彼女は愛している父親にもっと近づきたい、もっと親密になりたい、もっと信頼されたい、あなたと共感を分かち合いたいと切望していたんです。ええ、信じてください、トレローニーさん、すべていいことじゃないですか！　どれも父親なら心から望んだり期待することでしょう。みんな真心ですよ。彼女が僕に打ち明けたのは、おそらく僕がほとんど知らない人間だったから気安かったのでしょう」

ここで僕は言葉を切った。続けるのが難しかった。熱意のあまり、マーガレットにひどい仕打ちをしたのではないかと怖くなったのだ。その不安を彼女の父親が取り除いてくれた。

「それで、君は？」

「トレローニーさん、お嬢さんはとても魅力的で美しい方です！　若くて、水晶のように透き通った心の持ち主です。彼女に共感してもらえるのは喜び以外のなにものでもありません！　僕は年をとっているというわけではないし、決まった相手がいるわけでもありません。愛情を傾けた人はこれまで一人もいませんでした。父親に対しても、同じくらい言えたらと思っています！」

僕は思わず視線を落とした。再び目を上げると、トレローニー氏は相変わらず僕を鋭いまなざしで見つめていた。温かな情愛が総掛かりで生み出したように思える笑みを浮かべると、彼は片手を差し出して言った。

「マルコム・ロス、君が恐れを知らぬ高潔な紳士だという噂はかねがね聞いていた。娘にこんな友人がいて、実にうれしいぞ！　続けてくれたまえ！」

僕の胸は躍った。マーガレットの父親に認めてもらう第一段階は突破したのだ。話を続けながら、これまでより言葉にも態度にも感情が出ていたと思う。自分では確かにそう感じていた。

「年齢を重ねることで得るものがあります。つまり、思慮分別がつくということです！　思慮分別についてはかなりの経験があります。これまでずっとそのために闘い、努力してきて、自分がそれを活用するのは間違っていないと感じています。あえてお嬢さんに友人として頼ってくれるよう尋ねました。なにかあった場合に力にならせてほしいと。彼女はそうすると約束してくれました。僕には、お嬢さんの役に立てるときがそうそう来るとも、そんな形で来るとも、あまり思っていませんでした。ところが、まさにその夜、あなたが倒れたのです。ひとりぼっちで不安だった彼女は僕に使いをよこしたんです！」

僕は言葉を切った。トレローニー氏は僕が話を再開するまでこちらを見つめつづけていた。

「あなたの指示が書かれた手紙が見つかったとき、僕は協力を申し出ました。それはあなたもおわかりのように、受け入れられました」

「この数日間、協力して君はどうだったのかね？」

その質問に僕はたじろいだ。マーガレット自身の声と態度を思わせるものがあったからだ。僕の中の男らしさをありったけ引き出させた彼女のもっと明るかったときと驚くほど似ているものがあった。僕は自分の立場にいっそう自信を感じて答えた。

「ここ数日というもの、心をさいなむ不安にかかわらず、時間とともに愛が募っていく女性を苦しみがとらえて離さないにもかかわらず、僕は人生で最高に幸せでした！」

トレローニー氏はじっと沈黙したままだった。あまりに長いので、胸をどきどきさせながら彼が口を開くのを待っていた僕は、自分の率直な言葉は感情をあらわにしすぎたのではないかと危ぶみはじめた。ようやく彼が言った。

「そこまで相手の身になるというのは、なかなかできないことだ。あの子の母親は君の言葉を聞くべきだったな、きっと心から喜んだことだろう！」トレローニー氏はふと表情を曇らせ、少し急いで言い添えた。「だが、君はこのすべてを確信しているのかね？」

「自分自身の気持ちはわかっています。少なくとも、そう思っています！」

「いやいや、違うのだ！　君のことを訊いたのではない。それはいいんだ！　だが、君は娘のわしへの愛情のことを口にしただろう……まだ……！　まだあの子はこの屋敷で一緒に暮らすようになってから一年と経っていない……。それでも、君に寂しさを……孤独を訴えた。わしは一度も——こう言うのは悲しいかぎりだが、事実だ——わしへのそんな愛情を見たことはいっさいないのだ！……」彼の震える声は過去の自分を深く顧みて、悲しみに消えていった。

「それでも、僕はこれまであなたがお嬢さんを見てきたより、この数日で理解する光栄に預かれたんです！」

僕の言葉にトレローニー氏は現実に引き戻されたようだった。そして僕は、彼が驚きと喜びをもって言ったように思った。

「そんなふうに考えたことはなかった。あの子はわしのことなど関心がないと思っていたからな。幼い頃にあの子を人任せにした報いのように感じていた。それで、心が冷たいのだと……。あの家内の娘もわしを愛してくれているというのは、言葉では表せないほどうれしいぞ！」彼はそのまま枕にもたれかかって、思い出にふけった。

トレローニー氏がどれほど彼女の母親を愛していたことか！　彼は自分の娘に愛されているということよりも、妻の娘に愛されていることに胸を打たれているのだ。僕は大いに共感を覚え、好意を持った。僕は理解しはじめていた。互いに相手の愛情が欲しくてたまらないのに、それをひた隠しにしてきた、この立派で、物静かで、自制心の強い性質の父子の情熱を！　それで彼がつぶやくのを聞いても、意外に思わなかった。

「マーガレット、わしの娘！　優しくて思慮深く、強く、正直で、勇敢な！　彼女の母親のように！　まさにそっくりだ！」

おかげで、僕は率直に話して心底よかったと感じた。

トレローニー氏が言った。

「四日前とは！　十六日だったな。ということは、今日は七月二十日か？」

僕は答える代わりにうなずいた。

「四日も意識不明で寝ていたわけか。いや、初めてのことではない。奇妙な状況のもとで三日意識を失っていたことがあるからな。そして時間が経過していることを指摘されるまで、そんなことになっていたとはつゆとも疑わなかった。君に聞く気があるなら、いつか話してあげよう」

僕は喜びでぞくぞくした。マーガレットの父親が僕に胸襟を開いてくれるようになるなんて……。事務的で一分の隙もない彼の声に僕は我に返った。

「もう起き上がったほうがよさそうだ。マーガレットが戻ってきたら、君からわしは大丈夫だと言ってくれないか。そうすればショックも受けまい！　それと、コーベックにできるだけ早く会いたがっていると伝えてくれ。ランプが見たいし、それにまつわるいっさいの話を聞きたいからな！」

トレローニー氏の僕に対する態度に、胸が喜びでいっぱいになった。そこには義父となる可能性を踏まえた点があって、僕に希望を与えてくれていた。急いで彼の言葉を伝えに部屋を出ようとしてドアの鍵に手をかけたとき、背後から声がかかった。

「ロス君！」

娘と友人関係にあるとわかって〝マルコム・ロス〟と呼び捨てにしたあとで〝君〟と呼ばれるのはいやだった。トレローニー氏が明らかに堅苦しい態度に戻ったことで、僕は傷ついただけでなく、不安がこみ上げてきた。マーガレットに関することにちがいない。僕は彼女のことを〝トレローニー嬢〟ではなく、〝マーガレット〟と考えており、今や彼女を失う危険にさらされていた。そのときどう感じていたのか、今ならわかる。彼女を失うくらいなら闘うと決めていた。思わず知らず僕は背筋をぴんと伸ばして引き返した。観察眼の鋭いトレローニー氏は僕の考えを読み取ったらしく、新たな憂いの浮かぶ顔から緊張を解いて口を開いた。

「一分だけ座ってくれ。後回しにするより、今話し合っておいたほうがいいだろう。我々はどちらも男で、世慣れてもいる。今回の娘に関することはどれもわしには非常に新しく、突然なことだった。それで、自分がどういう状況と立場にあるかを正確に把握しておきたいのだ。異議を唱えているわけではない。ただ、父親としては重大な義務を負っているし、つらいものになるかもしれない。わしは――わしは――」彼はどう始めていいかいくぶんわからなくなっているようで、そのことが僕に希望を与えた。「君が娘への気持ちを話してくれたことから、あとで君は娘に求婚するつもりだと受け取ったのだが、そのとおりかね？」

僕は間髪を入れずに答えた。

「おっしゃるとおりです！　一点の迷いもありません。お嬢さんと川で過ごした日の夜、僕はあなたにお会いしようと考えていました。もちろん、礼儀にかなった適切な期間を置いたあとでです。そして、結婚を前提に彼女と付き合うことを許してもらえないかお尋ねするつもりでした。一連の出来事で、僕が想像もしていなかったほど急速に彼女と親しくなれましたが、最初の決意は変わることなくずっと心にあって、その強さを増し、それが心に浮かんだときから時間が経つごとに膨らんでいました」

僕を見つめるトレローニー氏の表情はやわらいでいるように思えた。つい自分の若い頃のことを思い出しているのだろう。しばらくしてから、言った。

「わしの解釈は間違っていなかったわけだな、マルコム・ロス」親密さを示す呼びかけが戻ってきて、甘美な興奮が僕の中を駆け抜けた。「それで、まだ娘にははっきりとは伝えていないのか？」

「ええ、口に出しては」

言葉に隠れた真意に僕ははっとした。おかしかったからではなく、父親の顔にひどく理解ある笑みが浮かんだからだ。心地よい皮肉がこもる返事が返ってきた。

「口に出していないだと！　それは危険だな！　求婚してもあの子は疑うか、信じようとさえしないかもしれんぞ」

僕は髪の根元まで赤くなるの感じながら言葉を続けた。

「無防備な立場にある彼女を気遣うのは当然のことです。僕はあなたを尊敬していますから――個人的にではなく、彼女の父親としてしか存じ上げませんでしたが――自分を抑えているのです。ですが、そうした歯止めがなくても、彼女が苦しみや不安を抱えているときにあえて告白すべきではないでしょう。トレローニーさん、お嬢さんと僕はまだ、少なくとも彼女のほうでは、友人以外のなにものでもないことを僕は名誉に賭けて保証します!」

あらためてトレローニー氏は手を差し出し、僕たちは温かな握手を交わした。そのあと、彼が心を込めて言った。

「安心したよ、マルコム・ロス。もちろん、わしが娘と会って君に許可を出すまで、君は娘に気持ちを伝えないんだろうな――言葉では」彼は言い足して、寛大に微笑した。だが、すぐに真顔に戻って、先を続けた。「時間が押している。わしは緊急を要する奇妙な事柄をいくつか考えねばならんから、時間を無駄にするわけにはいかないのだ。さもなければ、これほど急に、しかもこんな新しい友人に、娘の腰の落ち着け先や将来の幸せについて触れる覚悟はしなかっただろう」

その態度には威厳に加えて誇らしげなものがあり、僕は強く胸を打たれた。

「必ずやあなたの期待にお応えします!」僕は断言すると、戸口へ戻ってドアを開けた。部屋を出たとたん、背後で鍵をかける音がした。

コーベック氏にトレローニー氏がめざましく回復したことを伝えると、彼はどこかの原住民のように踊りはじめた。だが、ふいにやめると、この先ランプを発見したときのことや、墓を最初に調査しに行ったときの話題が出ても、ともかく初めは推論を引き出さないよう注意してくれと釘を刺した。トレローニー氏がその話を僕にしたときに備えてのことだった。「彼はきっと話すだろうから」コーベック氏は付け加えて、横目で僕を見た。僕の恋愛感情はお見通しのようだった。彼の忠告はいたって正しいと感じ、僕は承知したとうなずいた。どうしてかははっきりわからなかったが、トレローニー氏が一風変わった人物であることは間違いない。口を閉ざしておけば間違いも犯さないだろう。寡黙はいつの世も強者が高く買う性質だ。

屋敷にいるほかの者はトレローニー氏が意識を取り戻したとの知らせにさまざまな反応を示した。グラント夫人はこみ上げる感情に涙をこぼし、そのあと、なにか自分にできることはないか様子を見に、また、〝ご主人様〟——彼女はいつもトレローニー氏のことをこう呼んでいる——のために、屋敷の中をきちんとしに、急いでその場を離れた。興味深い症例を失った看護師はがっかりした表情になった。とはいえ、失望の色を見せたのはほんの一瞬で、彼の回復を喜んだ。彼女はいつでも患者のもとへ行けるよう準備を整えていたが、呼ばれるまでは、スーツケースに荷物を詰めることにした。

ニュースを伝えるときは二人だけでいられるよう、僕はドウ部長刑事を書斎へ連れていった。トレローニー氏の目覚め方を話すと、鉄のような自制心を持った彼でさえ驚いた。彼が発した言葉に今度は僕が仰天させられた。

「それで、トレローニー氏は最初の襲撃をどう説明したんです？　二度目のときは意識がありませんでしたね」

そのときまで、自分がこの屋敷に来るきっかけとなった襲撃がどんなものだったかということを、僕にはすっかり忘れていた。トレローニー氏にも、次々と起きた一連の出来事を簡単に語っただけだ。刑事は僕の答えを期待していないようだった。

「彼に尋ねるという考えはまったく浮かばなかったよ！」

ドウ部長刑事の職業的な本能は強く、ほかのなににも優先するようだった。

「それだから、とことん追求する事件はわずかしかないんですよ、我々警察が介入しなければ。素人探偵は最後まで真相を追い求めませんからね。たいていの人は短時間の物事にはなんとかしようとしはじめますが、この先どうなるかわからない状態が長引くと、人は当面の問題を放り出してしまうんです。船酔いみたいなものですよ――」ドウ部長刑事はそこで言葉を切って少し間を置いてから、哲学者のように言い足した。

「岸に着けば船酔いのことはもう考えず、ビュッフェへ食べに走っていくでしょう！　ええ、ロスさん、事件が終わったのはうれしく思います。終わったという点では、ですが。トレローニー氏もご自分のことはよくわかっているでしょうし、回復もしていますから、この先どうするかご自身で決めるでしょう。ですが、おそらくなにもしないでしょうね。なにかが起こると予想していたようなのに、まったく警察に保護を求めていませんから、罰するために刑事に干渉してほしくないのだと思いますよ。警察の記録保管部門の業務を考慮して、公式には事故か夢遊病かそのたぐいのものだ発表し、それで幕引きでしょうね。率直に言わせてもらうと、自分としては、助かったという思いですよ。すっかり正気を失いはじめていると本気で信じていましたから。自分の専門分野ではない謎が多すぎて、現実に引き起こされたものかの判断がつきませんでしたよ。これで、この件から手を引いて、正真正銘の、精神衛生上にもいい、犯罪捜査に戻れます。もちろん、どんなたぐいの原因でも発見した場合はお知らせくださると助かります。さらに、どうやって一人の男性が猫に噛まれたときにベッドから引きずり出されたのか、誰が二度目のときにナイフを使用したのかまでわかれば、とてもありがたいのですが。シルヴィオ君の仕業ではありえませんからね。いや、まったく！　今でもそのことで頭を悩ませているんですよ。自分で探り出すか調べるかしなくてはなりませんね、さもなければ、別のことに集中しなければならないときに考えてしまうでしょうから！」

散歩から戻ってきたマーガレットと玄関ホールで出会った。相変わらず顔色が優れず悲しげだ。なんとなく僕は散歩のあとは彼女が晴れやかになっていると期待していた。僕に気づいたとたん、マーガレットは目を輝かせて、僕をじっと見つめた。

「なにかいい知らせがあるのね？　父の状態がよくなったの？」

「そうなんだ！　どうしてそう思ったんだい？」

「あなたの顔に書いてあるからよ。すぐ父に会いに行かないと」病室へ急ごうとした彼女を僕はとめた。

「着替えをすませたら、君を呼ぶと言っていたよ」

「私を呼ぶと言っていた、ですって！」マーガレットは驚いて僕の言葉を繰り返した。「つまり、目覚めたの？　意識不明の状態から？　そんなに劇的に回復するなんて想像もしていなかったわ！　ああ、マルコム！」

マーガレットはいちばん近くにあった椅子に腰を下ろして泣きだした。僕はこみ上げてくるものを感じた。彼女の喜びと興奮を目の当たりにし、僕の名前をこういう場面でそんなふうに呼ばれて、輝かしい未来への可能性がいっきにあふれ、僕はすっかり自分が抑えられなくなっていた。マーガレットは僕が感情を揺さぶられているのを見て取り、理解したようだった。そっと手を差し出す。僕はその手をとって口づけした。恋人同士にとってまたとないこんな機会は神からの贈り物だった！　この瞬間まで、僕は自分がマーガレットを愛しているとわかっていたし、彼女が僕の愛に応えてくれると信じてもいたが、それはただ僕が望んでいるにすぎないものだった。だが今マーガレットは、自分を託して手を握らせてくれ、お返しに情熱を込めて手を握り返してくれ、顔を上げて僕の目を見つめる深く美しい黒い瞳に愛をほとばしらせている――それはすべて、誰よりも辛抱強いか、大変な努力を要する恋人が期待される、あるいは求められるものを雄弁に示していた。

言葉は交わさなかった――必要なかった。たとえなにか言ったとしても、僕たちが感じていたものを表現するには言葉は貧弱で味気なかっただろう。子供のように手をつないで階段を上がっていき、トレローニー氏から呼ばれるまで踊り場で待った。

僕はマーガレットの耳元でささやくように――距離をとって普通の声量で話すよりよかった――彼女の父親がどんなふうに目覚めたか、どんなことをしゃべったか、そして僕とどんな会話をしたかを話した。もっとも、彼女について話したことには触れなかった。

トレローニー氏の部屋からベルの音がした。マーガレットはすっと僕から離れて振り返ると、人差し指を唇にあてた。それから父親の部屋の前まで行き、静かにドアをノックした。

「お入り！」力強い声が返ってきた。

「私よ、お父様！」その声は愛情と希望で震えていた。

室内で急ぐ足音が聞こえ、ドアがいっきに引き開けられた。マーガレットが父親の腕の中に飛び込む。会話と言えるほどのものはなく、二人とも言葉らしい言葉になっていなかった。

「お父様！　ああ、お父様！」

「わしのかわいい娘！　マーガレット！　わしの大切な愛しい娘！」

「ええ、本当だったのね、お父様！　やっと！　ようやく！」

そのあと父と娘は室内に消え、ドアが閉じられた。

第十四章　痣《あざ》

トレローニー氏の部屋に呼ばれるのを待っているあいだ——自分も呼ばれるとわかっていた——時間はのろのろとしか進まず、僕は孤独だった。マーガレットの喜びように僕も幸せな気持ちに包まれていたが、それはつかのまのことで、あとはどういうわけか疎外感と孤立感を覚え、さらにしばらくのあいだ、恋人ならではの身勝手な思いに取り憑かれていた。だが、そう長いことではない。マーガレットの幸せが僕にはなにより大事なのだ。そしてそれが頭にあるかぎり、僕の卑しい自我は顔を出さない。ドアが閉まる直前にマーガレットの言った言葉が全体の状況の――これまでの、そして現在の――鍵になっていた。誇り高く強い意志を持ったこの二人――父と娘――は、娘が成長してから互いを知るようになっただけなのだ。マーガレットの人格は早く成熟するたぐいのものだった。それぞれプライドが高く芯が強く、無口だったことが、最初に壁を作ることとなった。そのあとは互いに相手の口数の少なさを尊重しすぎて、気持ちのすれ違いが日常的となってしまった。それで二つの愛に満ちた心は、互いに愛を切望しながらも、ずっと離れたままだった。だが、今はすべてうまくいっていて、僕は心の奥底から、ようやくマーガレットが幸せになったことを喜んでいる。僕がまだ物思いにふけって、個人的な夢を思い描いていたとき、ドアが開いて、トレローニー氏が僕を手招きした。

「入ってくれたまえ、ロス君！」トレローニー氏の声は心がこもっていたが、いくらか形式張っていて、僕は胸騒ぎがした。部屋に入ると、彼はまたドアを閉めた。手を差し出されたので、僕は握手をした。彼はその手を離そうとせずにつかんだまま、娘のもとへ僕を引っ張っていった。マーガレットは僕と父親を交互に見て、視線を落とした。僕が彼女に近づくと、トレローニー氏は僕の手を放して娘の目をまっすぐにのぞき込んだ。

「状況がわしの想像どおりなら、我々のあいだで秘密を持っているべきではない。マルコム・ロスはわしの件についてすでにかなり承知しているから、事態をこの時点で終わりにさせて黙って立ち去るか、さもなければ、さらなる先を知らずにはいられなくなるはずだ。マーガレット！　ロス君に手首を見せてやってくれないか」

マーガレットはさっと懇願するような目を父親に向けたが、そうしながらも、心を決めたように思えた。無言で右手を持ち上げると、手首にしてあった翼を広げた形の腕飾りがずれて肌がむき出しになった。その瞬間、冷え冷えとした寒気が僕の全身を駆け抜けた。

手首には細く赤いじぐざぐの線が入り、そこから血のしずくのように真っ赤な染みが滴っているように見えたのだ！

マーガレットはまさに堪え忍びながらも誇り高くそこに立っていた。

なんということか！　だが、彼女は気高かった！　ありったけの愛らしさを、品位を、高潔なまでの謙虚さ――僕にはそれがわかっていたし、今ほどそれが顕著に思えることはない――を通し、僕の目をのぞき込む瞳の奥の暗い深淵からきらめいているような輝きを通して、自尊心がまばゆいほどの光を放っていた。その自尊心には信念があった。意識的な純粋さから生まれた自尊心。君主となることは、あらゆる重要な物事の中で、もっとも優れ、際立ち、立派な存在となることだった古い時代における正真正銘の女王の自尊心。そうして二人ともしばらく立ち尽くしていると、深く重々しい彼女の父親の声が挑むように僕の耳に響いた。

「それで、君の意見は？」

僕は言葉では答えなかった。マーガレットの右手をとって下ろすとぎゅっと握り、もう一方の手で、下がってきた金の腕飾りを押し上げ、身をかがめて彼女の手首にキスをした。顔を上げると――手は放さずに――マーガレットは天にも昇るような気持ちという言葉そのままの喜悦の表情をしていた。僕は彼女の父親に顔を向けた。

「これが答えです!」

トレローニー氏の力強い顔が大きくほころびた。彼は僕たちのつないだ手に自分の手を置くと、娘にキスをして、一言だけ言った。

「よかったな!」

そのとき、ドアがノックされた。トレローニー氏のいらだたしげな「入れ!」の声で現れたのはコーベック氏だった。彼は僕たち三人が集まっているのを見ると引き返そうとした。だが、すぐにトレローニー氏が駆け寄って連れ戻した。人が変わったように、両手でコーベック氏を揺さぶる。若い頃の情熱――コーベック氏が僕に話してくれた情熱――が一瞬にしてすっかり戻ったかのようだ。

「そう、ランプをさがし当てたのだな!」トレローニー氏はほとんど叫ぶように言った。「わしの推理は結局は正しかったわけだ。書斎へ行こう。あそこなら誰にも邪魔されないから。なにもかも話してくれ!　ロス、君はそのあいだ――」彼は僕を振り返った。「悪いが貸金庫から鍵をとってきてくれないか。わしがランプを見られるように!」

それで三人は――娘は父親の腕にやさしく手を添えて――書斎へ向かい、僕はチャンスリー・レーンへ急いだ。

鍵を持って戻ると、書斎ではまだランプの話を熱心にしていた。だが三人ではなく、僕が屋敷を出るのと入れ違いに来ていたウィンチェスター医師が一緒だった。医師が常に気にかけ熱心に往診して、大いに重荷を感じながらも、どれほど厳格に書面での意向に従ったかをマーガレットから聞いたトレローニー氏は、医師にも留まらないかと訊いたのだった。「たぶん興味を持つはずだ、物語の結末にな！」と言って。

五人で早めの夕食を摂った。食後もかなり長いあいだ席に残っていたところ、トレローニー氏が切り出した。

「では、まだ時間は早いが、みなそれぞれ分かれて、おとなしくベッドに入ったほうがいいだろう。明日あたりいろいろ話すことがあるかもしれん。わしは今夜は考えたいのだ」

ウィンチェスター医師は気を利かして、コーベック氏を連れ、僕を残して部屋を出ていった。使用人たちも下がると、トレローニー氏が口を開いた。

「君も今夜のところは自宅に帰ったほうがいいだろう。わしは娘と二人きりで過ごしたいのだ――あの子と……あの子にだけ話しておきたいことが山ほどあるから。おそらく明日にでも、君にも話せるだろう。それに、屋敷で二人きりのほうが、どちらもあまり気をそらされずにすむ」

僕には彼の気持ちが痛いほどわかったし、共感もした。ただ、この数日で経験したことは強烈で、いくぶんためらいがちに尋ねた。

「ですが、危険はないんですか？　あなたも意識を失っていたあいだのことを――」

驚いたことに、マーガレットが僕を遮った。

「危険なんてあるわけないわ、マルコム。私が父と一緒にいるもの！」彼女は言いながら、守ろうとするように父親に身を寄せた。僕はそれ以上は言わず、すぐに立ち上がっていとまごいをした。トレローニー氏が心を込めて言った。

「朝のうちに来てくれたまえ、ロス。朝食を一緒にしよう。そのあと、二人で少し話せるといいな」

彼は僕とマーガレットを残して、静かに部屋を出ていった。僕はマーガレットが差し出した手をとって口づけをし、それから彼女を引き寄せて、初めて唇を重ねた。

その夜、僕はあまり眠らなかった。幸福に包まれている一方で、不安にさいなまれてもいて、目が冴えていたからだ。気苦労はあるとしても僕は幸せでもあり、それは僕の人生で同等のものではなかった――あるいは、未来においても。夜はあっという間に過ぎ去り、夜明けはいつものようにこっそりとではなく、いっきに訪れたような気がした。

午前九時前にはケンジントンにいた。マーガレットに会った瞬間、あらゆる不安は雲散霧消したようだった。彼女の青白い顔は僕の知っている大輪の花のような笑顔になっていた。彼女の父親はぐっすり眠れていて、まもなく合流するとのことだった。

「間違いなく」マーガレットはささやき声で言った。「私の大切な思いやりあふれる父はわざと遅れているの、私が最初にあなたに会えるようにって、それも二人きりで!」

朝食のあと、トレローニー氏は僕たちを書斎に連れていき、中に入りながら言った。

「マーガレットにも来るよう頼んだのだ」三人とも椅子に腰を下ろすと、彼はいかめしく話を切り出した。

「ロス、ゆうべ君には、二人で少し話せるといいと言った。率直に言って、それがマーガレットと君のことだと思ったのではないのか。違うかね？」

「ええ、そう思いました」

「うむ、それならいいんだ。マーガレットとわしは話をして、この子の気持ちは承知している」

トレローニー氏が手を差し出した。僕はその手をとって握手を交わすと、話を聞いているあいだ手をつないでいられるように椅子を僕のそばに寄せていたマーガレットにキスをした。トレローニー氏は話を続けたが、いくぶんためらいがちで――気後れと呼べなくもない――僕が初めて目にするものだった。

「わしがこのミイラとそれに付随するものを手に入れたあと、なにをさがし求めていたか君はよく知っているな。さぞかし君はわしの持論についてあれこれ推測していることだろう。だが、これらのことはいずれにせよ、あとで簡潔かつ明確に説明するとしよう、必要ならな。今わしが君に相談したいのはこういうことだ――マーガレットとわしは一つの点で意見が分かれている。わしはある実験を行おうとしているのだ。二十年の歳月を注いだ研究の集大成となる実験を。その準備のために危険も冒し、苦労も重ねてきた。実験を通して、我々は何世紀にも、いや、何十世紀にもわたって人の目からも知恵からも隠されてきた物事を学ぶかもしれない。わしは絶対に娘を立ち会わせたくない。危険が――重大な危険が、それも未知の――伴うかもしれないという事実を看過することはできないのだ。わしはすでに得体の知れない大きな危険に遭遇したし、研究でわしを手伝ってくれている勇敢な学者もそうだ。わし自身は喜んでリスクを負うつもりだ。科学や歴史、哲学にとって利益になるかもしれないし、このつまらない時代において知られざる古き叡智の一ページをめくることになるかもしれないからな。だが、娘をそんな危険にさらすのは絶対に避けたい。この子の若く輝ける人生を軽々しく棒に振るのはもったいない。とりわけ、まさに新たな幸福に門出しようとしているときに。わしはこの子の命が授かったときの愛しい妻のようなことには――」

トレローニー氏は言葉を詰まらせ、目を片手で覆った。マーガレットがさっと駆け寄って父親を抱きしめ、キスをして、愛情のこもった言葉で慰めた。やがて父親の頭に片手を当てたまま身体を起こした彼女は言った。

「お父様！　お母様はお父様にそばについていてくれるよう頼まなかったわ。お父様が未知の危険があるエジプトへお出かけになりたがったときも。当時あの国は各地で戦乱が起きていて混乱状態だったし、戦いがおさまったあとも安全じゃなかった。お母様がどんなふうにしてお父様が望むとおりにさせたか話してくださったでしょう。お父様に降りかかるかもしれない危険のことを考え、お父様の身を案じながらも。これがその証拠よ！」彼女は傷痕から血が流れているように見える手首を突き出した。「お母様がなさったようにその娘もするわ！」そして彼女は僕に顔を向けた。「マルコム、私があなたを愛していることはわかっているわね！　でも、愛とは信頼することよ。喜びのときだけではなく危険なときも私を信頼してくれないといけないわ。この未知の危険にあなたと私は父のそばについていなければならない。みんな一緒に成功するか、失敗するか、死ぬべきなの。これが私の願い――未来の夫への最初のお願いよ！　娘として私は正しいと思わない？　お父様にあなたの考えを話して！」

マーガレットは身を乗り出して訴える女王のように見えた。僕の彼女への愛がいっそう募っていく。僕は彼女のそばに立ち、その手をとって言った。

「トレローニーさん！　このマーガレットと僕は一つです！」

トレローニー氏は僕たちの手をとって力強く握った。彼はいたく感激していた。

「この子の母親ならそうしていただろう！」

コーベック氏とウィンチェスター医師が約束の時間ちょうどに到着して、書斎にいる僕たちと合流した。僕は至福の中にあったが、これからの話し合いが極めて深刻なものになるだろうという予感がした。これまでにあった不可解なことを記憶から消せていなかったからだ。しかも、僕に雲のようにつきまとっていたらしい奇妙な考えは、僕たち全員の上に垂れ込めていた。彼らの真剣な様子から判断して、誰もがそんな重苦しい考えに支配されているようだ。

なんとなく僕たちは窓辺の大きな肘掛け椅子に座るにトレローニー氏を囲むようにして椅子を置いた。マーガレットは父親の右側に座り、僕はその彼女の隣に腰を下ろした。コーベック氏はトレローニー氏の左側に陣取り、その隣がウィンチェスター医師だ。しばらく沈黙が流れたあと、トレローニー氏がコーベック氏に問いかけた。

「手はずどおりウィンチェスター先生にこれまでのことをすべて話したのか？」

「ああ」とコーベック氏。

「わしはマーガレットに話したから、これでみな知っているわけだな！」トレローニー氏はウィンチェスター医師に向かって尋ねた。

「それで、長年そのことを追いかけてきた我々と同じ知識を得て、君も我々が遂行を願ってやまない実験に参加したいのかね？」

医師の答えは率直で決然としていた。

「もちろんですとも！　この件が起きてまもない頃、私は最後まで見届けると申し出ました。こんなに奇妙で興味をそそられるものを、なんと言われようと見逃すわけにはいきません。ご安心ください、トレローニーさん。私は科学者で現象の研究者です。親類も家族もいません。天涯孤独の身ですから、なにをどうしようと――自分の命も含めて――自由なんです！」

トレローニー氏は重々しく会釈をし、コーベック氏に顔を向けて言った。

「古い付き合いだから、君の考えはずいぶん前から知っている。君にはなにも訊かんよ。マーガレットとロスは自分たちの望みをはっきりと話した」トレローニー氏は考えをまとめるか、言葉を整理しているかのように少し間を置いてから、自分の計画と意図を説明しはじめた。彼は実に丁寧に話した。常に僕たちの誰かを念頭に置いて、話題に触れる物事の根本や本質を知らない僕たちに噛んで含めるような感じで話を続けた。

「これから行おうとしている実験は、古代の魔法に効力や実現性があるのかないのかを確かめるためのものだ。今ほど試みるのにぴったりのときはないだろうし、わし自身、もともと計画された効果を発揮させたくてたまらないのだ。わしはそうした力は存在していたと固く信じている。この時代において魔法を創造したり、分類したり、体系化したりするのは無理かもしれないが、そうした力が存在した古代のものなら、例外的に残っている可能性があると思うのだ。結局のところ、聖書は神話ではない。一人の男の命令で太陽は天に留まり、ロバ《アス》——人の尻《アス》ではない——がしゃべりはしても。エン・ドルの町にいる女魔術師がイスラエル王サウルに預言者サムエルの魂を呼び出せたのなら、ほかにも似たような力を持つ者がいたかもしれないではないか。そのうちの一人が生き残ったことも考えられる。確かに、サムエル記には、エン・ドルの女魔術師は多くのうちの一人にすぎないとあるし、彼女がサウル王の求めに応じることになったのはたまたまだ。彼はイスラエルから追放した多くの〝使い魔を持つ者や魔術を行う者〟のうちの一人しかさがさなかったからな。

このエジプトの女王テラが君臨していたのは、サウル王の時代より一千年ほど前のことだから、霊媒も魔術師もいた。彼女の時代あるいは後世の神官がしたことを考えてみたまえ。彼らは女王の名前をこの地上から消そうとし、なんぴとも失われた名前を発見することがないよう、墓のすぐ手前に呪いの言葉を刻んだのだ。ああ、しかも首尾よく彼らの目論見どおりとなり、エジプト王の歴史家マネトでさえ、紀元前十世紀に記された四千年に及ぶ神官たちの知識を網羅し、存在するあらゆる記録に結びつく可能性のあった書物の中から、彼女の名前は発見できなかったのだ。最近起きた出来事を考える中で、誰が、というかなにが彼女の使い魔なのか、思い当たった者はいるかね？」

ウィンチェスター医師が大きく手を打って叫んだ。

「猫だ！　ミイラの猫！　やっぱりそうだったのか！」

トレローニー氏は医師に微笑みかけた。

「そのとおり！　すべてが魔術師である女王の使い魔は猫だと示している。女王とともにミイラにされ、彼女の墓に入れられたというだけでなく、石棺に本人とともにおさめられていた。それがわしの手首に噛みつき、鋭い爪で引っ掻いたのだ」トレローニー氏は言葉を切った。

マーガレットの意見は純粋に若い娘らしいものだった。「だったら、私のかわいそうなシルヴィオは無実なのね！　ああ、よかった！」

父親は娘の髪を撫でて話を先へ進めた。

「この女王には先を見通す並外れた能力があったようだ。遙か先、自分の時代も当時の哲学をも越えた先を見つめていた。自分の宗教の弱点を見抜いていて、別の世界に現れる準備をしていたように思える。彼女の強い願望はいずれも真北を目指し、その先では人生に喜びをもたらすひんやりとして爽快な微風が吹いている。初めから彼女の目は北斗七星に引きつけられていたようだ。墓にあったヒエログリフの記録には、彼女の誕生時に巨大な隕石が落ちてきたとあった。そののち、隕石の中心部から彼女が自分の人生の護符とみなす七つ星の宝石が作り出された。それは今のところ、あらゆる彼女の考えや気持ちが取り巻く運命を左右していたように思える。魔法の箱――驚くほど精緻に作られた七面の箱――は同じ記録からわかったことだが、素材はその隕石だ。〝七〟が彼女にとって魔法の数字だったことは意外でもなんでもない。なにしろ、片手と片足の指が七本ずつあったわけだから。珍しいルビーの護符は彼女の誕生を支配したその星座と同じ位置に七つの星があり、七つの星にそれぞれ七つの尖端がある――それ自体が地質学的な驚きだ――そんなものを身につけていれば魅了されないほうがおかしいだろう。さらに、墓にあった石碑によれば、彼女は一年の第七の月——一年はナイルの氾濫から始まる——に生を受けている。その月を司るのは、テラの一族、テーベ候の血を引く歴代アンテフ王が崇めたハトホル女神——美と喜びと復活を象徴するさまざまな姿を持つ神だった。しかも、この第七の月——のちのエジプトの天文学者によれば、十月二十八日から十一月二十七日に該当するらしい——の七日に、北斗七星の指極星がちょうどテーベのある方角から昇ってくるのだ。

そういうわけで、まことに奇妙な具合に、これらのさまざまなことがこの女性の人生に集まった。七という数字——北斗七星をたどると北極星があり、七の月を司るハトホル神は彼女自身の特別な神であり、彼女の一族であるテーベ王朝のアンテフ家の神であり、またその王のシンボルであり、女神の七つの姿は愛と人生の喜びと復活を支配する。そこに魔法のための、象徴的な力を神秘的に用いるための、生きている神など考えられない時代に、限りある魂を信じるための土壌がかつて存在したとするなら、それはここにあったのだ。

この女性が当時のあらゆる科学に秀でていたことも思い出してくれたまえ。彼女の賢く用心深い父親がそれを習得させたのは、娘が最終的には自分自身の知恵で神官たちの陰謀に対抗しなければならないとわかっていたからだ。古代エジプトでは天文学がすでに存在していたばかりか、目をみはるほど高度に発達していたことを心に留めておいてくれ。そして、その結果として占星術が誕生した。光線に関するのちの科学の発展で、占星術が科学的根拠に基づくものだと判明する可能性だってないことではない。次に科学的な思想が盛り上がりを見せたときにそれがわかるかもしれんぞ。この点を思い起こしてもらうために、とっておきの話をしよう。エジプト人が科学を知っていたことも覚えておいてくれ。今日、科学において我々は圧倒的に優位に立っているにもかかわらず、はなはだ無知である。たとえば音響学や、カルナック神殿やルクソール神殿、ピラミッドの建設に用いられた精密科学は、現代の電話を発明したベルや物理学者ケルビン、発明家のエジソンやマルコーニにとっても謎だ。あらためて言うが、おそらくこうした古代の〝奇跡の人々〟は、現在の我々が夢にも思わない光の力を含むほかの力を用いた、なんらかの実用的な方法を理解していたのだ。だがこの話はまたの機会にしよう。

例のテラ女王の魔法の箱だが、複数の役割を持っているのではないかと思う。ひょっとすると——いや、本当に、我々には未知の力が入っているのではないだろうか。我々には開けられない——つまり、内側から閉じられているにちがいないのだ。では、どうやって閉じられたのか。あの箱は驚くほど硬い石でできている——ありふれた大理石というより、宝石といったほうが近いだろう。蓋もやはり頑丈だが極めて精巧に作られており、現在製造されたもっとも繊細な道具でも、蓋と本体のつなぎ目に差し込むことができない。どうすればあんなにもぴったりに作れるのだろう。石はどうやって半透明の部分が北斗七星の七つの星の配列と重なるように選ばれたのか。どういう原理で、星明かりに照らされると、内部から輝くのか。もっとも、わしがランプを似たような形に配置したときはより強く輝いたが、一方で、通常の明かりでは、どれほど光量が強くても反応しなかった。きっとあの箱には科学の謎が隠されているのだ。なんとかして光で蓋が開くことを確認しなくては——独特の方法で敏感に作用するなんらかの物質を当てるなり、もっと強いパワーのあるものを放射するなりして。知識のない我々が大失態を冒して、箱の仕組みを傷つけてしまわないことを、そして約四千年の時を経て奇跡のように我々の時代に伝えられた知恵の知識を奪ってしまわないことを願うのみだ。

ほかにも、あの箱には、よくも悪くも、世界を照らす可能性のある秘密が隠されているかもしれない。エジプト人が残した記録から——推論も含まれるが——彼らは魔術に——黒い魔術はもちろん白い魔術にも——用いるために薬草と鉱物の特性を研究していたと考えられる。古い魔術師の中には相手に思いのままの夢を見せることができた者もいた。これも主に古代ナイルの技術もしくは科学である催眠術による効果にまず間違いない。それでも、我々の知識など足元にも及ばないほどの薬物に精通していたはずだ。我々が手に入れられる薬物類でも、ある程度は夢を見させることができるだろう。いい夢と悪夢を区別することさえ可能かもしれない——心躍るような夢と苦しくつらい夢と。だが、こうした熟練者はどんな種類や内容の夢でも——どんなテーマだろうと考えだろうと、求められれば——ほぼ思いのままに見せられたのではないだろうか。君らも目にしたあの箱には、蓄積された夢の数々が入っているかもしれない。実際、箱の中で眠っていたうちのいくつかがすでにこの屋敷内で使われた可能性もある」

ここでまたウィンチェスター医師が言葉を挟んだ。

「ですが、その場合、この封印された力のいくらかが使われたとするなら、絶妙のタイミングでなにがあるいはどうやってそれを解放したのでしょうか。しかも、あなたとコーベックさんは以前、二度目に女王の墓に入ったときには三日も人事不省の状態になりました。それに、コーベックさんの話では、魔法の箱はミイラと違い、墓には戻っていなかったとか。きっとこの二つの場合、生きている知性が、影響を及ぼすためのなにか別の力とともに目覚めたにちがいありません」

トレローニー氏の答えもまた的を射たものだった。

「確かに、生きている知性が目覚めていたよ。わしはそう確信している。それに、それは枯渇することのない力を振るった。どちらのときも用いられた力は催眠術だったと信じて疑わない」

「その力はどこに封じられていたんでしょうか。あなたはどう考えてらっしゃいますか？」ウィンチェスター医師の声は興奮のあまり震えていた。身を乗り出し、呼吸が荒く、瞬き一つしない。

トレローニー氏がしかつめらしく答えた。

「女王テラのミイラの中だよ！　ああ、そうとも。わしがその根拠を少し整理するまで待ってもらったほうがいいかもしれん。わしが根拠としているのは、あの箱は特別な日に備えて作られたものだということだ。いや、それを言うなら、墓も副葬品もすべてがそうだ。女王テラは蛇やサソリに襲われる心配はなかった。なにしろ、谷の地表から百フィート上、切り立った断崖の上から五十フィート下にある崖面を穿って作られた岩室の墓におさめられていたのだから。女王は人の手による妨害や、神官たちの――彼女の真の目的を知っていれば阻止しようとしただろう――嫉妬と憎しみを警戒していた。彼女の立場から見れば、それがいつであろうと復活のときに向けて準備万端整えたということだ。墓に描かれていた象徴的な絵から判断して、彼女は当時の宗教とはまったくかけ離れた、肉体での復活を模索していたのではないかと思う。きっとこれが神官たちの憎悪を増大させ、彼らの理論を踏みにじり、神々を冒瀆した者の存在すら、当時だけでなく未来においても、抹消してかまわないとする動機を与えたのではないだろうか。女王が復活を果たす中で、あるいは復活後に必要とするかもしれないものがすべて、あの岩屋のほぼ密閉されたといってもおかしくない各部屋におさめられていた。みな知ってのとおり、王のものとしても異例の大きさを誇る石棺には、彼女の使い魔である猫のミイラが——一般の猫よりはるかに大きい点からいって、きっとオオヤマネコだろう——入っていた。墓には、頑丈な箱に、通常は個別に防腐処理を施された内臓がおさめられているカノープスの壺も入っていたが、この場合は中身が違っていた。つまり、彼女の場合は防腐処理を型破りな方法で行い、どの内臓も遺体のあるべき場所に戻されたのだ——遺体から取り出されていたとしたらの話だが。この推測が当たっているなら、女王の脳も通常のやり方では掻き出されていないか、取り除かれていても、ミイラの包帯の下に入れるだけでなく、きちんと頭蓋に戻されているはずだ。最終的に、石棺の彼女の足元に魔法の箱が置かれた。女王が自然の力を支配できるよう配慮がなされている点も覚えておいてくれ。彼女の信仰によれば、包帯から空気中に出されていた片方の手は大気を支配し、輝く星のある宝石は火を支配するということだった。彼女の足底に書かれたヒエログリフは大地と水に対して強い力を発揮するものだった。七つ星の宝石についてはあとで触れることにする。ともかく、石棺の話だが、女王が墓荒しや侵入者に備えて、いかにして秘密を守ったか覚えておいてほしい。ランプがなければ、魔法の箱は開けられない。普通の明かりでは効果がないことは立証済みだ。石棺の重い蓋はたいていの場合と違って封がされていなかった。なぜなら、彼女が大気を操ることを望んだからだ。だが女王は、構造的に魔法の箱に付随するランプを、慧眼を持つ者のためだけに彼女が用意した秘密の導きに従わないかぎり、誰も見つけられない場所に隠した。

そしてそこにも、偶然に発見されることを防ぐため、軽率な発見者に死の一撃を準備しておいた。エジプト第四王朝の偉大なる祖先が建設したピラミッドの宝を守る報復の守護者の伝統の知恵を生かしてだ。

女王テラの墓の場合、通常の決まり事からどれほど逸脱していたか、君たちも気づいているだろう。たとえば、玄室に至る竪坑は、通常は石や瓦礫《がれき》で埋められているのだが、空間がそのまま残されていた。なぜなのか。彼女が墓を出るときに備えたのだとわしは考えている。彼女は復活したあと、自分が味わったほどの苦労をしていない別の人物と一体化して、新しい女性になるはずだったのだ。女王の思惑から判断するかぎり、外の世界へ出るために必要なあらゆる方策は考えられていた。ファン・ホインの記述にあった鉄製の鎖に至るまで。あれは彼女が鎖を使って地上に下りられるよう、岩の内側の扉近くにあったのだ。彼女は長い時が経過すると見込んで、材質を選んだのだ。一般的なロープでは時間が経過すると弱くなったり脆くなったりするが、鉄なら持ちこたえるだろうと考え、実際、そのとおりだった。

新たに広々とした大地に足をつけたら、女王がなにをするつもりだったのかは、我々にはわからないし、知るすべもないだろう、死んだ唇が柔らかくなって彼女がしゃべらないかぎりは」

第十五章　女王テラの目的

「では、七つ星の宝石についてだ！　明らかに女王テラは、自分が所有するものの中でも、それが最高の宝だとみなしていた。そしてそこに、当時は誰も口にしなかった言葉を彫らせた。古代エジプト人は、適切に使用すれば、地上界および冥界の神々を操ることのできる言葉があると信じていて、その場合、言葉それ自体だけでなく、言葉を口にすることも大切だった。〝ヘカウ〟――つまり、力の言葉――はある儀式では極めて重要だった。知ってのとおり、スカラベの形に彫られた七つ星の宝石には、ヒエログリフで二つのヘカウが、表と裏に一つずつ刻まれている。いや、実物を見たほうが早いだろう！　ちょっと待っていなさい！　動くんじゃないぞ！」

トレローニー氏は言いながら、立ち上がって部屋を出ていった。彼のことで不安に駆られたものの、マーガレットに目をやって、なんとなくほっとした。父親の身になにか危険が及びそうなとき、彼女はいつも不安でたまらないといった様子なのだが、今は穏やかで落ち着いていたからだ。僕は無言のまま待った。

二、三分でトレローニー氏は戻ってきた。小さな金色の箱を手にしている。彼は元の椅子に腰を下ろしながら、それを目の前のテーブルに置いた。彼が箱を開け、僕たちは揃って身を乗り出

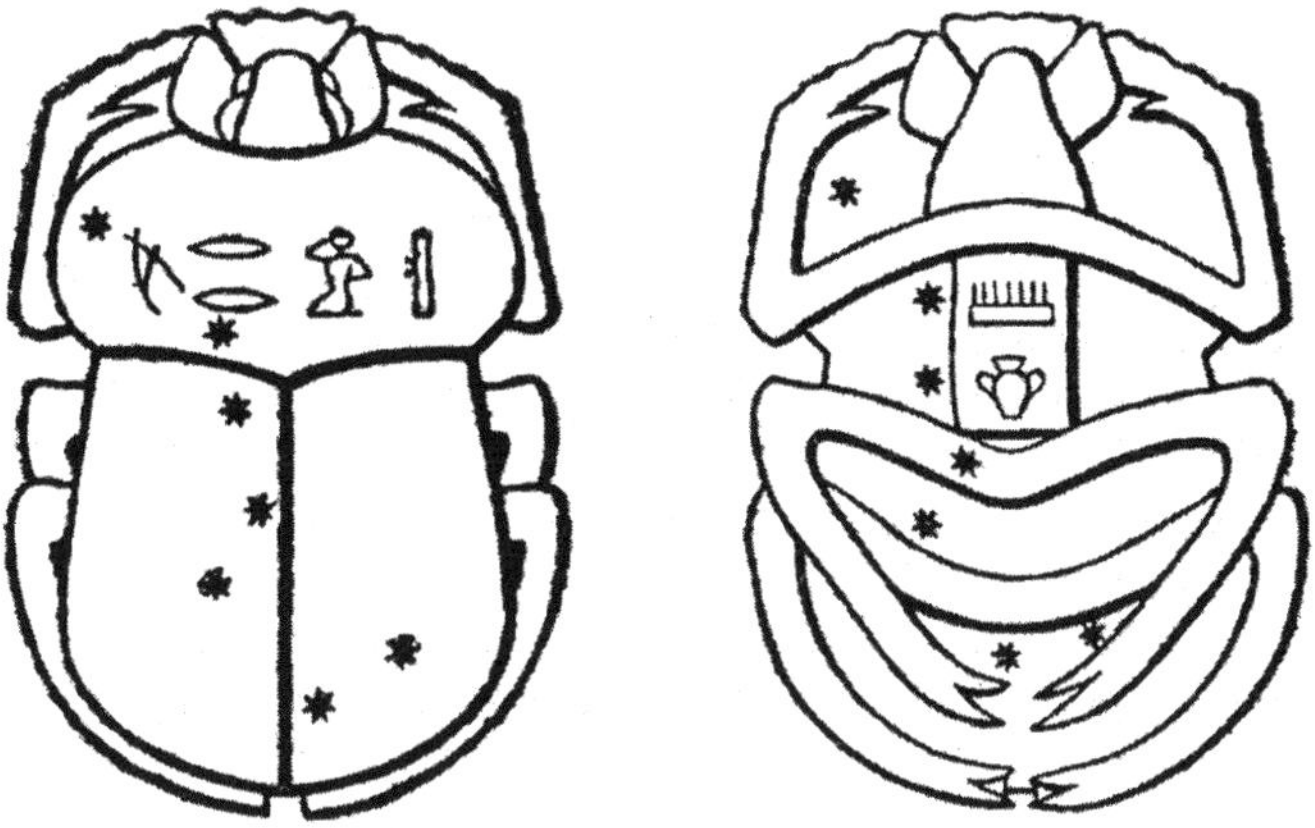

した。
白いサテンの内張りの上に、マーガレットの小指の第一関節から上ほどもある見事なルビーが載っていた。それは羽を折りたたみ、脚と触覚を胴体の脇にぴったりと押しつけたスカラベの形に彫られていた。そんな形のものが天然であるはずはないのだが、鑿《のみ》の跡などまったくうかがえなかった。最高級のルビーの証である鳩の血《ピジョン・ブラッド》の色を通して、北斗七星の配列を正確に写し取った、それぞれ七つの先の尖った先端をもつ七つの星が輝いている。その位置関係は、北斗七星を知る者なら間違えようがなかった。表面にはほかに類を見ないほど繊細で精緻なヒエログリフが刻まれているのが、トレローニー氏がポケットから取り出して僕たちに手渡してくれていた拡大鏡の順番が回ってきたとき、見て取れた。
全員が十分に見終わったとき、トレローニー氏はルビーをひっくり返して、箱の上半分に作られた窪みに置いた。背中側に劣らない見事な出来で甲虫の腹側を模したものが彫られていた。そこにもヒエログリフが刻まれていた。僕たちがみなこの細工の美しい宝石をのぞき込むと、トレローニー氏は解説を再開した。

「ごらんのとおり、表と裏に一つずつ、合計二つの単語が刻まれている。表側にある記号は限定的に引き延ばされた一つの音節から成る単語を表している。承知のことと思うが、エジプトの言葉は表音文字で、ヒエログリフも音を表したものだ。この最初の記号は鍬で、〝マァ〟。次の二つの先の尖った楕円は最後の〝ァ〟を伸ばす記号だから、これで〝マァー〟だ。三つ目の顔に手を当てて座っている人の姿は、我々が〝思考〟の〝決定〟と呼んでいるもので、四つ目のパピルスを巻いたものは〝抽象〟を表す。つまり、この単語は〝マァー〟、抽象的で、全体的で、真の意味における愛。地上界を意のままにできるヘカウだよ」

マーガレットは誇らしげな顔で、低く小さく熱烈な口調で言った。

「まあ、でもそれはそのとおりね。いにしえの奇跡を行う人はそうやって圧倒的な真理を推測したんだわ！」顔が見る間に赤く染まり、彼女は視線を落とした。

そんな娘に父親は愛しそうに微笑みかけ、言葉を続けた。

「裏側の言葉が表しているものはもっとシンプルだが、その意味はいっそう難解だ。最初の記号は〝男〟、〝不変〟で、二つ目のは〝～から〟、〝心〟を意味する。つまり、〝心の不変〟となり、我々の言語では〝忍耐〟となる。そしてこれは冥界を意のままにするヘカウなのだ！」

トレローニー氏は箱の蓋を閉め、僕たちにはそのままでいるよう身振りで示しながら、自室の金庫へ宝石を置きに行った。彼は書斎に戻ってきて席に着くと、話を先に進めた。

「あの神秘的な言葉が刻まれ、女王テラが石棺の中で手に隠していた宝石は、彼女の復活計画を実行する際に重要な——おそらくもっとも重要な——要素になるはずだ。最初から、わしは直観めいたものでそれがわかっていたように思う。何者も——霊体となった女王テラ本人も——取り出せない大金庫に宝石を保管してきた」

「霊体？　それはなんなの、お父様？　どういう意味？」

質問するマーガレットの口調が鋭くて、僕はいくぶん驚いたが、トレローニー氏は厳しくしかつめらしい顔を、雲の隙間から日の光が射し込むように、娘に甘い父親らしくほころばせて答えた。

「霊体というのは、説明すると長くなるが、仏教徒が信じているものの一つで、古代エジプトで発生した概念であることは、現代の神秘学では衆知の事実だ——我々の知っているかぎりでは。天性の才能に恵まれた者は意志の力で、思考するように素早く、粒子の分解と再生により、その身を霊体として思いのままの場所へ移動させることができる。古代の信仰では、人間の存在のしかたは一つではなかったのだ。そのことを知っておいたほうがいいだろう。そうすれば、そうした信仰に関連したり、付随したりする出来事が起きたとき、理解できるはずだ。

まず、〝カー〟つまり〝生き霊〟という存在がある。これは、大英博物館の責任者で古代エジプト・アッシリアの研究者として名高いバッジ博士の説明のように、それが表す個人のあらゆる特有の性質を備え、完全に独立した存在を持つ〝個人をその人たらしめるもの〟と定義しても差し支えないだろう。それは地上のあちこちへ自由に動き回ることができたし、天界へ行って神々と対話することもできた。次に、〝バー〟つまり〝魂〟があり、これはカーに宿っていて、自在に肉体化も霊体化もできる力を持っていた。〝実体も形も有し……墓から離れる力があり……墓の中の遺体に戻ることもでき……それをよみがえらせて会話もできた……〟とされている。さらに、〝クウ〟という〝霊的な知性〟、つまり〝精神〟があって、これは〝光り輝く漠然とした人の形〟をとっていた。ほかに、〝セケム〟つまり、人間の〝力〟という、強さや生命力を象徴するものがあった。生命に固定された〝カイビト〟つまり〝影〟、〝レン〟つまり〝名前〟、〝カート〟つまり〝身体〟、〝アブ〟つまり〝心臓〟があって、一人の人間を形成していたのだ。

その結果、精神と肉体、目に見えない存在と物質的な存在、理想と現実といったこの機能の区分を厳密に受け入れれば、決してなにものにもとらわれない意志あるいは知性に導かれた肉体の転移のあらゆる可能性や将来性があった」

トレローニー氏が一息ついたとき、僕はシェリーの詩劇『鎖を解かれたプロメテウス』の一節を口ずさんでいた。

〝マグナス・ゾロアスターは……庭園を歩いている自分に出くわした〟

トレローニー氏は機嫌を損ねはしなかった。「まさにそうだ」と普段の物静かな口調で言った。「シェリーはほかの詩人よりも古代の信仰というものをよく理解していた」ここでまた声の調子が変わり、講義——僕たちの何人かにとってはそう言っていいだろう——に戻った。

「ほかにも、古代エジプト人の信仰で覚えておかなければならない点がある。冥界で働くために死者とともに埋葬されたオシリスのウシャブティ像に関することだ。この概念は拡大して、生きとし生けるものの魂や性質は、呪文によって、それに似せて作られた像に移せるという信仰に至った。これにより魔術の才能を持つ者は絶大な力の拡大を図れるようになった。

こうしたさまざまな信仰が一つとなったことから、その結果として、女王テラは自分の復活がいつどこでどのように遂げられるかを予測した、という結論に至った。彼女は目的を達するための一定の待機期間を持っていたかもしれないというのは、単なる可能性の話ではなく、十分にありうることだ。今はそれについて説明はしないが、あとで掘り下げよう。神々のみもとにある魂と、地上を自由に動き回れる霊、物理的に転移する力か霊体があれば、女王の野望に際限も限界もあるわけがない。信仰からすれば、彼女はここ四千年のあいだ墓に横たわって待ち構えていたとするしかないのだ。冥界の神々を支配できたその〝忍耐〟でもって待っていたのは、天界の神々を支配できる〝愛〟のためだ。女王テラがなにを夢見ていたのかはわからないが、その夢は、オランダの探検家が彫刻の施された女王の岩窟墓に入り、彼の随行者が彼女の手を盗むという蛮行を働いて神聖なプライバシーを侵害したときに、破られたにちがいない。

だがその窃盗のおかげで、そのあとのことも引っくるめて、我々にはわかったことがある。それは、彼女の遺体のそれぞれの部分は、休息から引き離されたが、霊体の要素および粒子の中心点あるいは集合場所となるということだ。わしの部屋にあるあの手は、彼女が瞬間的に肉体的な存在となったり、同じく速やかに分解したりすることを保証できるのではないだろうか。

さて、いよいよわしの論拠のかなめだ。わしを襲った目的は、聖なる七つ星の宝石を取り出せるよう大金庫を開けることだった。あの金庫の巨大な扉でも、彼女の霊体を締め出すことはできなかった。金庫の外と同じように内部でも全体、あるいはその一部でも集合できるからだ。夜の暗がりの中でミイラの手がことあるごとに護符の宝石をさがし、触れることで新たな霊力を引き出していたのは間違いない。だが、全力を尽くしても、霊体では金庫の隙間から宝石を出すことはできなかった。ルビーは霊的なものではないから、普通に扉を開けないかぎり、金庫からは出せない。そこで、女王は自分の霊体と使い魔の猛々しい力を利用して、彼女の望みを妨げているマスターキーを金庫の鍵穴へ持っていこうとした。ずいぶん前から疑っていた――いや、確信があったから、わしも冥府の力に対して自衛策をとっていた。こちらも魔法の箱を開け、ミイラの女王を復活させるのに必要なあらゆる要素を集めるまで辛抱強く待っていたのだよ！」

トレローニー氏は言葉を切った。娘が優しく澄んだ声で、だが一途な思いのあふれる口調で尋ねた。

「お父様、エジプト人の信仰では、ミイラをよみがえらせる力は普通なの？　それとも、限りがあるもの？　つまり、時代の経過の中で何度も復活できるの？　それとも、あとにも先にも一度きり？」

「一度きりだ」とトレローニー氏。「これは現実世界への明確な肉体の復活だと信じる者もいた。だが、一般的には、霊は善人が住むことを許される理想郷――食べきれないほどの食物があって、飢饉の不安はない――で喜びを見いだすと信じられていた。その理想郷は、乾燥した土地と厳しい暑さの中で暮らしていた人々が夢見る、湿度があって根が深く張った葦が生い茂り、ありとあらゆる喜びのある場所だった」

マーガレットが心の奥底からの確信がこもった熱っぽい口ぶりで言った。

「だったら、私には、この偉大で先見の明があって気高い古代の女性の夢がなんだったのかわかったわ。数千年ものあいだ具現化するために忍耐強く待っている彼女の魂をとらえている夢が。きっと愛の夢よ。彼女は新しい状況のもとでさえ、自分で呼び起こして、感じるかもしれない愛。愛というのは、女性なら人生で夢見るものだわ。時代が古かろうと新しかろうと。異教徒であろうとキリスト教徒であろうと。いかなる太陽のもとでも。身分や職業に関係なく。別の形で人生の喜びにも苦しみにもなるかもしれないけれど。ええ！　わかるわ！　だって私は女だから、女心がわかるのよ。食べ物が足りなかろうとふんだんにあろうと、豊作だろうと飢饉だろうと、この王宮生まれでエジプトの二つの王冠を頭に頂く女性にとってなんだというの！　葦が生い茂る湿地帯や、山々から海へと注ぐ広大なナイル川を平底船が水を切って進んでいくのがなんだというの。手の一振りで軍隊を突撃させ、あるいは王宮の水階段に世界中の交易船を引き入れられる彼女にとって、ささやかな喜びとささやかでなかった不安がなんだというの！　一言発すれば、彼女がその復興を楽しみにも目的にもしていた、いにしえの時代の造形美にあふれる神殿が建つのよ！　彼女の指図のもと、硬い岩山が自分の設計した墓所へと変わるのよ！

ええ、確かに、女王テラは崇高な夢を持っていたわ！　私はそれを心で感じるの。瞼の裏に思い浮かべられるのよ！」

そう言うあいだもマーガレットは、次々に思い浮かべているようだった。目は現実を超えたものをとらえているかのように遠くを見つめている。そのうち、激しい感情で深みのある目が涙でいっぱいになった。まさに女王の魂が彼女の声を借りて話すような感じで、僕たちはうっとりと耳を傾けた。

「孤独の中にいる女王テラが、誇り高い沈黙の中にいる彼女が見えるわ。彼女は周囲の人とはかけ離れたものを夢見ている。それはどこか別の遠く離れた土地で、頭上に広がる静かな夜空には冷たく美しい星々がきらめいている。その北極星の下の大地には、砂漠の熱気を冷ます風がどこからか優しくそよいでいる。遙か彼方の青々と茂る緑豊かな大地。そこには狡猾で悪意に満ちた神官たちはいない。薄暗い神殿とより暗い死者の洞窟から、終わりのない死の儀式を通して権力を握ろうと企む輩は！　そこは愛ではなく、清らかな魂を持つことが拠り所となっている世界！　そこには女王自身のように、限りある肉体の口を借りて語り合える、、不滅の霊魂が存在するかもしれない。そこでは霊と霊、魂と魂が触れ合い、心地よく交じり合い、人の息は大気と一つになれさえするかも！　感覚を分かち合ったからわかる。幸せが訪れた今だから言える。自分の時代の遙か先を行き、周囲からもまったく異なっていた、優しく愛すべき女王の、痛いほど思い焦がれている魂を説明できるようになったから！　その本質は、一言で表すと、冥界のエネルギーを支配できるということ。その切望した言葉は星の宝石に刻まれているけれど、遠い昔の神々のあらゆる力を自在に操れるよう、彼女は切に願っていた。

そして、夢の実現に彼女はきっと満足して眠りにつくのよ！」

若い女性が古代の女性の構想もしくは目的を力説しているあいだ、男である僕たちは静かに耳を傾けつづけていた。マーガレットの言葉の一つひとつに、その口調に、彼女が自分の意見を固く信じていることがうかがえた。堂々とした彼女の考えを聞くうちに、僕たちはみな気分が高揚しているようだった。内なる力に生気がみなぎり、流麗な音楽のような抑揚をつけて話す彼女の高貴な考えに基づく言葉は、大自然の力が生み出したすばらしい楽器からあふれてくるかのようだ。マーガレットの口調でさえも、僕たちには耳慣れないもので、新しい見知らぬ世界の、新しい見知らぬ存在について聞くような印象だった。彼女の父親は喜色満面だった。今や僕にはその理由がわかっていた。トレローニー氏の人生に訪れた幸せを理解していた。夢の世界の長逗留から自分の知っていた世界に戻ったからだ。今の今まで知らなかった性質――あふれんばかりの愛情、目を見張るばかりの霊的洞察力、学者的な想像力、そのほか……を娘の中に見つけたためだ。残りの感情は期待だった！

ほかの二人の男性は意識せずに沈黙を守っていた。一人は夢を抱いていた。もう一人の夢は実現間近だった。

僕自身は、トランス状態に陥っているような感じだった。我々が包まれていた恐怖の霧と闇から抜け出た、この新しい、輝くような存在は誰なのか？　愛には恋人の心に対するまばゆいほどの可能性がある！　魂の翼はいつでも愛する者の肩から広げられるかもしれない。そして天使へと姿を変えるかもしれない。僕はマーガレットの性質の中に数々の神々しい可能性があったのを知っていた。川にかかるしだれ柳の木陰に入っていたときにその美しい瞳の奥をのぞき込んで以来、僕は彼女にはさまざまな美しさと美徳があると信じて疑わない。だが、この高く舞い上がった知性豊かな精神は、実際、驚くべき発見だった。僕のプライドなど、彼女の父親のもののように、どうでもよかった。僕は一点の曇りもなく最高の喜びにひたり、幸せに酔っていた！

僕たちがそれぞれのやり方で地上に戻ったとき、トレローニー氏が娘の手を握ったまま話を先に進めた。

「それでは、女王テラがいつ復活を遂げるつもりだったかについて話そう！　我々は実際の配置に関連して、より高度な天文学上の計算に出くわした。知ってのとおり、星は天空の相対的な位置を移動する。だが、実際に移動する距離は通常の理解力のいっさいを超えており、我々が星を見るとき、その影響は小さい。とはいえ、数年でなく数世紀の単位では、測定に影響が出てくるのだ。この方法で、天文学者のサー・ジョン・ハーシェルは大ピラミッドがいつ建造されたのか割り出したのだ——それによれば、当時の真北にあったのは竜座の星で、これを北極星と変更するしかなく、その説はその後に発見されたものによって立証された。このことから、女王テラの時代より少なくとも千年前のエジプト人が持っていた天文学はどんなものであろうと、精密科学であったとことは疑う余地もない。さて、星座を構成する星の位置関係は時代とともに変わり、北斗七星はその顕著な例だ。星の位置は四千年のあいだでも、観測に慣れていない者の肉眼では気づかないほどわずかしか変わっていないが、測定も確認もできる。この中で、ルビーの中の星がどれほど正確に北斗七星の位置と対応しているか気づいた者はいるかね？　あるいは、魔法の箱の半透明の場所が同じ位置にあてはまるか？」

全員がうなずいた。トレローニー氏は続けた。

「そうなのだよ。この三つは一致する。ところが、女王テラが墓に横たえられたときは、ルビーの中の星も、魔法の箱の半透明の部分も、当時の星座の位置とはまったく対応していなかったのだ！」

トレローニー氏が言葉を切り、僕たちは互いに顔を見合わせた。目から鱗が落ちた思いだった。彼は得意そうな口調で先を続けた。

「これが意味するものがわかるかね？　女王の目論見が見えてこないか？　予兆、魔術、迷信に導かれた彼女は、当然、復活するのに崇高な神々が別の世界から雷によりその意を伝え、御自ら指し示したと思われる時代を選んだ。そんな時代が天上の叡智により指定されれば、人間の知恵などいったいどれだけの価値があるというのか。その結果」トレローニー氏の声がこみ上げる感情にぐっと低くなって震えた。「我々に、この時代に、古い時代を垣間見るまたとない機会が与えられたのだ。これはほかの時代にはない特権のようなものであり、二度とないかもしれないことでもある。

非凡な女性の驚異に満ちた墓の謎めいた言葉と象徴するものはなにからなにまで、いたるところに手がかりを示していて、数々の謎の手がかりは、彼女が心臓――自分の時代より先の高尚な世界で新たに鼓動を始めると願い、信じていた――の上に置いた手の中に持っていたこの世に二つとない宝石にあったのだ！

考えなければならないのは、解決していない問題だけだ。さっきマーガレットはもう一人の女王が心に秘めていた本心を教えてくれた！」

トレローニー氏は娘を愛情深く見つめて、その手を撫でながら言った。

「わしとしては、娘が正しいことを心から願っている。なにしろ、その場合は、女王の願いをかなえるのに力を貸す我々みなの喜びとなるだろうから。だが、急ぎすぎてはならないし、現代の知識を過剰に信じてもいけない。我々が耳を傾ける意見は、現代とはまるで異なる別の時代――人間の命など取るに足りないもので、夢の実現を邪魔するものは排除してもなんとも思わない倫理観が浸透していた時代――からもたらされたものだ。我々は科学的な面に目を注ぎつづけて、超自然的な面が発展するのを待たなければならない。

さて、魔法の箱と呼んでいるこの石の箱についてだ。すでに話したように、わしは、なんらかの光の原理に従うか、我々には未知の存在の力が働いたときにだけ開くと確信している。

ここに推測し実験に臨むための有力な根拠がある。それは、まだ科学者が光の種類や力、それらを示す段階を完全には分類できていないことだ。さまざまな光線を分析していない状態では、異なる光の性質と力があることを当然のように思うかもしれない。そして、このすばらしい分野の学術的な調査はほとんど手つかずだから、未知の可能性を考える際に、想像の翼を広げられるだけ広げる必要がある。だが、二世紀前なら発見者が非難の的にされたようなことを、我々はこの数年で発見してきた。酸素の液体化、ラジウムやヘリウム、ポロニウム、アルゴンの存在、それぞれ異なる力を持つX線や陰極線、ベクレル線と。そして我々は最終的に、光には種類と性質を異にするものがあると立証し、燃焼には物質を区分する力があり、燃焼される物質によって炎もそれぞれの性質を有することを、発見しうるだろう。物質の本質的な要素のうちには、それ自体を破壊しても連続するものが、あるかもしれない。

昨夜、わしはこのことを考えていて、一部の油にほかのものにはない特定の性質があるように、それぞれの組み合わせの中に、類似の、あるいは矛盾しない性質または力があるのではないかと思い当たった。菜種油の明かりは灯油と同じではない、あるいは、石炭ガスと鯨油の炎は違っているということに、誰しも気づいたことがあるだろう。家々に灯る明かりからそうとわかるのだ！

それでわしは、女王テラの墓を開けた際に壺の中に入っていた油になにか特別な効能があったのではないかとひらめいた。壺は通常とは異なって内臓が保存されていなかったから、なにかほかの目的で置かれていたにちがいないのだ。ファン・ホインの手記に、壺がどんなふうに密閉されていたか記されていたことを思い出した。効果的にではあるが、軽く封じられていたとあった。力を入れなくても開けられたのだ。壺それ自体は、極めて頑丈できちんと密閉されていたものの、容易に開けることのできた石棺に置かれていた。それで、わしはすぐに壺を確かめに行った。ごく少量の――本当にわずかな量の油がまだ残っていたが、壺が開けられてから二世紀半ほど経っているせいで、ねっとりとしたものになっていた。それでも、不快なにおいはせず、よく調べてみると針葉樹から精製されるシダー油で、まだ本来の芳香らしきものが嗅ぎ取れた。これによって、この油はランプのためのものではなかったかと思い至った。誰が壺に油を入れて石棺におさめたにせよ、雪花石膏の壺に入れていてさえ時が経つうちに量が減ってしまうかもしれないということを十分に考慮したのだろう。壺はどれもランプを六回は満たせるほどの容量があった。油の残りを一部とって実験してみたところ、有効な結果が得られそうだった。ウィンチェスター先生ならご存じだろうが、エジプトで死者の埋葬準備と儀式に多量に用いられたシダー油には、ほかの油にはない強い屈折力がある。たとえば、顕微鏡で対象物をさらにより鮮明に見せるためにレンズに塗布される。昨夜、ランプの一つに油を少し入れて魔法の箱の半透明の部分のそばに置いてみた。効果はてきめんだったよ。内部の光の輝きは想像もしなかったほど豊かで強く、同じように置いてあった電気の光では、もしあったとしても、効果はないも同然だった。わしは七つのランプのほかのものでも試すべきだったが、いかんせん、油がもう残っていなかった。しかしながら、この問題は解決しつつある。シダー油を注文しておいたので、まもなくたっぷりと手に入るはずだ。ほかの要因で実験がうまくいかないことはあって、ともあれ、油不足ということはない。もうじきわかるとも！　もうじきな！」

ウィンチェスター医師はこの論理的な思考の流れについていけたらしく、こう発言した。

「光が効力を発揮して箱が開くときに、箱の仕掛けが傷ついたり壊れたりしないことを私は切に願いますよ」

医師の懸念に、不安な気持ちになったのは僕だけではなかった。

第十六章　新旧の力

時間の経過は驚くほどゆっくりのようでも、瞬く間のようでもあった。今日の僕は、自分の愛は確かに報われているという新たに発見した喜びに満ち、マーガレットを独り占めしたいと願っていた。だが、愛や求愛にふさわしい日ではなかった。恐ろしいほどの切望が影を落としていた。さらに、来たるべき実験のことを考えれば考えるほど、なにもかもがいっそう奇妙に思え、それをあえて行おうとしている自分たちがますます愚かな気がしてきた。実験は何から何までがとんでもないし、必要なことでもない！　議論は尽きず、危険ははかり知れず、まったくの未知数だ。たとえ成功したとしても、新たな困難が生じてこないともかぎらない。どんな変化が起こるかもしれず、死の館の扉は実際には永遠に閉ざされていなくて、再び死者が出てきたら！　死ぬ運命にある現代人の僕たちにとって、古代の神々にこぞって対抗するのがどういうことか自覚できるだろうか。彼らは、自然界から得たり、世界が若かったときに生まれてきたりした、神秘的な力を持っているというのに。原始の泥から大地と水が分かれたときに。空気が元素の混じり合ったものから浄化されたときに。詩人テニスンの『イン・メモリアム』に登場する〝原始時代のドラゴンたち〟が、彼らのまわりに突然現れた新たな草食の生活に調和しようと、大地の力と戦うためにのみ作られた姿と力を変えたときに。動物が、人間とその進歩さえも、惑星運動か星の輝きさながら自然に発展したときに。そうとも！　さらに言えば、まだ精霊が水域の表面で動いて、言《ことば》の中に光と命に存在せよと命じていないときに。

　これをもさかのぼるものは、想像さえできない。僕たちが行おうとしている大いなる実験は、現代文明とつながろうとしているように思える古き力が、実際に存在しているという考えに基づいている。その時代にあった宇宙の力と大いなる知性が、今もあるのは疑う余地もない。その原初からの本質的な力が、キリスト教では『ヨハネの黙示録』にいう〝最後の者〟のほかに、支配を受けたことはあったのだろうか。古代エジプト人の信仰がそのまま事実であったとすれば、彼らの神々は実際に存在し、力を持ち、その力を揮ったことになる。神性は、命ある人間とはちがって、病苦にさいなまれはしない――その本質は創造と再生であり、死ぬことはないのだ。そういった信仰は理性とは相容れないだろう。そうでなければ、すべての神々よりも一部の神のほうが優れていることになってしまう。仮にいにしえの神々が力を持っていたら、新しい神々がその上に立つことはありうるだろうか。もちろん、いにしえの神々がその力を失っていたり、そもそも力を持っていなかったりすれば、実験は成功しない。だが、実際に成功したら、あるいは、成功の見込みがあるとわかったなら、僕たちは結論まで求めることのできない、あまりに大きすぎる推測と向き合わざるをえなくなる。つまり、生と死との闘争はもはや地上の、この地上の問題ではなくなる。触知できる現実の世界から、神々のいる場所である中間域に移り、超自然の力の戦いとなるだろう。そんな世界があればの話だが。ミルトンは天上から彼に降り注ぐ詩的な光の中、その視力を失った目でなにを見たのだろうか。十八世紀にキリスト教世界の知識人を魅了した福音書の記述者のとてつもない構想はどこから来たのか。この宇宙に神々が戦うところがあるのだろうか。そんなところがあったとしても、抗する者が力を示し、自らの教えや導きに反するのを、神は許すだろうか。ああ、そうとも、この仮定が正しいなら、世界が終末を迎える前に、考えも及ばないような恐ろしいことが起きるにちがいない……！

今考えるには、空想が大きすぎ、奇妙すぎもする。もうやめよう！　僕は時が来るまでじっと待つことにした。

マーガレットは神々しいまでに落ち着いていた。称賛と愛情を抱きながら、彼女をうらやんだ。トレローニー氏の心配ぶりは神経質なほどだったし、ほかの男たちも同じようなものだ。そのせいでそわそわしている。トレローニー氏は落ち着きがなく、理由があってもなくても、口実を設けてまであちこち歩きまわり、そのたびに考えもころころ変わっていた。僕も同じようなものだと思いたいらしく、自分がさいなまれている不安をちらりと見せることがあった。あれこれ説明したがりもした。その説明で、彼があらゆる現象を——考えられる原因や予想できる結果を——どうやって考察していったのかがわかった。エジプトにおける占星術の発展に関する極めて学術的な話の途中で、彼は急に別の話題を——そこから枝分かれしたか推論したものを持ち出した。

「どうして星明かり自体には特殊な性質がないと考えられるのか、わしには本当にわからん！ほかの光には特殊な効力があるのはわかっている。X線だけが新たに発見された光ではない。日光にはほかの光にはない特性がある。ワインを温め、菌類の成長を促す。人が月光のもとで正気を失うことはよくある。だとすれば、もっと微妙で、作用する力も影響力もずっと弱くても。独特のエネルギーが星明かりにあっておかしくはないだろう。それは広大な宇宙を突き抜けてくる純粋な光のはずで、永続的で清らかな力を持っていても不思議はない。占星術が科学的根拠に基づいて受け入れられるのもそう遠いことではないだろう。芸術の再興では、数々の新しい経験が生み出されるだろう。新たな光は古い知恵に再発見をもたらし、新たな理性の足がかりとなるだろう。経験に基づく論理と思っていたものが、実は我々よりはるかに高い知性から得られたということに、人間は気づくかもしれない。

生物の世界はどこを見ても、相反する生態とさまざまな力を持つ微生物でいっぱいなのは衆知だが、それらが特殊な力を持つ未発見の光によって活動を開始するまで休眠状態でいられるかどうかはまだ不明だ。なにが生命の活性化を生み出し、引き起こすのかも、わかっていない。生命の起源がどのようなものか、我々は知らないのだ。分子や、胎児の成長に影響を与える法則があるのか、それは出産にも影響するのか、我々は知らない。年々、日々、刻々と、我々は学んでいるが、学び終えるときは遙かに遠い。今の我々は、発見するための原始的な装置を発明したばかりの、知性の第一歩にあるように、わしには思える。やがて、我々は物事の本質を理解する装置の開発のために、哲学で言う第一原理——論理の基礎となる概念——を得るだろう。そうすれば、『創世記』に登場する九百六十九歳まで生きたメトセラが自分の長寿を自慢しだし、アダムの曾孫たちが彼を、大西洋の向こうの友人たちが呼ぶように〝昔の人〟と言うようになる頃、ようやく古代ナイルの学者が達した、その学び終える道の入口に、なんとかたどり着けるかもしれない。たとえば、天文学を生み出した人々は、結局は並外れた精度の器具を使わなかったことだろう。その応用光学はテーベの神官団の中にいた専門家が崇めるようなものではなかったのではないか。エジプト人は本質的に、誰もが専門家だった。それは本当だ。我々が判断できるかぎり、彼らの研究の範囲は、生あるものを統べることで、地上を統治するためのものに限定されていた。だが、目視だけで、高性能のレンズの助けも借りずに、天文学があれほどのレベルで——神殿やピラミッド、墓の正確な方位は四千年前の惑星系に従っていた——もたらされたと考えられるだろうか。彼らの顕微鏡法の知識が知りたいなら、なんでも訊いてくれ。ヒエログリフが記した〝肉体〟というものと、顕微鏡で見た一千倍の世界の、鞭毛のある原形質を述べた現代の科学と、どれほどの相違があるか。彼らがこんなふうに分析できたなら、もっと先まで行っていてもおかしくないだろう。苛烈で遮るもののない日差しが来る日も来る日も注ぎ、乾いた大地と空気が完璧な屈折力を与えるエジプトのすばらしい環境の中でなら、北方の霧深い中にいる我々には隠されている光の秘密を学び取っていたかもしれないのではないか？　ちょうど我々が電気を蓄えておくことを学んだように、彼らは光を蓄えておくことを学んだというのはありえないだろうか。いや、ありえないどころではない。彼らはなんらかの形で人工の光を持っていたはずだ。それを使って硬い岩石を切り崩して死者の墓となったあの広い洞窟を作り、装飾を施したのだ。ああした迷宮のような曲がりくねった構造で長々と延びる通路や複数の部屋をもつ、目が眩むほど隅々まで手の込んだ精緻な彫刻が施され、文字が刻まれ、絵が描かれた岩窟墓は、完成までに何年も費やしたにちがいない。それなのに、ランプや松明を使えば当然残るはずの煤がどこにも見当たらなかった。さらに、彼らが光を蓄える方法を知っていたなら、その構成要素を解明し、分解することまで学んでいた可能性はないだろうか。そして、古代人がそこまでたどり着いていたなら、我々にだって到達できる時が来るかもしれない。ああ、そうとも、わかる時が来るさ！

まだある。最近の科学の発見が光を投げかけている。現時点ではわずかな光にすぎないが、その光は――実現性や将来性というよりも――高い可能性を照らすのには十分だ。フランスの物理学者キュリーとその助手ラボルドや、イギリスの化学者にして物理学者のウィリアム・クルックス卿やベクレルの発見は、遠くエジプト人の研究の結果にまで及ぶかもしれない。このラジウムという新しい金属は――いや、金属自体が新しいのではなく、我々の知識が新しいと言ったほうがいいだろう――古代人が知っていてもおかしくはない。実際、数千年前には、今日の推定使用量よりも高頻度で使われていたかもしれないのだ。ラジウムが含有され、精製の可能性がある瀝青ウラン鉱が見つかる場所として、エジプトの名はまだ挙がってはいない。それでも、エジプトにラジウムが存在するというのは大いにありうる。世界最大規模の量の花崗岩があるとされており、瀝青ウラン鉱は花崗岩の岩脈で見つかるからだ。古代エジプトの初期ほど花崗岩が採掘された場所も時代もほかにはない。瀝青ウランの大鉱脈が、神殿の円柱やピラミッドのための巨石を切り出す大規模な作業工程で見つかっていたかもしれないではないか。瀝青ウランは、近年のコーンウォールやボヘミア、ザクセン、ハンガリー、トルコ、コロラドの鉱床ではどれほどの埋蔵量があるのかわかっていないが、アスワンやトゥーラ、モカタム、エレファンティネの石切り工によって発見されていても不思議はない。

さらに、これら広大な花崗岩の採石場のあちこちでは鉱脈だけでなく、瀝青ウラン鉱が少ないが固まって見つかっている可能性はある。そうした場合、その使い道を心得ていた者は大変な力を使えたにちがいない。エジプトの学問は神官の中に保たれ、数多い神官の中では賢者が――もっとも有効な活用法を熟知し、強大な力を自由に、狙いどおりに使えた人物が――存在したことだろう。瀝青ウラン鉱が過去にも現在にもエジプトに存在しているなら、風化や浸食が進んだ花崗岩からその多くが地表に出ているとは考えられないか？　時の経過と気候によって岩はやがて土と化す。砂漠の砂がいい証拠だ。何世紀ものあいだに、砂は人間が作り上げた偉大な建造物をいくつもあの大地に埋めてしまった。それなら、科学者が指摘するようにラジウムが微粒子に分解できるのであれば、やがて閉じ込められていた花崗岩からそれも解放され、徐々に空中に漂い出るのではないだろうか。経験的な根拠もなく、スカラベを生命のシンボルだと解釈しても悪くはないと言い出す輩がいるかもしれない。その糞食昆虫には熱を与える、あるいは光を与える――ひょっとすると生命を与える――微量のラジウムをとらえる力なり素質なりがあって、球状にした糞――これを熱心に転がすことから、当初は〝丸薬を作るもの〟とも呼ばれていた――に産み付けた卵とともにそれらを閉じ込めるということも考えられなくはない。砂漠に無数に落ちている排泄物にはある程度の割合でその一帯にある土や石、金属も確実に混じっているし、それぞれ、自然は無機的なもので生育する生物を作っている。

旅人の話では、熱帯の砂漠にガラスを置いておくと、強烈な日差しを受けて黒っぽく変色すると言うが、それはまさにラジウムの光線による作用と同じものなのだ。これは未確認のエネルギーとラジウムとのあいだに、ある種の共通点があることを示唆してはいないだろうか！」

こうした科学的な、あるいは準科学的な考察に僕はほっとした。自然の驚異に引きつけられ、超自然的な謎について頭を悩ませずにすんだからだ。

第十七章　洞窟

夕刻、トレローニー氏は再び僕たちを書斎に連れていった。みな彼に注目したとき、彼は計画を披露しはじめた。

「わしの言う大いなる実験を適切に実行するためには、絶対的かつ完全に人里離れた場所が不可欠だという結論に至った。それも一日や二日でなく、必要なだけ隔絶状態を続けられる場所だ。この屋敷ではそんなことはとうてい無理だ。大都市ならではの用向きや習慣に邪魔される可能性が極めて高く、我々はおそらく、いや、必ずやかき乱されてしまう。電報をはじめ、書留や速達の配達人だけでも煩わしいのに、物見高い野次馬たちは厄介なことこのうえない。さらに、先週の出来事はこの屋敷に警察の注意を引いてしまった。スコットランド・ヤードか地元警察署から目を配るようにとの特別の指示が出されていなくても、パトロールに当たる警察官が注意深く観察していると考えていいだろう。また、辞めていった使用人たちも長くは口をつぐんでいまい。きっとしゃべるにちがいない。それが使用人というものであるし、おそらくは近所の手前、仕事を辞めた理由を説明する必要もあるだろうからな。近隣の屋敷の使用人たちも噂をするだろうし、ひょっとすると隣人たちも話すかもしれない。そうなれば、耳ざとくて抜け目のない新聞社が、大衆を啓蒙せんとのいつもの熱意とともに、発行部数の増加を当て込んで、この計画を探り出すだろう。記者に追いかけられでもすれば、プライバシーもへったくれもなくなる。たとえ屋敷にこもったとしても、なにかと邪魔されるにちがいないし、連中が押しかけてこないともかぎらない。どちらにしても、計画はだいなしになるだろうから、我々はいっさいの荷物をまとめて避難する必要がある。

そのための手は打ってある。ずいぶん前からわしはこうした可能性を予想して、準備しておいた。もちろん、なにが起こるか前もってわかっているわけではないが、なにかが起こるだろう、起こるかもしれないとは、わかっている。二年以上前から、ここに保存している美術品のすべてをコーンウォール州キリオンにある古い館へ移せるようにしてあるのだ。コーベックがランプをさがしに出かけたとき、その館に移る準備をした。あらゆる場所に電灯を取り付けてあり、発電の設備も整っている。これは君たちの誰一人として、そう、マーガレットでさえ知らないことだが、その館は完全に外界から遮断され、人目にさえつかない。険しい丘を越えた岩だらけの小さな岬に立っていて、海からしか臨むことができないのだ。館はわしの先祖が建て、代々受け継がれてきたものだが、かつて中心地から遠く離れた館を守るため、高い石塀で取り囲んだ。まるで今回のために用意されたかのようで、ここまで条件にぴったりと当てはまる場所もないだろう。みなでその館へ行ったときに詳しく説明しよう。すでに我々は計画に向けて動きだしているから、もうまもなくのことだよ。マーヴィンには移送の準備は整ったと連絡しておいた。彼は人目を引かないよう夜行臨時列車を手配してくれることになっている。大量の荷車や石材運搬用の荷馬車はもとより、荷造りしたものをすべてパディントン駅まで運ぶ多数の人手と機材も一緒にね。百の目を持つ怪獣アルゴスのように目ざとい記者に気づかれる前に、ロンドンを離れなければならない。

これから荷造りに取りかかるぞ。明日の夜までに終えるのだ。納屋に、エジプトから品々を運んできたときに使った荷造り用の箱を置いてある。砂漠をわたり、ナイルを下ってアレクサンドリアへ、さらにそこからロンドンまでの旅で事足りたのだから大丈夫だ。きっとここからキリオンまでも壊れることなくその役目を果たすだろう。我々男四人とマーガレットの手があれば、まあなんとか安全に梱包できるだろうし、あとは輸送業者が貨車まで運んでくれる。

使用人は今日キリオンへ行くし、グラントさんが必要に応じて手配してくれるだろう。彼女は貯め置きしてある生活必需品も一緒に持っていってくれることになっている。そうしておけば、買い物で地元の住人の注意を引かなくてすむ。それに、生鮮食料品はロンドンから調達を続けられる。屋敷に留まると決めた使用人にマーガレットが賢明で寛大な対応をしてくれたおかげで、我々には頼りにできる者たちがいる。彼らにはすでに固く口止めしてあるから、内部から情報が漏れる心配はしなくていい。実際、使用人はキリオンでの準備がすめばロンドンに戻るため、噂話の種は、どのみち詳しい内容はほとんどないだろう。

そうはいっても、ただちに荷造りに取りかかったほうがいいだろう。後片付けはあとで時間ができたときにやればいい」

それを受けて、僕たちは荷造りを始めた。トレローニー氏の指示の下、使用人の手も借りて、納屋からおびただしい数の梱包用の箱を運び込んだ。その中には頑丈きわまりなく、何枚もの分厚い板のほか、鉄製の帯や棒をねじ釘や留めねじで留めて補強してあるものも、いくつかあった。箱は屋敷中の梱包する品物のそばに置いていった。この作業が終わって、各部屋や廊下に新しい干し草や綿、紙を用意すると、使用人は屋敷を出発した。そのあと、僕たちは荷造りに取りかかった。

荷造りに慣れていない者はみな、自分たちがしている仕事がどれほど大変なことなのかまったくわかっていなかった。僕個人としては、トレローニー氏の屋敷にはエジプトの品々が数多くあると漠然と考えていたが、次々に取り組むことになって初めて、その重要性や、そのうちのいくつかの大きさ、そして果てしがないほどの数に気づいた。夜遅くまでみな働いた。たった一つの品物に総勢で力を振り絞ることもあれば、それぞれ別個に作業に当たることもあったが、常にトレローニー氏の指揮に従って動いた。氏はマーガレットに手を借りて、品々の記録をつけていた。

疲れきって、遅れに遅れた夕食を摂るため、椅子に座ったときになって、作業の大部分が終わっていることがわかった。だが、封をした箱はまだ数えるほどしかなく、やることはたくさん残っていた。見事な石棺を一つずつおさめた箱をいくつか片づけた。こまごました品物が入った箱は中身を分類し、包んでから蓋を閉じた。

その夜は夢も見ることなく丸太のように眠った。翌朝みなと話していて、誰もが同じように眠ったのを知った。

その夜、夕食の時間までには、すべての梱包作業が終わっていて、運び出せるようになっていた。運送業者が来るのは夜中の予定で、約束の時間の少し前に荷車が近づいてくるごろごろという音が響いてきた。まもなく作業員の集団が現れた。彼らは数にものをいわせて、僕たちが準備した荷物を楽々と運び出していった。一時間あまりで作業は終わり、荷車が地響きをさせながら遠ざかっていったとき、僕たちも荷物を追ってパディントン駅に向かう準備ができていた。シルヴィオも当然連れていった。

出発前に、僕たちは全員ですっかり寂しくなった屋敷の中を見て回った。使用人も一人残らずコーンウォールへ行ってしまったため、あたりは散らかり放題だ。梱包作業をした部屋も廊下はもとより階段にも紙や綿が散乱し、泥のついた靴跡だらけだった。

最後に、トレローニー氏は大金庫から七つ星のついたルビーを取り出した。彼がしっかりと巾着型の財布にしまい込んだとき、青白い疲れた顔で父親の横に立っていたマーガレットが、宝石を目にして刺激されたのか、突然に顔を輝かせた。彼女は満足そうに父親に微笑みかけた。

「お父様は正しいわ。今夜はこれ以上に大変なことはもうないでしょう。どんな理由であれ、女王がお父様の計画を妨害することはないと思うもの。私、命を懸けたってやるつもりよ！」

「私たちが魔術師の谷にある墓から出たとき、彼女が――あるいはなにかが――砂漠で我々一行を襲ったんだがね！」そばにいたコーベックがむっつりと言った。

マーガレットは即座に答えた。「ええ！　そのとき彼女は自分のお墓の近くにいて、何千年も遺体を動かされていなかったからだわ。今は事情が違うとわかるはずよ」

「女王にどうやってそれがわかるのかね？」コーベックが鋭く尋ねる。

「お父様が話していた霊体というものを持っているなら、彼女にはわかって当然だもの！　外を、星々やここより先の世界にさえ自由に移動できる、目に見えない存在で知性があるのに、できないはずがないわ！」彼女は言葉を切り、そのあと父親が重々しく言った。

「その仮定は、我々が先へ進むという考えの上に立っているものだ。我々は信念を強く持って実験をやらなければならない――最後まで！」

マーガレットは父親の手をとったまま歩きだし、僕たちはその後に続いて屋敷を出た。トレローニー氏が玄関ドアに鍵をかけているときも、パディントン駅まで馬車で行こうと門まで歩いていったときも、まだ彼女は手をつないでいた。

すべての荷物が駅に運び込まれると、作業員たちは一団になって列車に向かった。重い石棺の入った箱を運ぶために石材運搬用の荷馬車も持ち込んでいた。普通の荷車と何頭もの馬は、キリオンの最寄り駅ウエスタートンで手配していた。トレローニー氏は自分たち一行のために寝台車を用意してあった。列車が動きだすとすぐに、僕たちはみな各々に割り当てられた個室へ引き上げた。

その夜はぐっすり眠った。これ以上はないというほど安全だという確信のもとにあった。マーガレットの「今夜はもう大変なことはないでしょう」という明確な発言が、安心感を運んできたようだ。僕はあのとき根拠を尋ねなかった。いや、ほかの誰も訊かなかった。なぜ彼女が確信していたのか考えはじめたのは、あとになってからだ。列車は鈍行で、かなりの区間で何度も停止した。トレローニー氏はウエスタートンには日が落ちてからの到着を希望していたので、急ぐ必要はなかったし、途中で作業員に食事させるよう手配もしてあった。僕たちの食事は専用車に持ってきていた。

その午後はずっと、僕たちの頭の中では現実的なものとなってきた、大いなる実験について話し合った。トレローニー氏は時間が経てば経つほど、熱心さが増していて、期待は確信に変わっているようだった。ウィンチェスター医師はいくらか彼の熱気が感染《うつ》っているようで、科学的な事実を持ち出して、相手の議論に切り込むこともあった。一方、コーベック氏は、どことなく対立しているように思えた。ほかの者の意見が進展していても、彼の意見は動かないということかもしれないが、その様子は、彼が否定していないにしても、後ろ向きの印象を受けた。

マーガレットはといえば、彼女はどこかぼんやりしているようだった。新しい感情の局面を迎えているのか、実験についてこれまでより深刻に受け止めているのか。彼女はだいたいずっと上の空で、物思いにふけっているかのようだったが、はっと我に返ることもあった。それはたいてい、列車が駅で止まったり、高架橋をわたるときの轟音が周囲の丘や崖にこだましたりといった、なにか特に注意を引かれることがあったときだった。そんなとき、マーガレットは急に会話に言葉を差し挟んで、自分も参加していることを示し、どんな考えに心を奪われていたのであれ、自分の周囲で起きていたことに完全に意識を向けた。僕の目には彼女の態度は奇妙に見えた。どこか距離を置き、用心深い反面、傲慢さが目につく彼女は初めてだった。そうかと思うと、情熱的な表情や態度を見せることもあり、僕はめまいがしそうなほど喜びを覚える瞬間もあった。だが、旅のあいだにうかがい知ることのできた顕著な特徴はわずかなものだった。

不安を誘う出来事があったとき、僕たちはみな眠っていて気づかなかった。朝になって初めて、おしゃべり好きの警備員からその話を聞いた。ドーリッシュとテーンマスのあいだを走行していたとき、何者かが線路の先でカンテラを振って警告し、列車を止めたと言うのだ。運転士が止めた列車のすぐ先では小さな地滑りが起こっていて、急斜面から崩れ落ちた赤土が堆積していた。ただ、土砂は鉄路にまでは達していなかったので、運転士は遅れが生じたことにぶつくさ言いながら運転を再開させた。本人の言葉を引用するなら、警備員は「この路線にゃ危険が多すぎる！」と思ったそうだ。

僕たちがウエスタートンに到着したのは午後九時頃だった。荷馬車と馬が待機していて、ただちに貨車から荷下ろしが始まった。手際よく作業が進んだので、僕たちは一行は立ち会う必要がなかった。待っていた四輪馬車に乗ると、夜の暗闇の中をキリオンへと急いだ。

明るい月光の下に現れたその館に僕たちは息をのんだ。ジェームズ一世時代らしい堂々たる灰色の石造りの館で、広大でゆったりとしていて、海面からそそり立つ高い崖の縁に建っていた。岩を切り通して造られた道路のカーブを曲がると、館が建つ高台に出る。遥か下方から波が岩に当たって砕ける音が聞こえ、湿り気のある爽やかな海風が感じられた。すぐさま、海の上に突き出た岩棚がどれほど外界から遮断されているかを悟った。

館の中へ入ると、すべて準備が整っていた。グラント夫人と使用人たちはよく働き、どこもかしこも掃除が行き届いて清潔だった。主だった部屋をざっと見て回ってから、それぞれの部屋に分かれて、手や顔を洗い、二十四時間以上にも及ぶ長旅のあととなる着替えをした。

南側にある、壁面が海の上に張り出しているすばらしいダイニングルームで夕食を摂った。潮騒はくぐもってはいるが、やむことなく聞こえてくる。小さな岬が海に突き出ているため、館の北側は開けていた。真北は、僕たちの背後にそびえ立って外の世界から切り離している巨大な岩がないので、まったく遮られていなかった。遠くにある入り江の向こうに城の揺らめく明かりが、海岸沿いのあちらこちらに漁師の家の窓のかすかな明かりが見て取れた。残りの海は一面ダークブルーで、ときおり波のうねりに星明かりが反射するだけだった。

夕食後、僕たちはトレローニー氏が自分の寝室と続き部屋になっている、書斎としてとっておいた部屋に席を移した。部屋に入って真っ先に目についたのは、大金庫だった。ロンドンの彼の部屋にあったものといくぶん似ている。みな部屋に入ると、トレローニー氏はテーブルのそばへ行って巾着型の財布を取り出し、テーブルに置いたが、片手でその財布を押してみた。顔色が妙に青ざめ、震える指で財布を開けながら言った。

「嵩が前と違っているようだ。なんでもなければいいんだが！」

僕たち残りの男三人は彼のそばに集まった。マーガレットだけが落ち着いていた。姿勢よく立ったまま無言で、彫像のように身じろぎ一つしない。周囲でなにが起こっているのかわかっていないか、気にとめていないかのような、心ここにあらずといった表情をしていた。

トレローニー氏は絶望的なしぐさで七つ星の宝石を入れておいた財布の口をさっと開けた。そばの椅子に座り込みながら、彼はかすれた声で言った。

「なんということだ、なくなっている！　あれがなければ、大いなる実験など行いようがない！」

彼の言葉に、物思いにふけっていた感じのマーガレットは我に返ったようだった。苦悩の色がさっと顔に浮かんだが、ほんの一瞬後には穏やかな表情になっていた。微笑していると言ってもいい様子で、口を開いた。

「ご自分の部屋に置いてきたんじゃないかしら、お父様。たぶん着替えているときに財布から落ちてしまったのよ」誰もが一言も発せずに、書斎と寝室とのあいだの開いたままになっていた戸口を抜けて、隣の部屋に駆け込んだ。そして、恐怖に打たれたようにいっせいに動きを止めた。

そこにあった！　テーブルに載っている七つ星の宝石は、星のひとつひとつが血を通わせてきらめいているかのように、毒々しい赤みをおびて光り輝いていた！

みなためらいがちにうしろを振り返ったあと、互いに顔を見合わせた。マーガレットは今は僕たちと同じような反応を示していた。超然とした態度は消え去っていた。自分の世界に入って他人を締め出していたような気配もすっかり陰を潜めている。彼女は指の関節が白くなるほど両手を固く握り締めていた。

トレローニー氏は無言で宝石を取り上げ、それを持って足早に書斎へ戻った。手首につけていた鍵で金庫の扉をできるかぎり静かに開けると、中に宝石を置いた。重い扉を閉めて鍵をかけたとたん、彼はさっきより呼吸が楽になったようだった。

どういうわけか、この出来事は――いろいろな意味で動揺させられはしたが――僕たちを以前の自分たちに戻したような気がした。ロンドンを出発して以来、みな無理を重ねていたから、これはある種の救いだった。風変わりな企てに新たな一歩を踏み出した反動だった。以前に戻ったという変化が誰よりも際立っていたのはマーガレットだった。彼女一人が女性だからかもしれない。いちばん若いせいかもしれない。二つの理由が相まって作用した結果ということもありうる。いずれにしても、変化は起こり、僕は長旅のあいだよりずっと晴れやかな気分だった。マーガレットの快活さ、優しさ、深い愛情のすべてがあらためて前面に出て輝いているように思えた。ときおり娘に目をやるたびに、トレローニー氏の表情は明るくなるように見えた。

荷馬車が到着するのを待っていたあいだ、トレローニー氏は僕たちを連れて館の中を歩き、移送した品物をどこに置くか指で示しては説明した。ある一点については、僕たちに言わなかった。大いなる実験に関連する品々の置き場所は示さなかったのだ。それらが入った箱はひとまず玄関ホールに置くことになっていた。

館内を一通り見て終わった頃には、荷馬車が続々と到着しはじめ、前夜の騒々しさと慌ただしい動きの再現となった。トレローニー氏はホールの鉄で補強された巨大なドアのそばに立ち、それぞれの荷箱をどこへ置けばよいか指示を出していた。箱詰めされていたおびただしい数の品々は、内側のホールで取り出されることになっていた。

信じられないほど早く、頼んでおいた荷箱すべてが届けられ、作業員たちは班長を通して渡された心付けに大喜びしながら帰っていった。僕たちはそれぞれの部屋に引き揚げた。お互いについて不思議な確信があった。誰も残りの夜は静かに過ぎるものだとして疑問を持っていなかったと思う。

その確信は裏切られなかった。朝になって再び顔を合わせたとき、全員がなんの問題もなくぐっすり眠ったということだった。

その日のうちに、大いなる実験に必要なもの以外はすべて、前もって考えられていた場所に置かれた。使用人たちは一人残らずグラント夫人とともに翌朝ロンドンへ帰る手はずが整っていた。グラント夫人たちが出ていったあと、トレローニー氏は戸締まりができていることを確かめてから、僕たちを書斎に案内した。

「さて」それぞれ席に着くと、トレローニー氏は口を切った。「ある秘密を打ち明けるつもりだが、わしには破れない古い決まり事に従って、他言しないと固く約束してくれるか一人ずつに訊かなければならない。三百年以上にわたって、そうした約束は秘密を伝えられる者に例外なく要求されてきたし、命や安全よりも約束の遵守が優先されたことも一度ならずある。こうしている今でさえ、わしは伝統の精神とはいわないまでも、厳密な意味では誓いを破っている――秘密は近親者にのみ伝えるべきだとされているからな」

僕たちはみな、口外しないと約束した。そのあと、トレローニー氏は話を先へ進めた。

「この館には秘密の場所があるのだ。もともとは自然の洞窟だったが、それに手を加えたものが建物の地下に広がっている。いつの時代も法に従って利用されてきたと言うつもりはない。ジェームズ二世の時代に行われた血の巡回裁判のときは、かなりの数のコーンウォール人がそこに避難していたし、その後は、いや、それ以前もだろうが、禁制品を保管するのに格好の場所として使われていた。コーンウォール人と言えば、いつの時代も密輸業者の代名詞のようなものだ。親類縁者をはじめ、友人や隣人も商売をためらったりはしない。そういった理由で、安全な隠し場所は貴重な財産だとみなされてきた。それで、一族の長は古くから秘密の厳守を要求し、わしは面目にかけてそれを守らなければならないのだ。なにもかも順調なら、マーガレット、もちろんあとでおまえには言うつもりだし、ロス、わしが設ける条件の下で君にも伝えるつもりだ」

トレローニー氏は立ち上がり、部屋を出る彼にみなついていった。玄関ホールに僕たちを残して、しばらく一人でどこかへ行っていたが、やがて戻ってくると一緒に来るよう手招きをした。

内側のホールに突き出ていた一角がそっくり移動して、大きな薄暗い空間がぽっかりと口を開き、荒削りの岩の階段が延びているのが見えた。真っ暗というわけではなく、なんらかの方法で自然に光が入ってきていたので、躊躇することなく、階段を下りていくトレローニー氏に従った。四十段か五十段ほど下って、曲がりくねった通路を歩いていくと、奥のほうは闇に沈んで見えないほど大きな洞窟に出た。奇妙な形のふぞろいな数箇所の裂け目から入る光で、広々としたその場所は薄明るかった。岩にはたやすく窓を偽装できそうな断層があった。それぞれの窓のそばには鎧戸がついていて、垂らされたロープによって簡単に開け閉めできるようになっている。絶え間なく打ち付ける波音が下の方から小さく聞こえていた。トレローニー氏はすぐに話しだした。

「ここがわしの知るかぎり、大いなる実験を行うのにもっともふさわしいとして選んだ場所だ。どの観点からいっても、成功に導くには不可欠だとわしが信じるに至った条件を満たしている。我々のいるここは、女王テラがいた魔術師の谷にある岩窟墓と同じくらい隔絶されている、同じ岩の洞窟だ。よくも悪くも我々はここで機会を待ち、結果を受け入れるしかないのだ。成功したなら、近代科学の世界に、思考や実験、実務のありとあらゆる状態を一変させるような、古代からの光の洪水をもたらすことができるはずだ。失敗すれば、我々が得ようとしている知識さえも我々とともに消え失せるだろう。それにも、いや、ほかの起こりうることにも、準備万端だ！」

トレローニー氏は言葉を切った。誰も言葉を発しなかったが、賛同のしるしに重々しくうなずいた。彼は言葉を続けたが、どこかためらいがちだった。

「まだ遅くはない！　疑問や懸念があるなら、どうか今のうちに申し出てくれ！　それが誰であろうと、引き止めたりはしない。残った者だけで先へ進めばよいのだからな！」

トレローニー氏はまた話すのをやめて、一人ずつ順番にじっと目を注いでいった。僕たちは互いに顔を見たが、怖じ気づいた者はいなかった。僕としては、先へ進むことになにか疑念があったとしても、マーガレットの表情に安心を覚えただろう。その表情は恐れを知らず、熱意にあふれ、あくまで落ち着き払っていた。

トレローニー氏は深呼吸をして、先ほどより明るく、決然とした口調で言った。

「みな意見が一致しているなら、できるだけ早く一連の必要な事柄を進めたほうがよいだろう。言っておくと、この洞窟は、館のほかの場所と同じように、電気で明かりを点すことができる。秘密が知られるとまずいので外から電線は引いていないが、ホールに接続すれば電気回路が出来上がるケーブルがある！」

トレローニー氏は話しながら、階段をのぼりはじめた。入口の脇からケーブルの端をつかむと、引っ張って壁の配電盤につないだ。スイッチを入れたとたん、洞窟全体と下の階段に光があふれた。廊下にまで届くたっぷりとした明かりで、階段脇の穴が洞窟に直接通じているのが見て取れた。上部には、工学者ジョン・スミートン（一七二四—九二）の揚力方程式を用いて複数の滑車を組み合わせた、大型の装置が設置されている。僕の視線に気づいたトレローニー氏は、僕の考えを正確に読んで言った。

「そうとも！　新しいものだ。考えがあって自分でそこにかけたのだよ。大変な重量のあるものを下ろさなければならないとわかっていたが、あまり多くの者に秘密を打ち明けるつもりはなかった。そこで、必要なら自分一人でも作業できるよう滑車を配置したのだ」

僕たちはすぐさま作業に取りかかった。日暮れまでに、僕たちが運んできた巨大な石棺をはじめとするあらゆる美術品やその他の品々は洞窟に下ろされ、フックを外され、どれもトレローニー氏が指示したとおりの場所に置かれた。

そうしたすばらしい過去の遺物を、その掘削も用途も、最新の装置も、電灯もが古い世界と新しい世界の両方を象徴する、大いなる洞窟におさめていくのは、一種異様で奇妙なおこないだった。だが、時間の経つほどに、僕はトレローニー氏の選択がどれほど賢明で正しかったかという認識を強めていった。シルヴィオは女主人の腕に抱かれて洞窟に連れてこられ、僕が脱いだ上着の上で眠っていたが、猫のミイラが箱から取り出されたとたん、先日と同じように猛然とそれに飛びかかったので、僕はひどく心をかき乱された。この出来事でマーガレットは新たな一面を見せ、僕の胸は刺されるように痛んだ。洞窟の端で石棺にもたれてじっとたたずんでいた彼女は、このところよく見られるようになった放心状態に陥っていたが、あたりのざわめきを耳にし、シルヴィオが激しく攻撃しているのを目にすると、激情に駆られたようだった。目をらんらんと光らせ、口をきっと引き結んだマーガレットを見たのは初めてだった。攻撃をやめさせようとするかのようにさっとシルヴィオに向かう。僕も足を踏み出していたが、僕と視線がぶつかった瞬間、彼女は奇妙に身体を震わせて足を止めた。その勢いに僕は息をのんだ。目をこすってもう一度見やると、マーガレットは一瞬のうちに穏やかな状態を取り戻しており、顔には驚きの表情を浮かべていた。いつもの優雅で優しい態度でさっと歩み寄ると、以前とまったく同じようにシルヴィオを抱き上げ、腕に抱いて、いたずらをした幼い子供ででもあるかのように撫でて話しかけた。

その様子を見ながら、僕は異様な不安に襲われていた。僕の知っていたマーガレットは変わってきているようだった。そして僕は胸の奥深くで、心をかき乱す原因がすぐにもなくなるよう祈っていた。これまで以上に途方もない実験が成功に終わる瞬間が待ち遠しくてたまらなかった。

望みどおりにすべての準備が整ったとき、トレローニー氏は僕たち一人ひとりに視線を注いでいき、全員の意識が自分に向くのを待ってから口を開いた。

「ここでの用意は完了した。あとはしかるべき時が始まるのを待つだけだ」

しばらくみな黙ったままだった。沈黙を破ったのはウィンチェスター医師だった。

「しかるべき時というのは？　厳密にではなくとも、だいたいの日付はわかっているのですか？」トレローニー氏がためらうことなく答えた。

「あれこれ考え合わせた結果、七月三十一日だとはじき出した！」

「その根拠を訊いてもいいですか？」

トレローニー氏はゆっくりとした口調で答えた。

「女王テラは神秘主義にかなり影響されていたし、彼女が復活を求めていたという数多くの証拠がある。そうした目的にかなった神が支配する時期を選ぶのも当然だろう。さて、氾濫から第四の月を支配するのはハルマキス神で、これは太陽神ラーに関連する名前であり、日の出の太陽とみなされているため、覚醒または復活を象徴している。この復活は、人間の日常生活における中間世界を指すから、明らかに肉体的なものだ。現在の暦に当てはめると、この月は七月二十五日に始まり、第七の日は七月三十一日ということになる。当然、神秘主義者の女王なら、ほかでもない第七の日か七乗の日を選ぶのではないだろうか。

「きっとこの中には、どうしてこれほど計画的に準備を行ったのか不思議に思っている者もいるだろう。これがその答えだ！　時が来たときには、万全の準備を整えていなくてはならないが、必要もないのに何日も待つというのも無駄だからな」

それで、七月三十一日になるのを待つだけとなった。といってもあと一日のこと、明後日には大いなる実験が行われるのだ。

第十八章　疑惑と恐れ

人はわずかな経験から重要なことを学ぶものだ。長い歴史も無限の時間がたどってきた道筋にすぎない。魂の記録も一瞬の物語の積み重ねにすぎない。記録天使はその大いなる記録簿にありのままを書き込む。天使が持つペンは光と闇以外の色はつけられない。かぎりない知恵の目には、陰影をつける必要はないのだ。すべての物事や考え、感情や経験、あらゆる疑惑と希望と恐れ、すべての意志や願望といった、天使からすれば低い世界にあるさまざまな要素は、いずれも明暗のどちらかに落ち着くものだ。

人とあれば誰もが、アダムの子孫として得た経験のすべてをきちんとまとめた、人生の要約を望むものだろうか。ぼくもまた、これからの四十八時間のうちに考えたことのすべてを、天使にありのままに書いてもらうべきなのか。記録の天使は常に光と闇をもって書き記し、光は天国を、闇は地獄をそのままに表す。天国には〝信頼〟が光り輝き、〝疑惑〟は大きく口を開けた地獄の闇にかかっている。

言うまでもなく、この二日間に陽光の射す時間はある。マーガレットの優しさと僕への愛を実感したとき、太陽に照らされた霧のようにどんな疑念もそっくり残らず消える。だが、残りの時間――それも圧倒されるような時間――は僕の上に暗雲のように垂れ込めている。否応なくやってくるその時は、いやに速く、もうすぐそこまで迫っていて、もうあとはないと僕を追い詰めている！　僕たちの誰かにとって生死の問題になるだろう。だが、みな覚悟はできている。マーガレットも僕もリスクは承知のうえだ。この件の道徳的な、宗教的信念を含む側面は、僕にとって悩みの種ではなかった。問題も、その原因も、僕には理解さえできないからだ。大いなる実験の成功を怪しむなら、豊かな可能性を持つ冒険的な試みは、すべて危ういということにならないか。

人生は知的な闘争の連続だ、と思う僕には、この疑問は抑止よりむしろ刺激になる。だとするなら、考えているあいだに僕が苦しむ原因はなんだろう？

僕はマーガレットを疑いはじめている！

自分が彼女のなにを疑っているのかはわからなかった。愛情でも、貞淑でも、誠実でも、思いやりでも、情熱でもない。それなら、なんだ？

彼女そのものだ！

マーガレットは変わってきている！　この数日間の彼女は、ピクニックで出会い、彼女の父親の病室でともに寝ずの番をしたあの娘とはとても思えない。あの頃は言いようのない心痛と恐怖と不安の中にいてさえ、気持ちや考えをしっかり持ち、知力や洞察力に優れていた。ところが今のマーガレットは、たいていぼんやりとしていて、心が――いや、彼女そのものがそこに存在しないかのようになっているときもある。そんなときでも、目も耳も記憶力も働いているようだ。周囲の状況も起こっていたことも、一つ漏らさず把握し、記憶している。だが、彼女が以前の彼女に戻っても、見知らぬ者が部屋に入ってきたような感覚を、どことなく覚えてしまう。ロンドンを離れるまで、僕はマーガレットがそばにいてくれれば満ち足りていた。互いに愛していると いう心地よい安心感があった。それが今は疑惑に置き換わってしまっている。今の彼女が僕のマーガレット――一目見たときに恋に落ちたもともとの彼女――なのか、理知的で超然としているために目に見えない壁を僕とのあいだに作っている、どうにも理解しがたい新しいマーガレットなのか、判別できたためしがない。ときおり彼女は我に返ることがある。そんなときは、かつてと同様に、甘く耳に心地よい言葉を口にするが、どうにも彼女らしくないのだ。まるでオウムがしゃべっているか、文字も読めるし行動もとれるがなにも考えていない人物が口述しているかのよう。このようなことが一、二度あったあと、僕は自分の疑念を隠すようになった。いつものようには思ったことを気軽に話せなくなったからだ。それで、時間が経てば経つほど、僕たちの気持ちは通い合わなくなった。かつてのマーガレットがあの魅力とともに戻ってくる奇妙な瞬間がときおりなければ、なにがどうなっているのか、ぼくにはわからない。でも、そういった瞬間があればこそ、ぼくは気持ちを新たにして、変わることのない愛を持ち続けているのだ。

誰かに話したいと思うが、これればかりは無理だ。彼女への疑念は誰にも、父親にさえ打ち明けることはできない！　マーガレットにだって、彼女自身のことなのだから話せるわけがない！　僕にできるのは、じっと胸に秘め——願うことだけだ。そして耐えることが二つあれば、痛みは軽減される。

マーガレットはときおり僕とのあいだに、なにか不透明なものがあると感じていたにちがいない。初日の終わりのほうでいささか僕を避けはじめた。あるいは、いつにも増して遠慮しがちになったのかもしれない。これまで、彼女は機会があれば僕のそばにいようしていたのに——ちょうど僕が彼女のそばにいようとしたのと同じように——それが今ではことあるごとにお互いに距離を置いていて、どちらも新たな痛みを覚えていた。

この日、館はとても静かだった。誰もが自分のことをしたり、考えにふけったりしていた。顔を合わせたのは食事時だけで、そのときは会話を交わしたが、多かれ少なかれ、みな心ここにあらずといった感じだった。館内には、使用人がお決まりの仕事をする物音さえしない。トレローニー氏は前もって僕たち男三人にそれぞれ一部屋ずつ準備させ、使用人が必要ない状態にしてあった。ダイニングルームには、数日分の調理済みの食料がどっさりと用意されている。夕刻、僕は一人で散歩に出かけた。マーガレットを誘おうと思ってさがしたのだが、見つけたときの彼女はまた何事にも関心を示さないような状態だったので、彼女がそばにいてくれなくてもかまわないように感じた。僕は自分に腹を立てながら、不満な気持ちをなだめられないまま、岩だらけの岬へ歩いていった。

断崖の上に立つと、すばらしい海が目の前に広がっていた。聞こえるのは下の方で岩に打ち付ける波音と、頭上を飛んでいくカモメの甲高い鳴き声だけで、僕は考えをおもむくままにめぐらせた。だが、なにをしようと、思考は一つ、僕の心にのしかかっている疑問を解決することに舞い戻りつづけた。一人きりで自然界の力と厳しさが広がるまっただ中に身を置いていると、頭が本当に働きはじめた。無意識に、答えられない疑問を自分に問いかけていた。執拗に続けた結果それは功を奏し、気づくと自分の疑念と向き合っていた。これまでの習性がそうしろと声高に主張し、僕は目の前にある証拠を分析しだした。

それがあまりに衝撃的なので、僕は論理的になるよう必死で自分を抑えた。まずは、マーガレットが変わってしまった点から始めた。どういう理由で、どんなふうに変わったのか。彼女の性格なのか、気持ちか、本質なのか。外見的には変化は見られないが。僕は彼女について知り得たことを、誕生のときから遡って分類していった。

最初から普通ではなかった。コーベックによれば、父親と彼がアスワンの墓の中で人事不省におちいっているあいだに、マーガレットは生まれ、母親は死んだという。どうやらその記憶が飛んだ状態は、ある女性——意志と知性を支配する霊体として今も生きていると、僕が経験を根拠に信じている女性のミイラ——によって引き起こされたものらしい。その霊体には、空間は関係ない。遠く離れたロンドンとアスワンも距離などないも同然となり、女魔術師は黒魔術の力を死んだ母親に、おそらくは死んだ子供にも振るったのかもしれない。

死んだ子供！　ひとたび死んだ者を生き返らせることなどできるのだろうか？　できたのだとしたら、息吹を与える霊は——魂はどこから来たのか？　今や論理は復讐への道を指し示していた！

エジプトの宗教がエジプト人にとって嘘偽らざるものなら、死んだ女王の〝カー〟と〝クウ〟は彼女が選んだものに生気を吹き込むことができる。そうした場合、マーガレットは一人の独立した人物ではなく、女王テラの別の相にすぎないということになるだろう。霊体は彼女の意思に従っているのだ！

論理などどうでもいい。そんな結論に僕は心の底から憤慨した。そもそもマーガレットが存在しなかったなどどうして信じられようか。だが、四千年も前に自身の終焉を迎えた女性の生ける霊によって生気が吹き込まれている場面が……！　新たな疑念にもかかわらず、ここへ来て物事がどういうわけか明るく見えるようになった。

少なくとも、僕にはマーガレットがいるのだ！

もう一度論理的に考えることにした。それでは、子供が死んではいなかったら？　そうなら、女魔術師は本当にマーガレットの出生と関係があったのだろうか。これもコーベックから聞いたことだが、明らかにマーガレットと女王テラの肖像画には奇妙な類似点があったという。この説明はどうつく？　母親の心にあったものが痣になるとはかぎらない。なにしろ、トレローニー夫人は女王の肖像画を見たことはないのだから。そうとも、父親でさえ、娘が生まれるほんの数日前に墓の内部へ入って初めて目にしたのだ。この局面はさっきのようにそうやすやすとは乗り越えられなかった。僕の全身の細胞は静かなままだった。疑惑の恐怖は残ったままだった。たとえそうでも、人の心というのは奇妙なもので、疑惑それ自体が明確なイメージをとった。茫漠として突き抜けることのできない薄闇。その向こうに、ついてはすぐに消える小さな光の点が、またたき揺らめいている。

マーガレットとミイラの女王との関係で残っている可能性は、なんらかの超自然的な方法で女魔術師にはマーガレットと入れ替わる力があった、というものだ。この見方はそうあっさりと放り出すことはできなかった。そうだと示す疑わしい出来事があまりにも多く、今や僕の関心はそこに集中し、知性はありうることだと認めている。そのとき、僕の心にこの数日、僕たちの周囲で次々と起こった奇妙で不可解な事柄が浮かびはじめた。最初、それらはひとかたまりの混沌とした状態だったが、仕事で身についた物の考え方をまた用いて整理できた。気がつくと、取り組むべきことがあったせいか――それはマーガレットに敵対しそうな残念なものではあったが――ずいぶん楽に自分を制御していた。だが、マーガレットは危機に瀕しているのだ！　僕は彼女のために闘うことを考えていた。だが、手探りでやれば、彼女を傷つけてしまうかもしれない。守るための最上の武器は真実だった。僕は真実を知り、理解しなければならない。そうして初めて動くことができる。確かに、正しい事実の理解と認識がなければ、有益に動けない。そこで、事実を次のように順に並べてみた。

一。女王テラと、遠く離れた異国の地で、彼女がどんな姿だったかその片鱗さえ知っていたはずもない母親から生まれた、マーガレットとの奇妙な類似点。

二。ファン・ホインの探検記が、僕が星のルビーについて書かれているところを読もうとしていたときに行方不明になったこと。

三。女主人用の客間でランプが見つかったこと。霊体となったテラならコーベックが泊まっていた部屋のドアの鍵を開けることができただろうし、ランプを持ち出したあとで鍵をかけることもできただろう。同じ方法で、窓を開けて女主人用の客間にランプを隠すこともできた。マーガレット自身がその手を動かす必要性はなかった。だが――不可解きわまりないことではある。

四。ここで刑事と医師の疑問が新たに戻ってきて、今度は深く理解できた。

五。マーガレットは、霊体となった女王の意図について確信か知識があったかのように、もう妨害はないと予言したことがあった。

六。父親がなくしたルビーがマーガレットの示唆で見つかったこと。女王自身の力が働いていたのではないかという疑惑の目でこの出来事を見つめ直してみると、導き出される答えは――常に女王の霊力に関する理論は正しいと仮定すると――ロンドンからキリオンまでの移動ですべてがつつがなく運ぶよう願ってやまなかった女王テラが、その旅を超自然的に保護するなんらかの方法を見いだして、トレローニー氏の財布から彼女ならではのやり方で宝石を取り出したと考えざるをえない。そのあと、なにか神秘的な手段で、マーガレットを通して、宝石が紛失した経緯とそのありかをそれとなく伝えたのだ。

七。最後に、昨今のマーガレットが指し示しているように思える奇妙な二重の存在。しかも、それはどこかすべて以前に失われてしまった結果か帰結のように思える。

二重の存在！　これこそ、すべての問題を解決し、相反する性格も説明できる答えだ。本当にマーガレットがあらゆる点で自由に行動できる状態ではなく、操られて話したり行動したりしているのだとしたら？　あるいは、彼女の存在がそっくりそのまま、別人と入れ替わっているのだとしたら、本人に気づかれるおそれがなければ、それは可能だろう。すべては彼女をそのように操る人格が、どんな精神の持ち主かにかかっているだろう。その人格が公正で親切で清廉なら、いっさい問題はなかったかもしれない。だが、そうでない場合は……！　考えるだに恐ろしいことだった。身の毛もよだつ可能性を秘めた想像が次から次へと浮かんで、僕は空しい憤怒に歯ぎしりをした。

今朝まで、マーガレットの新しい人格への変化はわずかで、ほとんど気づかないくらいだった。ほんの一、二度、僕への態度が少し引っかかる程度だった。だが、今日は対照的に、変化は顕著になっていた。この人格は険《けん》があり、あまりよくないたちのようだ！　そう考えたからこそ、不安なのだ。ファン・ホインが墓を壊して中に入って以降のミイラにまつわる話で、僕たちが知っている、女王の意思が介在したと思われる死の記録は、ぞっとするようなものだ。ミイラから手を盗んだベドウィン、そのベドウィンの遺体から手を奪った人物。ベドウィンの族長はファン・ホインから宝石を盗もうとし、死んだときその首には七本の指の跡が残っていた。トレローニー氏が墓から石棺を運び出した最初の夜に二人の男が死体で見つかり、三人は墓に戻っていた。秘密のセルダブを開けたアラブ人。九人の死者のうち、一人は明らかに女王の手に殺されている！

こののち、彼女はトレローニー氏の自室で、使い魔の力を借りて金庫を開け、護符の宝石を取り出そうとして、凶悪な攻撃をトレローニー氏に数度にわたって加えている。鋼鉄製のブレスレットで手首に鍵をつけるという彼の工夫は結果的には功をなしたが、危うく生命と引き替えになるところだった。

女王が、いわば〝血の海を越えて〟でも、彼女自身の条件のもとで復活を目論んでいるとするなら、目的を阻まれた場合、どんな行動に出るだろう？　いや、彼女の望みはなんだろう？　究極の目的は？　これまでのところ、高邁な魂の熱意あふれるマーガレットの説明しかない。その言葉には愛をさがすとか見つけるといった表現は含まれていなかった。

確かなことは、女王が自分の復活の目標を設定し、その中で彼女が明らかに北方に愛着を抱いていて、その方角が特別な役割を担っているということだけだ。だが、その復活が果たされるのが魔術師の谷の孤立した墓であることは明らかだった。いっさいの準備が、再生の達成のために内部から入念に整えられていた。石棺は蓋が閉じられていなかった。油壺は密閉されていたものの、手で容易に開けられた。そしてその中には、長い年月のあいだに減ることを見越した量の油が入っていた。火をつけるための火打ち石と打ち金さえ用意されていた。竪坑は慣例に反して空間を空けたままにされていた。そのうえ、断崖の岩戸のそばには、女王が安全に地上に降り立てるよう朽ちることのない鎖が設置されていた。だが、そのあと彼女がどうするつもりなのかについては、まったく手がかりがない。謙虚な一個人としてもう一度人生を始めるということであるなら、その目的には、僕の胸を熱くして、彼女が成功するよう願いさえする気高いものがある。

まさしくその考えは、女王テラの目的に対するマーガレットの心を打つ言葉を支持するように思え、僕の煩悶する心をいくぶんなだめてくれた。

そう強く感じるやいなや、恐ろしい可能性についてマーガレットと彼女の父親に警告しようと心に決めると同時に、僕には手の出しようのない物事が進展するのを、わからないなりに待とうと決意した。

僕はそれまでとは異なる思いで館に戻り、マーガレットが——以前のマーガレットが待ってくれているのを見て胸を躍らせた。

夕食後、父子と三人きりになったとき、僕はおずおずと切り出した。

「女王が僕たちの行動を望まないかもしれない場合にも対処できるよう、実験の前に——いいえ、実験中も、実験が成功して彼女が目覚めたあとについても——できうるかぎりの予防策を講じておいたほうがよくないでしょうか」

マーガレットがさっと応じた。あまりに素早い反応だったので、彼女は前もって考えたことがあったにちがいないと思った。

「でも、彼女は賛成しているわ！　そうではないはずがないもの。父は持てる知識とエネルギーとすばらしい勇気でもって、偉大な女王が手配しておいたことを、忠実に引き継いでいるのよ！」

「そうはいっても」と僕。「忠実というのはとても無理だよ。女王が準備したのは、さまざまな意味で社会から切り離された不毛の地の、地上から高い位置にある岩窟墓の中でじゃないか。彼女は事故を防ぐ手段をとるためにこの孤立性を当てにしていたように思うんだ。なにしろ、ここは別の国、別の時代で、状況もかなり違っていて、彼女は不安から間違いを犯すかもしれないし、君を――僕たちを――過去の時代の人々にしたように扱うかもしれない。わかっているだけでも九人が、彼女自身の手か、彼女の示唆によって、命を奪われている。その気になれば、彼女は無慈悲になれるんだよ」

あとになってこの会話を思い返していたときまで、女王テラが生きて意識のある状態だということを、事実としてすっかり受け入れていたのに自分でも気づいていなかった。話す前は、トレローニー氏を怒らせるかもしれないと心配していたが、うれしい驚きだったのは、彼が温かい微笑を浮かべて答えたことだった。

「ロス、君の意見はある点では極めて正しい。女王に孤立の意図があったのは疑う余地もない。それに、結局のところ、実験は彼女が用意しておいたように行うのが最善だろう。だが、オランダの探検家が墓に押し入ったときにそれは不可能になったことを考えてくれ。わしのしたことではない。その件はわしの関知するところでないが、それがあったからこそ、わしは墓所の再発見に乗り出した。いや、ファン・ホインと同じことをしなかったとは、決して言わない。わしは好奇心から墓に入って、収集家を動かす貪欲な熱情に火をつけることになったものを持ち出した。だが、このときは女王が復活を目論んでいたなどつゆ知らなかったと覚えておいてほしい。完璧に準備を整えていたなど想像もしていなかったのだ。そうしたことがわかったのはずっとあとになってからだ。だがそれがわかって、わしは彼女の望みが完全にかなえられるように、できることにはすべて手を打った。ただ、彼女の謎めいた指示を正しく解釈していないのではないか、なにかを忘れて見落としているのではないかという不安は残っている。だが、この点は自信がある。なすべきだと考えてやり残したことはないし、女王テラの準備にそぐわないことはなにもしていない。わしは彼女の大いなる実験を成功させたいのだ。そのために労力も時間も金も――自分自身も――惜しみはしなかった。苦難を耐え抜き、危険も顧みなかった。頭を限界まで働かせ、経験や知識といったものを総動員し、全力を尽くして、この目的の達成に打ち込んできた――大いなる賭に勝つか負けるかするまで」

「大いなる賭?」僕は問い返した。「一人の女性を、つまり女性の命を復活させるということですか？　魔術的な力や、科学的知識や、未知のエネルギーの活用によって、復活は成し遂げられると証明するというのですか？」

トレローニー氏は、これまでは伝えるというより暗示していた本心からの希望をずばり口にした。何度かコーベック氏から彼の若い頃の激しい情熱について聞いたことがあった。だが、マーガレットが女王テラの望みについて発言したときの堂々とした言葉は別として――その言葉がトレローニー氏の娘から発せられたことで、彼女の力はある意味、遺伝によるものだと信じるに至った――これといった兆候は見られなかった。だが、今の彼の言葉はあらゆる対立する考えを急流のように押し流して、僕に新しい考えを与えた。

「〝女性の命〟とは！　我々が望む基準での女性の命とはなにか！　すでに我々は一人の女性の命を危険にさらしているではないか。わしにとって世界中でなにより愛しく、時間が経つほどにその愛しさが募っていく女性の人生を。我々は四人の男の命も危険にさらしている。君のも、わしのも、我々の信頼を勝ち取ったあの二人のも。〝復活は成し遂げられると証明する〟とは！　それは大変なことだ。この科学の時代において、知識が生み出す懐疑論においても、驚異的なことだ。だが、生命と復活は、この大いなる実験の達成によって勝ち得られるかもしれない手立てにすぎない。

知られざる過去から我々のもとへ戻ってきた人物が、古代世界で最大だったアレクサンドリア図書館におさめられ、燃え盛る火の中で失われた知識を我々にもたらしたなら、思想界――人類の真の進歩の世界――正真正銘の星へと続く道――ローマの詩人の言葉を借りれば〝かくして人は星に到達す〟ということになるのだろうか――にとってどういうことになるのか、想像してみてくれ。歴史が正しく確定できるだけではなく、科学に関する教えもその初めから正確なものにできる。そのほか、失われた芸術や学問、科学についても知る手がかりが得られるのだ。それによって我々はそうしたものを最終的な形で完全に再現する第一歩を踏み出せるかもしれない。この女性はいわゆる〝大洪水〟が起こる前の世界がどういうものだったたか、その膨大な驚嘆すべき神話の起源はどういったものか、イスラエル十二支族としてのヤコブの十二人の子供たちの、我々には太古と思える時代より前の物語を当時はどう考えていたのかを、教えてくれるかもしれないのだ。

だが、それで終わりではないぞ！　いや、まだ始まりですらない！　この女性の話が我々の考えどおりなら、きっとそうだと信じて疑わないが、彼女の持つ力とその復活が期待通りのものだとわかれば、我々は現代では知られていない知識を得られるかもしれない――今日の人類の子供たちにとって可能だと信じられることを超えて。実際にこの復活が成し遂げられたなら、古い知識を、いにしえの魔術を、古代人の信仰をどうして疑えるだろうか！

彼女が復活すれば、この卓越した学識のある女王の〝カー〟が、星に囲まれた彼女の環境から、死すべき運命を超える秘密を得たのだと、我々は解釈しなければならない。この女性は生前、墓所にあった記録によれば、自ら進んで生きたまま墓へ入り、再び出てきた。深い昏睡状態を越えて別の時代で復活した際、若さと力を存分に発揮して墓から出られるように、彼女は若い頃に肉体の死を選んだ。決意が弱まることなく、意思が最高の状態で残った彼女の知性が消滅することなく――さらに、なにより重要なことに記憶が損なわれていない――彼女の身体が何千年ものあいだ辛抱強く眠っていたという証拠をすでに我々はつかんでいる。おお、そんな存在が我々の世界に入ってくることで、どんな可能性があるだろう！　聖書の教えが固定される前に生きていた存在で、その経験はギリシャの神々が形作られる前のものであり、古いものと新しいもの、地上と天界をつなげることができ、既知の論理的思考と物理的存在の世界へ、未知の――まだ若かった古い世界の、そして我々の知識を超えた世界の――神秘をもたらすことができるのだ！」

トレローニー氏は陶然とした様子で、言葉を切った。マーガレットは、父親が彼女のことを愛しい存在だと話していたときにとっていた手を、ぎゅっと握り締めた。そうしたまま、トレローニー氏はまた口を開いた。だが、彼女の顔に見慣れた例の表情が浮かんだ。二人のあいだを隔てるような、彼女の人格を神秘のベールで覆うような表情が。熱く語っていた父親は気づかなかったが、彼が話を中断すると、マーガレットはたちまちもとの彼女に戻るようだった。そのきらめく瞳は涙で潤んでいっそう輝きを増し、深い愛と称賛の気持ちの表れたしぐさで、彼女は身をかがめて父親の手に口づけをした。そのあと、僕に向かって口を開いた。

「マルコム、あなたは気の毒な女王がもたらした死について——いいえ、厳密に言うと、彼女の準備をだいなしにして、目的を果たせなくした者にもたらされた当然の死について話したわね。あなたの評価は間違っているとは思わないの？　彼女と同じようにしない者なんているかしら。いいこと、彼女は生きるために闘っていたのよ！　いいえ、それ以上だわ！　命のために、愛のために、北方の見知らぬ世界での未来におけるありとあらゆる輝かしい可能性のために！　彼女が、当時身につけた知識のすべて、並外れた力すべてでもって、高邁な向上心を幅広く広げたいと願っていたとは思わないの！　彼女は眠りや死や時間といったものに打ち勝って未知なる世界を征服し、自分の民のために利用することを望んでいた。それが、暗殺者か盗人の非情な手で挫折させられることになったかもしれないのよ。あなたならそんな場合、なんとしてでも人生の目的や望みを達成しようとして闘わない？　可能性は無限の歳月が過ぎる中で膨らみつづける一方だったのに？　うんざりするほど長い年月のあいだ脳の働きは休息していて、彼女の自由な魂は広大な星の世界を軽やかに飛び回っていたとは考えられない？　でも、さまざまな星々の命から、彼女が学ぶものはなかった。星々の命は私たちのため、私たちがランプのもとで想像力の翼を広げているときに、女王とその民たちが光の道を示してくれていたのよ！」

マーガレットは言葉を途切らせた。彼女も感情を揺さぶられたか、頰を涙が伝った。僕は言葉にできないほど感動していた。これはまさしく僕のマーガレットだった。彼女の存在を意識して、僕の胸は高鳴った。うれしさのあまり大胆になって、自分が恐れていたことはありうるはずがないと断言した。彼女の中に二つの人格があるのではないかと僕が想像をたくましくしていたことに、トレローニー氏は感づいたようだった。僕はマーガレットの手をとって口づけをし、トレローニー氏に言った。

「すごいですね、トレローニーさん、お嬢さんがこれほど雄弁に語れるとは。女王テラの魂が乗り移ってしゃべらせているみたいではないですか！」

トレローニー氏の返事は驚き以外のなにものでもなかった。彼も僕と同じような思考経路をたどったことがわかった。

「ああ、まさにそうだな！　この子の中には妻の精神が息づいているのをわしはよく知っている。あの偉大な驚くべき女王の精神が加わったとしても、この子を愛しく思う気持ちは変わらない。それどころか、倍増するよ！　彼女を恐れるな、マルコム・ロス。少なくとも、ほかの人間に対する以上の恐れは持たないでくれ！」マーガレットが会話に加わり、父親の言葉を遮るというより、あとを引き継ぐ感じで口早にしゃべった。

「私のことなら特に心配いらないわ、マルコム。女王テラは知っているし、私たちに危害を加えるつもりはないの。私にはわかるのよ！　どうしようもないほどあなたを深く愛していることと同じくらいはっきりとわかっているの！」

マーガレットの声になんとも言いがたい違和感があって、僕はさっと彼女の目をのぞき込んだ。目はいつもと変わらず輝いていたが、檻に入れられたライオンの目のように、ベールがかかってその奥にある本心は読めなかった。

そのとき、ウィンチェスター医師とコーベック氏が入ってきたので、僕たちは話題を変えた。

第十九章　〝カー〟の教え

その夜はみな早めにベッドに入った。翌日の夜は気を揉むものになるだろうし、トレローニー氏は睡眠をたっぷりとって備えておくべきだと考えていた。日中もやることがたくさんあった。大いなる実験に関連することはすべて点検しておかなければならないからだ。作業の中でいかなる予想外の不具合から、最終的に実験が失敗するようなことになってはたまらない。もちろん、そうした場合に必要となる援助を呼ぶ手配もすませていた。だが、本心から危惧している者は一人もいないように僕は思った。確かに、トレローニー氏が意識を失っていたあいだロンドンで警戒しなければならなかったような、暴力的な脅威に対する不安はまるでなかった。

僕個人は、実験について奇妙な安堵感を覚えていた。女王テラが本当に僕たちが推測したような存在なら――今ではそうだと確信しているが――彼女の側では僕たちを敵視することなどないはずだ、というトレローニー氏の理屈に納得していたからだ。なにしろ、僕たちは彼女自身の望みを最後の最後までかなえようとしているのだ。目下のところ、僕はくつろいでいた――もっと早い時間には可能とも思っていなかったほどゆったりとした気持ちになっていた。だが、頭から消せないほかの悩みの種があった。その中でも最大のものは、マーガレットの尋常ではない状態だった。実際に彼女の中に二人の人格が存在しているなら、それが一つになった場合、どんなことが起こるのだろう。神経がすりきれて不安のあまり悲鳴をあげかけるまで、繰り返しそのことを考えてみた。マーガレット本人が得心していて、彼女の父親も反対していないことを思い出しても、慰めにはならなかった。愛とは結局のところ、わがままなものなのだ。そしてそれは愛の邪魔をするものにはなんであれ暗い影を投げかける。時計の針が時を刻む音が聞こえたような気がした――鬱々とした気分はそのままに、あたりは深い闇から薄闇へ、薄明かりへと変わっていき、やがて白々としたものになった。ついに、憂鬱な気分がほかの感情に邪魔されるおそれもなく最高潮に達したとき、僕は起き上がった。ほかの者は大丈夫か様子を見に廊下をゆっくりを歩いていく。なにか騒ぎがあったときに物音が届きやすいように、僕たちは自分たちの部屋のドアを少し開けたままにすると決めてあった。

誰も彼も眠っていた。それぞれから規則正しい寝息が聞こえ、僕は不安にさいなまれたこの惨めな夜が無事に過ぎたことにほっとした。

自分の部屋に戻り、思わずひざまずいて感謝の祈りを捧げながら、僕は心の奥底でどれほど自分が恐れていたのかを悟った。そのあと家から出る道を見つけて、岩石を切って作られた長い階段で水辺まで下りていった。ひんやりとして澄みきった海で泳ぐと、気が引き締まっていつもの自分を取り戻すことができた。

階段の上まで戻ったとき、背後からまばゆい光を放つ朝日が昇ってきて、入り江の向こうの岩場をきらめく金色に染めた。それでも、僕はどこか気持ちが落ち着かなかった。すべてが明るすぎて、嵐の前の静けさのような感じなのだ。その場にたたずんで朝日を眺めていたとき、やわらかな手が肩に置かれた。振り向くと、マーガレットがかたわらに立っていた。荘厳な朝日と同じように燦然と光を放っている！　しかも、このときは僕のマーガレットだった！　別の人格が入り込んでいない以前のマーガレットで、ともかく、この最後の、そして運命の日の出だしはいいと感じた。

だが！　残念なことに喜びは長続きしなかった。断崖の周辺を散歩して館に戻ると、昨日と同じ一連の状態が繰り返されることになった。つまり、マーガレットは塞ぎ込んで不安そうにしているかと思えば、希望にあふれ、元気のいいところを見せ、だが、またすっかり沈み込んでいるかと思うと、周囲にいっさいの関心を示さず超然としている。

しかし、その日は忙しいものになるはずだったので、みなそれに備えて気持ちを引き締めることにエネルギーを注ぎ、それが救いとなった。

朝食のあと、僕たちはみな洞窟に移り、そこでトレローニー氏は僕たちの身の回り品の位置を一つひとつ確かめていった。彼は作業を続けながらそれらをその場所に置く理由を説明した。自分とコーベック氏のメモから作り上げた測量図や記号や絵が書き込まれた大きなロール紙を持ってきていた。彼が話してくれたように、そこには魔術師の谷にある墓の壁や天井、床に記されていたヒエログリフのすべてが含まれていた。測量されていなかったものでさえ、あとで測らせて、それぞれの家具の位置を記録し、謎めいた言葉と記号を解読することでそれらを最終的には設置できた。

トレローニー氏は図に記されていないことについても説明した。たとえば、テーブルの窪んだ部分は魔法の箱がそこに置かれるように、箱の底にぴったりと合うことなど。このテーブルの脚は、床から立ち上がった異形の蛇のようで、その頭部は脚に巻き付いた、やはり異形のコブラの蛇形章の方向に伸ばされていた。さらに、例のミイラは、その形に合わせて作られたと思われる石棺の下のほうの隆起した部分に、大地に流れる自然の電流を受けられるように頭が西向きに、足が東向きに横たえられていた。

「これが意図的なものなら」トレローニー氏が言った。「わしはそう推測しているが、利用されるエネルギーは磁気か電気か、またはその両方と関連があるはずだ。もちろん、ほかのエネルギー――たとえば、ラジウムから発せられるような――という可能性もある。わしはラジウムをごく少量だが手に入れて実験してみたが、その結果わかったのは、魔法の箱の石はラジウムにはまったく反応しないということだ。自然界にはそういった影響を受けない物質があるにちがいない。

瀝青ウラン鉱を精製する際、ラジウムそのものは出ないようだ。きっとほかの物質には含まれているのだろう。ウィリアム・ラムジー卿が発見したと言われる希ガスのアルゴンのように〝不活性〟に分類されるものかもしれない。それゆえに、隕石から作られ、だからこそ世に知られていない成分が含まれている可能性のあるこの魔法の箱には、蓋を開けたときに解き放たれる絶大な力が閉じ込められているかもしれないのだ」

この分野の話題はこれでおしまいのようだったが、トレローニー氏はまだ話があるといった様子だったので、僕たちは黙ったまま待った。しばらくののち、彼は言葉を続けた。

「正直な話、ずっと腑に落ちないことが一つあるのだ。たいして重要なものではないかもしれないが、こんなふうにわからないことだらけだと、どんなことでもおろそかにはできない。そうしたことを見逃していては、こんな並外れて用意周到なことがうまく運ぶとは考えられないのだ。墓の平面図からわかるように、石棺は北側の壁のそばに、それの南に魔法の箱は置かれていた。石棺に占められた空間はあらゆる記号や装飾も昔のままさながらに残っていた。ざっと見渡したところ、石棺がそこへ置かれたあとで描かれたことを示しているように思えた。だが、細かく見ていけば、床に描かれた記号は明確に効果がもたらされるよう念入りに用意されたものだとわかっただろう。ごらん、この文字は裂け目を飛び越えたかのように正しい順序でつながっている。効果を期待しているということは、なんらかの意図があることを意味する。その意図こそ我々が知りたいものだ。石棺の頭部と足元にあたる東西の上部と下部の空間を見てみたまえ。どちらにも同じ象徴が記されているが、それぞれの一部は斜め方向に書かれた言葉の構成要素として配置されている。頭部か足元を目にして初めて、そこに記号が書かれていると悟るのだ。ほら！上部と下部それぞれの両端と中央の三箇所にあるだろう。いずれも、地平線に見立てたように石棺の輪郭線によって半分に切断された太陽がある。これらのすぐそば、それから背を向ける形で、寄りかかるかのように、エジプト人が〝アブ〟と呼ぶ心臓を表すヒエログリフの書かれた壺が置かれていた。その向こう側に書かれていたのは、〝カー〟もしくは〝生き霊〟を示す、てのひらを上に向けて大きく腕を広げた肘から上の記号だ。だが、その位置関係は上下で異なっていた。石棺の頭部の〝カー〟は花瓶の口に向けて逆さまになっているが、足元の〝カー〟が伸ばした腕は花瓶に向かっていなかった。

記号は太陽が西から東へ移動するあいだ――日没から日の出まで、または地下世界の通過、つまり夜――墓の中においてさえ物質的であり、切り離すことのできない心臓は、単に巡回していることを表しているように思える。そうすることで、すべての善なるものの源である太陽神〝ラー〟をいつも休ませることができるように。だが、活動の根源を意味する〝生き霊〟は、昼間はどこにいて、夜のあいだどこへ行くのだろうか。この考えが正しいなら、ミイラの精神活動は休息状態になく、侮れないものであるという警告――忠告――注意を喚起するものだ。

あるいは、復活を遂げたまさにその夜、〝カー〟が心臓から完全に離れることによって、女王は下位の純粋に肉体的な存在へとなるのだということを伝えるためかもしれない。そうした場合、女王の記憶や広範にさまよう魂が経験したことはどうなるのだろうか。彼女の復活で最高に価値のあるものがこの世で失われるだろう！　とはいえ、こんなことに狼狽したりはしない。どのつまり、憶測にすぎず、〝カー〟は人間性の根源となるものだとするエジプトの神学の理知的な信仰と相反するものだから」トレローニー氏は話すのをやめ、僕たちは待った。沈黙を破ったのはウィンチェスター医師だった。

「ですが、このすべては、女王が墓への侵入を恐れていたことを暗に伝えているのではないでしょうか？」トレローニー氏はかすかな笑みを浮かべて答えた。

「おお、先生、女王テラはそれに備えていたとも。墓荒しは、なにも近代になって行われているわけではないのだよ。おそらく女王が存命していた頃からそうした者は存在していた。彼女は侵入への対策を立てておいただけでなく、いくつか見受けられるように、それを予想していた。セルダブにランプを隠しておいたこと、〝盗掘者〟に報いを受けさせる仕掛けを施していたことは消極的でもあり積極的でもある自衛策だ。事実、その後の研究で明らかになった手がかりから考え合わせると、女王は墓荒らし以外にも——たとえば我々のような者も——彼女が復活に備えて自ら準備したものに本気で手を出すかもしれないということを、起こりうることとして検討していたと思われる。わしがしゃべっているこの件は一例だ。手がかりは目で見るものが対象なのだ！」

またしても僕たちは黙ったままでいた。口を開いたのはマーガレットだった。

「お父様、その図表を見てもいいかしら？　日中はそれを調べてみたいの！」

「いいとも、マーガレット！」トレローニー氏は快く承諾し、図表を娘に手渡した。疑義を挟む余地のない実務的な話題にふさわしい、これまでよりも淡々とした口調で彼は教示を再開した。

「どんな不測の事態が生じても対応できるように、電灯の仕組みについて理解してもらっておいたほうがいいだろう。隅々まで光が行き届くよう全館で電灯が使われていることに、きっと気づいていると思う。これはわしが特に手配したことなのだ。電気は潮の干満の差を利用してタービンを回すことで得ている——ナイアガラの滝による水力発電を応用したものだ。この方法をとることで、運に頼ることなく、いついかなるときも電力不足に陥ることはないと願っている。一緒に来てくれ、電力回路のシステムを説明して、分電盤のスイッチとヒューズの場所を教えよう」

トレローニー氏について館を回りながら、システムが瑕疵一つ見当たらない完璧なものであるか、そして彼が予想しうるかぎりの災難に備えてどれほど自衛策を講じているか、いやでも気づいた。

だが、あまりに完璧だからこそ背筋が寒くなった！ 僕たちが実行しようとしている計画は、人間の思考の限界に挑むようなもので、まさに危険と紙一重なのだ。しかし、その向こうには、果てしなく広がる神の叡智と力が存在しているのだ！

洞窟に戻ると、トレローニー氏は別の話題を持ち出した。

「さて、大いなる実験を行う正確な時間を厳密に決めておかなくてはならない。準備が完全なら、方法や仕組みについてだけ言えば、深夜だろうと早朝だろうと同じだ。だが、ことのほか聡明で、魔術を頭から信じていて、あらゆるものに謎めいた意味を持っていた女性が準備したものに対処しなくてはならないから、決定する前に彼女の立場になって考えてみよう。配置において日没の場所が重要なのは明らかだ。石棺の縁できっちりと二分されたこれらの太陽は完全な円形になるはずだから、そこを起点にするべきだ。また、女王の思考や論理、行動におけるあらゆる面で、七という数字が重要な意味を持っているということも、前々からわかっている。これらを考え合わせると導き出されるのは、日没から七時間後という時間だ。ロンドンの屋敷で起こった出来事がどちらもこの時間帯だったことからも裏付けられる。コーンウォールの今日の日没は午後八時。つまり、実験の開始は午前三時だ！」口調はそっけないほどだったが、ただならぬ重みがあった。とはいえ、彼の言葉や態度に神秘的なところはなかった。それでも、僕たちはみな魂まで揺さぶられていた。この決定を受け入れて、ウィンチェスター医師もコーベック氏も顔が青ざめ、身じろぎ一つせず、なんの疑問も挟まず黙っていることからそれがわかる。ただ一人、くつろいだ様子だったのはマーガレットだった。彼女は例の心ここにあらずといった状態だったのが、喜ばしさに気づいて我に返ったようだった。じっと様子を見守っていた父親は小さく顔をほころばせた。娘の反応は彼の理論が正しいことを伝えていた。

僕自身は、打ちのめされかけていた。時間の明確な決定を死の宣告のように感じたからだ。今思い返してみると、有罪判決を受けたり、死刑執行を告げられたりした者の気持ちが実感できる。もう後戻りはできなかった！　僕たちは運命の手にゆだねられていた！

神の御手に……！　それでも……！　どんなほかの力が招集されるのか……？　みなどうなるのか。取るに足りない土埃となって、どこからともなく吹く風に舞い、いずこともわからない場所へ流されていくのだろうか。自分の身を心配しているのではない……マーガレットのことだ！

トレローニー氏の力強い声で僕は我に返った。

「これからランプを確認して、支度を終わらせよう」

それに従って、僕たちは作業に取りかかり、トレローニー氏の指示の下、エジプトのランプを用意し、どれにもシダー油がたっぷり入っていて、灯心も適切な状態になっているか確かめた。一つずつ火をつけて試してみたあと、すぐに明かりが均等に灯るようにしておく。それが終わると全体をざっと見回し、夜の実験に向けてすべての準備を整えた。

作業にかなり時間がかかって、おそらくみな驚いたことだと思うが、洞窟から出てきたときにホールに置かれた大時計が午後四時の鐘を鳴らした。

特に食事の用意に支障もなく、僕たちは遅い昼食を摂った。食後は、トレローニー氏の助言に従って、別々に過ごした。緊張に満ちた来たるべき夜に備えて、各自それぞれのやり方で心の準備をしておくためだ。マーガレットは顔色が優れず、どことなく疲れている様子だったので、少し横になって休んだほうがいいと勧めた。彼女はそうすると約束した。朝から断続的に現れていたぼんやりとした状態はこのときは消えていた。以前の優しさと愛情深い思いやりをこめて、〝当分のあいだの別れ〟を告げるキスをしてくれた！　僕は幸福感に浸りながら、断崖へ散歩に出かけた。なにも考えたくなかったし、新鮮な空気とさんさんと降り注ぐ太陽の光や、神の御手がつくりたもうた数かぎりない美しさに触れることこそ、来たるべきものを不屈の精神で迎える最高の心の準備になるだろうと、本能的に感じていた。

館に戻ると、全員、遅い午後のお茶のために集まっていた。外に出て爽快な気分で戻ってきた僕の目には、なんだか滑稽に映った。なにしろ僕たちは、奇妙な――恐ろしいほどの――実験を目前にしているにもかかわらず、日常生活の欲求や習慣に縛られたままだからだ。

男たちはみなむっつりとしていた。空き時間は、身体を休めるだけでなく、考える機会も与えていた。マーガレットは浮き立っているといってもいいほど明るい表情をしていたが、なんとなく普段ののびのびとした感じが消えていた。僕に対してよそよそしいところがかすかにあって、僕の中で再び疑いの気持ちが首をもたげた。お茶の時間が終わると、彼女は部屋を出ていったが、すぐに巻いた図表――その日早い時間に借り受けていた――を持って戻ってきた。父親のそばまで来ると言った。

「ねえ、今日お父様が、太陽と心臓と〝カー〟の隠された意味についておっしゃったことをじっくりと考えて、図や記号を調べてみたの」

「それで、なにかわかったのかね?」トレローニー氏は勢い込んで尋ねた。

「別の解釈ができるのよ!」

「それは?」トレローニー氏の声は今や切望に震えていた。マーガレットは不自然な口調で

――話の背後に真実があるとわかっていなければありえない口調で説明した。

「〝カー〟は日没時に〝アブ〟に入り、日の出のときにのみそこから離れるということよ!」

「続けて!」父親はかすれた声で先を促した。

「今夜、それ以外は自由な女王の生き霊は、その心臓――不滅のものではなく、ミイラの屍衣に包まれたその囚われの場所から離れられない――に留まるということなの。水平線に太陽が沈んだときから次の日の出まで、女王テラは意識のあるエネルギーとしての存在でなくなるという

ことなのよ。ただし、大いなる実験が彼女を目覚めさせれば別よ。あらためて言うまでもないことだけれど、そんな状態にある彼女からお父様やほかの方々が脅かされることなどなにもないわ。大いなる実験によってどんな変化が生じようと、数千年というもの今夜を待ち望んでいた、哀れな無力の死んだ女性からもたらされるものなどありはしないのよ。彼女はいにしえの方法で獲得したとこしえの自由をいっさい諦めて、思い焦がれていたような新しい世界で新たな人生を送ることを願っているの……！」

マーガレットはふいに言葉を切った。それまで懇願しているとも言える、妙に感傷的な口ぶりでしゃべっていたせいで、僕は胸の奥に突き刺さるような痛みを覚えていた。話すのをやめた彼女が顔を背ける前に、その目に涙がいっぱいにたまっているのを僕は見逃さなかった。

今回トレローニー氏は娘の感情に反応しなかった。顔に歓喜の色が浮かんでいたものの、容赦のない傲慢な感じもあって、それが意識不明で横たわっていたときの厳格そうな顔に浮かんでいたこわばった表情を思い起こさせた。共感して胸を痛めている娘に、なんの慰めの言葉もかけず、こう言っただけだった。

「彼女の心がおまえの推測どおりか試すとしよう、時が満ちたらな！」そう言うと、トレローニー氏は石段を上がって、自室へと消えた。マーガレットは父親のうしろ姿を見送りながら、困惑したような顔をしていた。

不思議なことに、マーガレットの困惑を見てもいつものようには僕の心に響かなかった。トレローニー氏がいなくなり、あたりは静寂に包まれた。誰も話したくないようだった。マーガレットも自分の部屋へ向かい、僕は海上に張り出しているテラスへ出た。爽やかな空気と眼前に広がる美しい光景のおかげで、先刻わかっていたことだが、気分がよくなった。今は、来たるべき夜に女王の破壊的な力に脅かされる危険は取り除かれたと信じて、自分でも実際に喜びを感じていた。僕はマーガレットの推測に疑問が思い浮かばなかったくらいに、彼女の信念を頭から信じていた。気分は軽やかで、この数日でいちばん不安を感じない状態で、僕は自室へ下がって、ソファに横たわった。

僕はせっかちに呼びかけるコーベック氏によって起こされた。

「できるだけ早く洞窟へ下りてほしい。トレローニー君が至急みなに集まってほしがっているんだ。急いで！」

僕は飛び起きて、洞窟へと駆け下りた。トレローニー氏とウィンチェスター医師はすでに洞窟にいて、マーガレットも腕にシルヴィオを抱いて僕のすぐあとから姿を現した。シルヴィオは宿敵を目にして下りようともがいたが、マーガレットは愛猫をぎゅっと抱きしめてなだめた。僕が懐中時計で時刻を確認すると、まもなく午後八時になるところだった。

マーガレットが合流したとたん、トレローニー氏は、これまで耳にしたことのない静かだが執拗な口調で、率直に言った。

「マーガレット、おまえは女王テラが今夜は自ら進んで自由を諦めるというのを信じているのだね？　実験が完了するまで、ミイラ以外のなにものにもならないと？　すべてが終わって、復活の試みが成功しても失敗しても、それまで、いかなる状況のもとでも無力になるのを甘んじて受け入れると？」一瞬ためらったあと、マーガレットは小さな声で答えた。

「そうよ！」

ためらっているあいだにマーガレットの様子や表情、声音、態度といった全体の印象が変わっていた。シルヴィオでさえそれを感じて、彼女の腕の中から逃れようと激しくもがいたが、マーガレットは気づいていないようだった。シルヴィオが脱出に成功したとき、僕はてっきりミイラに飛びかかるだろうと思っていたが、予想は外れた。マーガレットの猫は怯えるあまりミイラに近づけない様子で、あとずさりすると、哀れげな声で小さく鳴きながら僕に近づいてきて、足首に身体をこすりつけた。僕が抱き上げると、シルヴィオは満足そうに僕の腕の中で身体を丸めた。

トレローニー氏がまた口を開いた。

「おまえはそう確信しているのだな！　心の奥底から信じているのか？」

マーガレットの顔からぼんやりとした表情が消えていた。今やその顔はすばらしいことを話そうとする熱意で輝いているようだった。彼女は落ち着いて、しかし確信に打ち震える声で答えた。

「わかるのよ！　信じるとかいう以前のものなの！」

トレローニー氏は再び訊いた。

「それほどはっきりしているなら、おまえが女王テラその人であるなら、わしが示すかもしれないどんな方法でもそれを証明してくれるだろうね？」

「ええ、どんな方法でも！」恐れなどみじんもない返事が返ってきた。

トレローニー氏は懸念の感じられない声で言った。「おまえが放棄することで使い魔が死んでも――消滅しても」

彼女は答えに窮していた。苦しんでいるのが――身を切られるような思いをしているのがありありとわかった。その目には、どんな男も愛する相手には見るはずもない、狩り立てられたような表情が浮かんでいる。僕が口をはさもうとしたとき、みなを見回していたトレローニー氏の決意に満ちた目とぶつかった。僕は呪文にでもかかったように、黙ってその場に立ち尽くしていた。僕だけではない、ウィンチェスター医師とコーベック氏も同様だった。なにか僕たちには理解できないことが目の前で起こっていた！

トレローニー氏は大股に歩いて洞窟の西側へ行くと、窓を覆い隠していた鎧戸を引き開けた。ひんやりとした空気が吹き込み、トレローニー氏とそのそばに立っていたマーガレットに日の光が射しかかる。太陽が黄金色の輝きを放ちながら水平線の彼方へと沈んでいく方向を指で示すトレローニー氏の表情は、岩のように硬かった。僕が死を迎えるときまで耳について離れないであろう、いっさいの妥協を許さない厳しい声で彼は言った。

「選べ！　返事をしろ！　太陽が水平線に沈んでしまえば、手遅れだぞ！」

姿を消しつつある太陽の荘厳な光がマーガレットの顔を明るくしたように思えたが、やがて気高い光に内側から照らされるかのようにその顔を輝かせながら彼女は答えた。

「ええ、それでもよ！」

彼女は小さなテーブルに置かれているミイラの猫へ歩み寄ると、それに手を置いた。日の当たる場所から離れたため、深く暗い影が彼女の上に落ちている。はっきりとした声で彼女は言った。

「私がテラであるならば、こう言うでしょう。〝私が持つすべてをとれ！　今宵は神々だけのものだ！〟」

彼女が言い終えると同時に太陽が沈んで、冷え冷えとした影が急に僕たちの上にかかった。しばらくのあいだ、みな身じろぎ一つせずに立っていた。シルヴィオが僕の腕から飛び出して女主人のもとへ走っていき、抱き上げてくれと言わんばかりに立ち上がって彼女にまつわりつく。ミイラにはもうなんの関心も示さなかった。

マーガレットはいつもの愛らしさで輝いていたが、悲しげに言った。

「太陽が沈んだわ、お父様！　私たちの一人でも、再び太陽を拝めるのかしら？　夜の中の夜が来る！」

第二十章　大いなる実験

僕たちが一人残らず、エジプトの女王の霊的な存在を確信するようになったのは、彼女がマーガレットを通じて、力を放棄すると宣言したとたんに、変化が現れたせいだった。恐ろしい試練――その感覚は忘れることなどできない――が待っているにもかかわらず、僕たちは大きな安心感がもたらされるかのように装い、振る舞った。トレローニー氏が昏睡状態で横たわっていた数日間、みなそうした恐怖を抱えた状態を実際に味わっており、そのときの感覚が身体の奥に深く刻まれているのだ。誰も自分が経験するまで、いつ何時どんな形で襲ってくるかわからない未知の危険を絶えず恐れるのがどんなものか、わからないものだ。

変化はそれぞれの性格によってさまざまに表れた。マーガレットは悲しみに沈んでいた。ウィンチェスター医師は張りきっていて、鋭い観察眼を発揮していた。恐怖を緩和する役割を果たしていた思考の過程は、今やお役御免となって、彼の知的な熱意に拍車をかけていた。コーベック氏は今度の展開を心待ちにしているというよりは追想にふけっていた。僕自身はどちらかというと心もち浮き立っていた。マーガレットに関する不安からの解放でとりあえず十分だった。

トレローニー氏については、誰よりも変わっていないように見えた。今夜僕たちが立ち会うことを実行する計画を何年も練っていたのだから、不思議でもなんでもないのかもしれない。それと関係があるどんな出来事も、彼には一つのエピソード、終結に至るまでの段階の一つに思えたのだろう。彼の変化は、人生で最優先している仕事の終わりまで変わらなそうな、その堂々とした性質だった。今でさえ、重圧から解放されて彼の一徹なまでの厳格さはやわらいでいたものの、決意が弱まったりぐらついたりはしていない。彼は自分と来てくれるよう男たちに声をかけると、ホールへ向かい、長さはあるもののはさほど幅はないオーク材のテーブルを、みなで苦労して洞窟へ下ろした。テーブルは、いくつもの電灯が強力な光を注いでいる洞窟の中央に据えた。マーガレットはしばらく傍観していたが、ふいに顔から血の気が引いたかと思うと、動揺した声で言った。

「なにをしてらっしゃるの、お父様？」

「猫のミイラの包帯を解くのだ！　今夜、女王テラは使い魔を必要としない。万が一にでも彼女が猫を求めることがあれば、ここにいる全員にとって危険なことになりかねない。だから、この猫を安全な状態にしておくのだ。怯えてはいないだろう？」

「ええ、まさか！」マーガレットの答えは素早かった。「ただ、シルヴィオのことを考えていて、ミイラにされたあの子が包帯をはがされたらどんな気持ちがするかと思って！」

トレローニー氏はナイフと鋏を持ってきて、猫をテーブルに置いた。なんともぞっとするような作業の始まりだった。僕は人里離れた館で夜更けに起こるかもしれないことを考えて意気消沈した。世間から切り離された孤独感と孤立感が、今や不気味に高まっている風のうなりと、岩場に叩きつける波音によっていや増した。だが、見た目だけで動揺してしまう不快きわまりない仕事が、目の前にあった。ミイラの包帯を外しにかかった。

包帯は信じられないほど幾重にも巻いてあって、布が裂ける音――一枚ずつ瀝青とゴム糊とスパイスで張り合わされていた――のほか、あたりに立ちのぼる刺激臭のする赤く細かい埃に、みな感覚を圧迫されていた。最後の包帯をはがすと、目の前に動物が現れた。その猫はうずくまった姿勢だった。毛も歯も鉤爪も完全に残っている。目は閉じていたが、瞼には僕が予想していたような荒々しい様子は見られなかった。ひげは顔の片側に包帯で押しつけられていたが、その包帯を外すと、生前そうだったようにぴんと立った。堂々たる生き物――大型のオオヤマネコだった。だが、見つめているうちに、最初の称賛の気持ちは恐怖に取って代わり、みなの全身に震えが走った。僕たちの背筋を冷たくする歴然とした証拠がそこにあったからだ。

猫の口と鉤爪に最近ついたとしか思えない血がこびりついていたからだ！

衝撃から最初に立ち直ったのはウィンチェスター医師だった。そもそも血の件が彼をいささか悩ましていたからだろう。医師は拡大鏡を取り出して、猫の口についた血痕を詳しく見た。トレローニー氏は緊張から抜け出たかのように、大きく呼吸をした。

「思ったとおりだ。これはいい前兆だぞ」

この頃にはウィンチェスター医師は赤く染まった前脚を調べていた。「やはりそうか！　鉤爪が七つありますよ！」彼は手帳からシルヴィオの爪跡がついた吸い取り紙を取り出した。そこには、トレローニー氏の手首につけられた傷痕の略図も鉛筆で記されていた。吸い取り紙をミイラの猫の前脚の下に置く。鉤爪と傷痕の位置がぴったり一致した。

僕たちは猫をためつすがめつ眺めてみたが、すばらしい保存状態だということ以外、奇妙な点は見当たらず、トレローニー氏が猫をテーブルから持ち上げた。マーガレットが悲鳴にも似た声をあげながら駆け寄ってきた。

「気をつけて、お父様！　気をつけて！　その猫はお父様を傷つけるかもしれないわ！」

「今はもう大丈夫だよ、マーガレット！」トレローニー氏は答えながら階段に向かった。

マーガレットはうつむいた。「どこへいらっしゃるの？」聞こえるか聞こえないかの小さな声で尋ねた。

「台所だよ。炎は未来のあらゆる危険を取り去ってくれるだろう。霊体といえども灰から実体化はできないだろうからね！」彼は僕たちにもついてくるよう合図した。マーガレットは顔を背けてすすり泣いた。僕がそばへ行くと、彼女は戻るよう身振りで示して、ささやくように言った。

「いいえ、来ないで！　みんなと一緒に行ってちょうだい。父があなたを必要とするかもしれないもの。ああ、まるで殺害だわ！　かわいそうな女王のペット……！」目元を覆った手の下から涙がこぼれ落ちていった。

台所では、すでに薪が用意されていた。トレローニー氏がマッチで火をつけると、たちまち焚き付けが燃え上がって炎が広がった。薪が安定して燃えるようになるのを見計らって、彼は猫のミイラを放り込んだ。それはしばらく炎の中で黒っぽいかたまりとして横たわり、部屋には胸がむかつくような毛の燃えるにおいがしていたが、そのうち乾いた身体にも炎が燃え移った。防腐処理に使われていた可燃性の薬剤が新たな燃料となって、炎がいっきに勢いを得た。激しく燃え盛っていたのは数分のことだった。僕たちはほっと一息をついた。女王テラの使い魔は消滅したのだ！

洞窟に戻ると、マーガレットが暗い中で座っていた。電灯を消しており、細い裂け目から淡い黄昏の光が入ってきているだけだ。トレローニー氏は慌てて娘に駆け寄って、愛情深く守るように彼女の身体に腕を回した。マーガレットはしばらく父親の肩に頭を預けて、慰めを得たようだった。彼女が僕に声をかけた。

「マルコム、電気をつけてちょうだい！」僕は言われたとおりに電灯をつけ、マーガレットがずっと泣いていたものの、彼女の目に涙はもうないことを見て取った。彼女の父親もそれに気づいて、うれしそうな表情になった。彼は僕たちに向けてしかつめらしい口調で言った。

「では、重要な仕事の準備に取りかかったほうがいいだろう。最後までとっておく気はさらさらないからな!」

マーガレットは次になにをするのか、うすうす感づいたにちがいない。沈んだ声で尋ねた。「これからなにをなさるの?」

トレローニー氏も娘の気持ちに気づいたようで、抑えた口調で答えた。「女王テラのミイラを解包するのだ!」

マーガレットは父親のそばに寄って、懇願するようにささやいた。

「お父様、彼女の包帯をはがしてしまうおつもりではないでしょうね! 男性たちの前で……! それも、こんなに明るい光のもとで!」

「なぜいけないのかね、マーガレット?」

「だって、考えてもみて、お父様、女性なのよ! ひとりぼっちなの! しかも、ミイラとなって、異国の地にいる。ええ、残酷よ、ひどすぎるわ!」マーガレットは感情もあらわに訴えた。頬が真っ赤に染まり、目は憤慨の涙でいっぱいになっている。トレローニー氏は娘の苦悩を見て、かわいそうに思い、なだめはじめた。僕はその場を離れようとしたが、トレローニー氏がしぐさで引き止めた。どうやら男がとる一般的な態度をとったあと、彼はこの状況に助けを求め、義憤に駆られている女性の対応を人の子らしく誰かに肩代わりしてほしいと願ったようだ。けれども、まず彼は娘に道理を説きはじめた。

「女性ではないのだよ、マーガレット、ミイラだ。四千年ほど前に亡くなったのだからね！」

「だからどうだというの？　性別は歳月と関係ないでしょう！　女性は女性よ、たとえ四万年前に亡くなっていたとしてもよ！　しかも、お父様は彼女が長い眠りから目を覚ますことを期待している！　生き返るのなら、本物の死じゃないわ！　魔法の箱が開かれたら、彼女は息を吹き返す、と私に信じさせたのはお父様じゃないの！」

「そのとおりだ、マーガレット。そして、わしも信じているのだ！　これまでの年月で死が問題とされていなければ、そのほうが珍しいだろう。考えてみてくれ――彼女の防腐処置を施したのは男だった。古代エジプトには女性の権利もなく、女性の医者もいなかったのだよ、マーガレット！　それに」トレローニー氏は娘が従順とまではいかないにしても、自分の意見に耳を傾けているのを見て、いっそう率直に言葉を続けた。「我々はこういうことに慣れているのだよ。コーベックとわしは百体はミイラを解包してきたが、女性のものも男性のと同じくらいあったのだよ。ウィンチェスター先生は仕事で男性だけでなく女性の患者も診なければならないから、そのうち慣れてしまって、性別のことなど気にかからなくなる。ロスでさえ、弁護士という職業柄……」彼は言葉をぷつりと切った。

「マルコム、あなたも助けようとしてくれたわね！」

僕はなにも言わなかった。無言に勝るものはないと判断した。トレローニー氏が慌てて話を先に進めた――弁護士の業務に関する意見は明らかに旗色が悪くなっていたので、横やりが入ったことを喜んでいるようだった。

「マーガレット、おまえは自分の意思でここにいる。我々がおまえを傷つけるようなことや気分を害するようなことをするだろうか。さあ！　理性的になってくれ！　誰も遊びで来ているわけではないのだ。みなまじめな男性で、いにしえの叡智が紐《ひも》とかれ、人類の知識が無限に広がるかもしれない実験に真剣に取り組んでいる。思索と研究について新たな道筋をつける可能性を秘めているのだ。実験は」声をひそめた。「誰かの――全員の命と引き替えになるかもしれない！　なにしろ、甚大な未知の危険が待ち構えているから――いや、これは可能性にすぎないが――今日この館にいる者は誰も結果を見届けることがかなわないかもしれないのだ。わかってくれ、マーガレット、みな安易な気持ちでやっているわけではないのだよ。それどころか、まじめきわまりない男たちが厳粛そのものの気持ちでやっているのだ！　だいいち、マーガレット、おまえやほかの誰かがこの作業をどう感じようと、彼女の包帯をはがしておくことが実験の成功には欠かせないのだよ。どんな状況にあろうと、生き霊と一体となった霊性を持つ遺体の代わりに、彼女が再び生きた人間となる前に、包帯は取り外しておかなければならないと思うからだ。女王の元来の計画が実行されて、包帯で身動きできないまま新たな生命を受けた場合、棺が墓の役割を果たすことになっていたのかもしれない！　彼女は生き埋めの状態で死を迎えただろう！　だが、彼女が自ら霊体としての力を放棄した今は、その点についてなんの問題もない」

マーガレットの顔が晴れやかになった。「わかったわ、お父様！」そう言うと、父親にキスをした。「でもね！　女王にとって、女性にとって、それはひどい屈辱に思えるのよ」

僕が階段の方へ歩き出したとき、マーガレットが呼びかけた。「どこへ行くの？」

るよ！」

僕はそばに戻ると、彼女の手をとって撫でながら答えた。「包帯をはがしおえた頃に戻ってく

マーガレットはしばらくじっと僕を見て、かすかな笑みらしきものを浮かべた。

「あなたもここにいたほうがいいと思うわ！　弁護士としてのお仕事に役立つかもしれないもの！」僕の目を見つめながら、にっこりとする。だが、たちまち笑みが消えて、真顔に、そして死人のように蒼白になって、どこか遠くから聞こえるような声で言った。

「父が正しいわ！　ひどい状況だもの。私たちみんなまじめにならなければいけないわ。それでも――いいえ、だからこそ、あなたは留まったほうがいいのよ、マルコム！　あとになれば、今夜この場にいてよかったと思うかもしれないもの！」

マーガレットの言葉に僕の心はしだいに沈んでいったが、なにも言わないほうがいいと思った。恐怖はすでに僕たちのあいだで十分に広まっていたからだ！

その頃には、トレローニー氏はコーベック氏とウィンチェスター医師の手を借りて、女王のミイラがおさめられている鉄鉱石の石棺の蓋を持ち上げていた。かなり大きなものだったが、巨大というほどでもない。ミイラは長さも幅も厚みもあった。重さもかなりのもので、男四人がかりでも石棺から出すのは容易ではなかった。トレローニー氏の指示のもと、僕たちはそのために用意されたテーブルの上に置いた。

ぼくはいきなり、これまで感じたことのない恐怖にとらわれた！　まぶしいくらいの光の中で、死がまさに物質となって、その忌むべき面をまざまざと見せつけてきたからだ。外側の包帯は、

乱暴な扱いであちこち裂けたり、巻きが緩んだりし、色も埃で黒ずんだり、摩擦で白っぽくなったり、ぼろぼろになっている感じだった。包帯の端のぎざぎざは飾り房のようだし、彩色はむらになって、ワニスは欠けている。ミイラを覆っている布はどう見ても大量で、嵩も尋常ではなかった。だがそれでもなお、人の形をしていて、部分的に隠してあるときのほうがそうでないときより恐ろしく思える。僕たちの前にあるのは、〝死〟以外のなにものでもなかった。想像していた浪漫や感傷のいっさいが消滅していた。こうした作業に幾度となく取り組んできた、二人の老いた情熱家は、落ち着き払ったものだった。ウィンチェスター医師は手術台を前にしているかのように、実務的な態度で感情を抑えている。だが、僕は意気消沈し、惨めな気分で、自分を恥じ入っていた。そのうえ、マーガレットの死人のような顔色の悪さに胸が痛み、不安を覚えていた。

　そして、作業が始まった。先に猫のミイラを開いていたため、いくらか心の準備はできていたが、はるかに大きさがあるし、布も比較にならないほど丁寧に巻かれていて、まるで別物だった。しかも、死や人間的なものの感覚があったうえに、このすべてになにか洗練されたものを感じていた。猫はもっと粗雑な布で包まれていた。外側の布が取り除かれると、その下はいっそう入念に処理が施されていた。最高のゴム糊と香辛料のみがこの防腐処理に使用されているようだ。しかし、状況は猫のミイラとそっくりで、同じように赤っぽい埃が舞い、鼻をつく瀝青の刺激臭があり、包帯を引き裂く音が響いた。布は十重二十重《とえはたえ》に巻かれ、はがされて山をなしていく。作業が進むほど、僕は血が騒いでいった。実際に作業に参加していたわけではない。あとずさったとき、マーガレットが感謝のこもったまなざしで僕を見つめてきた。僕たちは手をつないで、固く握り締めた。作業が続けられるうちに、包帯がいっそうきれいになって、瀝青のにおいはやわらぎ、香辛料のぴりっとした感じが強くなってきた。なにか特別なことの兆しとして、みなそれを感じたように、僕は思った。だが、作業は途切れることなく続いていった。中のほうの包帯には記号や絵が描かれていることもあった。全体が淡い緑色で描かれているものも、豊かな色彩で描かれているものもあったが、常に緑色の割合が多かった。ときには、トレローニー氏かコーベック氏が特別に描かれたものを指で示してから、はがした包帯を自分たちの背後の、巨大になりつつある山の上に置くこともあった。

ついに包帯も終わりが見えてきた。ずいぶん嵩が減って、すでに女王の本来の体形がわかるほどになっている。彼女はわりと背が高かった。そして終わりが近づくにつれてマーガレットの顔から血の気が引いていった。鼓動もどんどん速くなって、彼女が苦しそうにあえぐ様子に僕はぎょっとした。

ちょうどトレローニー氏が最後の包帯をはがしていたとき、ふと視線を上げて、娘の蒼白な顔に浮かぶ苦痛と不安の表情に気づいた。彼は動きを止めて、彼女が慎み深さに対する侮辱だと気を揉んでいるのだと思って、励ますように言った。

「心配しなくていいのだよ、マーガレット！　ごらん！　おまえを傷つけるものなどないのだ。女王はローブを着ているのだからね——そう、それも王家の屍衣だ！」

最後の包帯は大きく、頭の先から足の先までの幅があった。それが取り除かれると、首から足まで覆うたっぷりとした白い亜麻布が現れた。

その亜麻布といったら！　みな身を乗り出してじっくりと見た。

マーガレットは懸念を忘れ、見事な布に女性らしい興味を示した。僕たち男はといえば、称賛の目を注いでいた——確かにそんな亜麻布は僕たちの時代では見たことがなかった。最高級のシルクのように美しかった。たとえシルクだとしても、何千年ものあいだ包帯がきっちりと巻かれ、固められていたのに、こんなふうに優美なひだを作る布など、これまでに紡がれたことも織られたこともないが。

首回りはイチジクの小枝模様が金糸で繊細に縫い取られ、裾は同じく金糸で、さまざまな高さの蓮が自然に生い茂る草木とともにぐるりと刺繍されていた。

遺体には、身体全体を巻くものではないが、宝石で作られた腰帯がかけられていた。たいそう美しいもので、あらゆる形や面を持ち、さまざまな空の色合いを写し取ったような宝石が光り輝いていた！

留め金についている大粒の黄色い石は、やわらかな球体を押しつぶしたような、厚みがあって曲線を描く円形だった。内部に本物の太陽が埋まっているかのようにまばゆい光を放っている——その光線は空間を貫き、あたり一面を照らしているように思えた。それを挟む形で、いくぶん小ぶりのきれいなムーンストーンが飾られ、輝くサンストーンのそばで、銀色にきらめく月明かりに似た光を放っていた。

その両側は、優美な形の金色の金具で、紅蓮の炎のような輝きを発する一連の宝石につながっている。どれも本物の星が入っているように、移ろう光を受けてありとあらゆる面できらめいていた。

マーガレットはうっとりとした表情で両手を軽く上げた。もっとよく見ようと顔を近づけたが、いきなり身を引いてすっとまっすぐに立った。れっきとした知識に基づく確信があるような口ぶりでしゃべった。

「それは屍衣などではないわ！　死者に着せるためのものではないの！　婚礼の衣装よ！」

トレローニー氏は身をかがめて亜麻布のローブに触れた。首元のひだの部分を持ち上げた彼は、なにかに驚いてはっと息をのんだ。さらに布地をもう少し持ち上げ、さっと背筋を伸ばして指を指しながら言った。

「マーガレットの指摘どおりだ！　これは死者に着せるための衣ではない！　見なさい！　女王は着せられてはいない。身体にかけられているだけだ」トレローニー氏は宝石できた帯を手にとってマーガレットに渡した。次に、たっぷりとしたローブを両手で持ち上げると、思わず伸ばした彼女の腕にかけた。これほど見事な品はかけがえのないものであり、細心の注意を払って扱わずにはいられなかった。

表面を覆う布を外され、今や一糸まとわぬ姿となって目の前に現れた姿の美しさにみな心を打たれて立ち尽くしていた。トレローニー氏がかがんで、かすかに震える指でローブと同じ繊細なこの亜麻布を取り上げる。彼が下がると、女王の美しい全身が視界に入って、僕は恥ずかしさで身体がかっと熱くなった。僕たちがそこにいて、生まれたままの姿の麗人に無遠慮な視線を注ぐのはふさわしくなかった。不道徳だった。冒瀆といってもいいほどだ！　それでも、ため息が出そうなほど美しい白い姿には、なにか夢見るようなものがあった。死んでいるようにはまったく見えなかった。古代ギリシャの彫刻家プラクシテレスの手で象牙に彫られた像のようだ。死後すぐに生じてくる醜悪な収縮現象も見受けられなかった。一般的なミイラの大きな特徴は肌がしわだらけで硬くなっているように思うが、それもない。以前、美術館で目にしたように、砂漠で遺体の水分が抜けて体積が減っているということもなかった。遺体の毛穴という毛穴がなにか驚くべき方法で保護されているようだった。身体は生きている人間のようにふっくらと丸みをおび、肌はサテンのように滑らかで、思わず見入ってしまうような色をしていた。象牙のような、それも真新しい象牙のような色だ。ただし、何千年ものあいだ石棺の中で空気にさらされていた右腕は手首から先がなく、断面は血で汚れていた。

哀れみに口元をゆがめ、目に怒りを燃え立たせ、頬を染めていたマーガレットは、女性らしい衝動で、腕にかけていた美しいローブをさっと女王にかけた。今は首から上だけが見えている。顔は身体よりもさらに驚嘆すべきものだった。なにしろ、死に顔に見えないどころか、生き生きとしていたからだ。瞼は閉じられ、カールした長く黒い睫毛が頬に影を落としている。誇りの高さを表している鼻孔は死の休息よりも人生で見られる安らぎにふさわしいものに思える。豊かな赤い唇は、開いてはいないものの、真珠のように輝く白い歯並びがそこからほんのわずかにのぞいていた。豊かでつややかな黒髪は、白い額の上でたっぷりと重ねられ、幾筋かのカールした髪が巻きひげのようにそこから少しこぼれていた。僕はコーベック氏から伝え聞いたトレローニー氏の言葉から心づもりはしていたが、女王とマーガレットがよく似ていることに仰天した。この女性は――僕にはミイラや遺体としては考えられなかった――僕が最初に目を留めたときのマーガレットにそっくりだった。瓜二つだという印象は、髪につけている宝石で飾られた〝円盤と羽根〟の装飾品――マーガレットも似たようなものをつけていた――によっていっそう強まった。その宝石も見事なもので、月光のような輝きを放つ品のいい真珠が彫刻されたムーンストーンに挟まれていた。

トレローニー氏はそれを目にした動揺していた。かなり取り乱し、マーガレットが駆け寄って腕に抱き、元気づける。彼が途切れ途切れにつぶやくのが聞こえた。

「おまえが……死んでいるかのように……見えたのだよ……マーガレット！」

長い沈黙が流れた。風のうなりは嵐ほどに高鳴り、波が狂ったように岩場に叩きつけるのが聞こえる。トレローニー氏の声が呪縛を解いた。

「あとで、なんとかして防腐処理の方法を見つけなくては。わしの知っているものとはまるで違うからな。脳や内臓を取り出すために切開したあとがどこにもないようだから、きっと体内に残ったままなのだろう。それに、内部に水分は残っていないが、蠟か脂が繊細な作業で血管に注入されたかのように、なにかほかのものが満たされている。当時、パラフィン油が使用できたのだとすれば驚きだ。我々の知らない処理法で血管に流し込まれ、そこで固まったのかもしれない！」

マーガレットは女王の遺体に白いシーツをかけると、自分の部屋に運んでもらえないかと尋ね、僕たちは遺体を彼女のベッドに横たえた。そのあと僕たちを送り出しながら、彼女は言った。

「女王と二人きりにしてちょうだい。まだ何時間もあるでしょう。殺風景で電灯が煌々と照っているあの場所に置いてくるのはどうしてもいやだったの。これは彼女が用意した〝婚礼〟――〝死の婚礼〟なのかもしれないわ。少なくとも、彼女はきれいな衣装を身にまとうつもりなのよ」

マーガレットが僕を呼び戻したとき、女王の亡骸は金糸で刺繍を施された美しい亜麻布の衣装に包まれ、見事な宝飾品もきちんとつけられていた。蠟燭が彼女のまわりに灯され、白い花束が胸元に置かれていた。

僕たちは手をつないで、立ったまましばらく女王を見つめていた。やがて、ため息とともにマーガレットは自分の真っ白なシーツで彼女を覆うと、向きを変えて僕と部屋を出た。そして静かにドアを閉めたあと、ほかのみなが集まっているダイニングルームへ戻った。そこでこれまでのことやこれからのことを話し合いはじめた。

ときおり僕は、みな自信が揺らいでいるかのように、誰か彼かが無理に会話を続けていると感じることがあった。長い待ち時間が神経にこたえはじめていた。トレローニー氏は僕たちが思っていた以上に、つまり彼が見せかけたかった以上に、例の奇妙な昏睡状態に苦しめられていたようだった。確かに、彼の意志や決意の強さは相変わらずだったが、純粋に肉体的な面でいくらか弱っていた。そうあって当然だった。どんな男であろうと、四日間も生命の危機に瀕していれば、なんらかのしわ寄せがあるものだ。

時間はのろのろと進み、進むほどにいっそうゆっくりと経過していった。ほかの男たちは知らず知らずに少し眠気を催してきたようだった。かつて女王の催眠術の影響を受けたトレローニー氏とコーベック氏の場合、同じ眠っているような状態が現れたのだろうかと気になった。ウィンチェスター医師は時間が経つほどに、注意散漫な状態がしだいに長く、頻繁に見られるようになっていた。

マーガレットはいかにも女性らしく、宙ぶらりんの状態がことのほかこたえていた。ただでさえ青白い顔がいっそう青ざめていく。真夜中頃、とうとう僕は心底マーガレットが心配になりはじめた。書斎へ連れていって、しばらくソファに横たわらせようとした。大いなる実験は日没からきっかり七時間後に行うとトレローニー氏が決めていたので、実験開始は午前三時になる直前だ。最終的な準備に余裕をもって一時間かかると見込んでも、まだあと二時間ほどあった。僕はそばで見守って、彼女の望む時間に起こすと固く約束したが、断られてしまった。彼女は優しく礼を言って微笑むと、眠くないし、ちゃんと起きていられるからと僕に請け合った。顔色が悪いのは、単に落ち着かなくて興奮しているからだと言う。僕はうなずくしかなかった。だが、それから一時間あまり書斎に残っていろいろな話をした。ついにマーガレットから父親のもとへ戻りたいと言われたとき、僕はともあれ彼女が時間をつぶすのには役立てたと感じた。

二人で部屋に戻ると、三人の男たちは無言のままじっと座っていた。彼らは全力を尽くしたと感じ、男らしい忍耐で身じろぎもしないことに満足していた。

そうして、僕たちは待った。

時計が二時の鐘を打ち、誰もが気分を一新したようだった。これまでの長い待ち時間に僕たちの上にのしかかっていた影がなんであれ、たちまち晴れたように思え、それぞれ自分たちの仕事に油断なく、てきぱきと取りかかった。まず、今や嵐が猛威を振るっているので、そもそも静寂そのものの環境を念頭においていた計画に支障が出ては大変だと思い、窓が閉まっているか確認しに行った。それから、実験開始の時間が迫ってきたら顔につけられるようマスクを用意した。魔法の箱が開かれたときに有毒ガスが出てこないともかぎらないので、初めからマスクを使うと取り決めてあった。どういうわけか、誰もが箱を開けることについて、なんらかの懸念を抱いていたようだった。

そのあと、マーガレットの誘導に従って、婚礼衣装のままの女王テラの亡骸を彼女の部屋から洞窟まで運んだ。

それは異様な光景であり経験だった。無言の男たちが真剣な表情で、明かりの灯された蠟燭や白い花束のあいだから、象牙の像のように白い、動かぬ人の形をしたものを、衣装の裾を引きずりながら運び去るのだから。

僕たちは女王を石棺におさめ、ちぎり取られていた手を本来の場所である胸元に載せた。手の下にあるのは、トレローニー氏が金庫から取り出してきた七つ星の宝石だ。彼がそこに置いたとき、宝石はぱっと光ったように思えた。電灯の光が、最終的な実験――二人の旅慣れた研究者が生涯をかけた研究の結果となる、大いなる実験――の準備に向けて置かれた、見事な石棺を冷たく照らしていた。さらに、マーガレットの顔からすっかり血の気が失せていることで、いっそう彼女とミイラが瓜二つに見えてしまい、あたりの異様さを強調していた。

準備がすべて完了したとき、作業の一つ一つを慎重に行ったせいで、四十五分が過ぎていた。

マーガレットが僕を手招きし、二人で彼女の部屋へ行った。そこで彼女は、この計画の究極の本質を確認させるようなことをしたので、僕は奇妙なほどに心を動かされた。彼女は蠟燭の火を一つずつ念入りに吹き消していき、元あった場所に蠟燭を片付けた。それが終わると、彼女は言った。

「これでいいわ！　なにが来ようと——生であれ死であれ——もう使うことはないでしょうから！」

いよいよ始まる実験になんだかぞくぞくしながら、僕たちは洞窟に戻った。もう後戻りはできないのだ！

みなマスクをつけ、前もって決めたとおりの配置についた。僕はトレローニー氏の指示で電灯をつけたり消したりできるよう、スイッチのそばに立った。彼の指図を実行するにあたり、僕に対する最後の警告は、恐怖感をあおるほどのものだった。なにしろ、僕がスイッチの操作を誤るか、指示に従わなかった場合、誰かの、いや全員の命にかかわるかもしれないと言われたのだから。マーガレットとウィンチェスター医師はミイラと魔法の箱のあいだに入らないよう、石棺と壁のあいだに立っていた。二人は女王の身に起こることを細大漏らさず正確に記録する手はずとなっていた。

トレローニー氏とコーベック氏はランプの点灯を確認したあと、トレローニー氏は石棺の足の方へ、コーベック氏は頭の方へランプを置いた。

時計の針が午前三時を指し示す少し前に、かつての道火桿を持った砲手のごとく、二人は火付け用の細い蠟燭を手にして身構えた。

それからの数分は、恐ろしいほどにゆっくりと過ぎていった。トレローニー氏は懐中時計を取り出して、いつでも合図を出せるようにした。

時間はありえないくらいの遅さで進んだが、ついに〝刻は満ちた〟と告げる歯車の音がした。時計の銀の鐘の音が弔鐘のように胸に響く。一つ、二つ、三つ！

ランプの灯心に火がつけられ、僕は電灯を消した。ランプの明かりはぼんやりとして薄暗く、電灯のまぶしい光がなくなった今は、洞窟も、中にあるものすべても不気味な形に見え、なにもかもが一瞬にして変わってしまったようだった。僕たちは胸を高鳴らせながら待った。少なくとも自分の心臓は激しく打っていたし、ほかのみなの鼓動も聞こえそうな気がした。外では、嵐が猛威を振るっていた。細長い窓の鎧戸はなにかが入ってこようとしているかのように、揺すぶられ、たわめられ、がたがた鳴っている。

一秒一秒が重苦しく過ぎていく。全世界が静止したかのようだ。立っているほかの人々の姿はぼんやりとして、マーガレットの白いドレスだけが薄暗がりの中ではっきりと見えている。みなが分厚いマスクをつけているせいで、その姿はよけい異様に見えた。二人の男が魔法の箱に身をかがめたとき、ランプのおぼろな光がトレローニー氏の角張った顎や意志の強そうな口元と、コーベック氏の日に焼けてしわの寄った顔を映し出した。火明かりを受けて二人とも目がぎらぎらして見えた。洞窟の向こうでは、ウィンチェスター医師の目が星のようにきらめき、マーガレットの目は黒い太陽のように輝いていた。

ランプの炎は明るくならないのだろうか！

ものの数秒ですべてのランプが燃え上がった。弱いが安定した炎はしだいに明るさを増して、青から白へとまばゆく変化した。そのままの状態で二分ほど経ったが、魔法の箱に目に見える変化はなかった。だがついに、箱全体がほのかに光りはじめた。光は徐々に強まって、やがて箱は燃え立つ宝石のように、さらに、光をその本質とする生き物のようになる。トレローニー氏とコーベック氏は石棺のそばの所定の位置へ静かに移動した。

心臓さえ止まったかと思いながら、僕たちはただ、静かに待った。

突然、くぐもった小さな爆発音のようなものが聞こえ、魔法の箱の蓋が数インチ分ほど垂直に持ち上がった。今は洞窟全体に光が行き届いていたので、見間違いようはなかった。蓋は片側を閉じたまま、圧力の均衡が崩れたかのように、もう片側がゆっくりと持ち上がっていく。開いた蓋に遮られて、僕には中のものが見えなかった。箱は変わらず光ったまま、淡い緑色をおびた煙がじわじわと石棺に向かって――石棺に促されたか引き寄せられたかのように――流れ出ていった。マスクをしているので、においはある程度遮断されていたが、それでも、嗅いだことのない刺激臭がする。煙は数分後にはいくらか濃くなって、開いている石棺の中へ直接入っていきはじめた。ミイラ化した亡骸になにか引きつける力があるのは明らかだ。しかも煙は亡骸になんらかの影響を与えており、中の亡骸が光りはじめたかのように、石棺がゆっくりと発光してきた。僕が立っている場所からでは、内部がどうなっているのか見えなかったが、残る四人の表情から判断するかぎり、なにか奇妙なことが起きていた。

そばに駆け寄って、ちらりとでいいから自分の目で見たくてたまらなかったが、トレローニー氏の厳重な注意を思い出して、その場に留まった。

　嵐はまだ去らず、館のまわりでは雷鳴がとどろき、岩が荒れ狂う波の猛攻を受けて、土台を震わせている。凄まじいうなりをあげる風が怒りにまかせて押し入ろうとしているかのように、鎧戸がたわんでいた。生と死が争うなか、決定的瞬間がいよいよ近づいていると、僕はふと想像した。嵐も生き物であり、生ある者の怒りから力を得ているのだ！

　石棺に見入っていた四人が、いっせいに身を乗り出した。言葉にならない驚きの表情を浮かべた目は、石棺の内部から発せられる神秘的な光に照らされていたが、それが想像を絶する輝きを放った。

　僕の目は、痺れるような凄まじい光でほとんどなにも見えなくなってしまい、四人を頼りにできそうにない。開いている石棺からなにか白いものが立ちのぼった。僕の眩んでいる目には白い霧のように見えた、おぼろげなものが。オパールのような半透明の霧の中心部には、あまたの光で燃え立つ炎のような宝石を持った片手があった。魔法の箱の強烈な輝きがこの新しい生きた光と出会ったとき、二つのあいだに浮かぶ緑色の煙は、光点の滝のように見えた——光の奇跡だった！

　だが、まさにその瞬間、あたりが一変した。鎧戸の狭い隙間と戦っていた猛烈な嵐が勝利をおさめたのだ。留め金具が壊れ、重い鎧戸の一つが開いて壁に叩きつけられ、銃声のような音がした。凄まじい突風が吹き込んでランプの火を消し、緑色の煙の流れを変えた。

　たちまち魔法の箱が変化をきたした。ぱっと炎があがったかと思うと、くぐもった爆発音がして、黒い煙が流れだしたのだ。煙は恐ろしいまでの速さでどんどん濃くなり、広がっていく。やがて洞窟全体が薄暗くなりはじめ、ついに煙に満たされた。甲高い音を立てて風が吹き付け、渦を巻く。トレローニー氏の合図でコーベック氏が鎧戸を閉めて楔で固定した。

僕は手を貸したかったが、頑ななまでに石棺の頭側の位置を守るトレローニー氏からの指示を待たなければならなかった。僕は手で合図を送ってみたが、彼は身振りで返してきた。しだいに石棺の近くにいるみなの姿が彼らの周辺で渦巻く濃い煙でかすんできた。ついに誰一人として見えなくなってしまった。僕はすぐにもそっちへ行ってマーガレットのそばにいたいという激しい衝動に駆られたが、今回も自分を抑えた。地獄のような暗闇が続くなら、安全のために明かりが必要になるだろうし、自分はその明かりを守る役ではないか！　所定の位置に立ちながら、僕をさいなむ苦悩は耐えがたいほどだった。

石棺は黒っぽい色になっていた。ランプの明かりは濃い煙に気圧されたかのように弱まってきている。完全な闇が僕たちを飲み込もうとしていた。

僕はすぐにも明かりをつける指示が出るかと思ってずっと待っていたが、一言も聞こえてこない。それでも待ち、胸が苦しくなるほどの思いで、輝きが色褪せていく魔法の箱からまだあふれて大きくうねっている煙をじっと見つめていた。ランプの明かりは弱々しいものになって、一つまた一つと消えていく。

とうとうぼんやりとした青い炎が揺らめくランプは残り一つとなった。僕は煙がいくらか晴れてマーガレットが見えないかと、ずっと彼女のいる方向に目を据えていた。もう今は彼女のことしか頭になかった。おぼろげに浮かぶ石棺の向こう側に白いドレスがかろうじて見て取れるだけだ。

黒い煙は濃くなるいっぽうで、その刺激的なにおいに鼻の奥がつんとし、目も痛みはじめた。魔法の箱から出てくる煙は減ってきているようで、濃度が下がってくる。洞窟の向こうの石棺が置かれているあたりでなにか白いものが動いていた。そのうちに、消えゆく明かりの中で濃い煙越しに白くきらりと光ったのがかろうじて見て取れた。今や唯一残ったランプの火さえ、風前の灯火といった様子で明滅しはじめた。

そして、最後の明かりが消えた。今こそ声をあげるときだと感じて、僕はマスクを外して言った。

「電灯をつけますか?」応えはなかった。濃い煙にむせないうちに、もう一度さらに大きく声をかけた。

「トレローニーさん、明かりをつけますか? 返事をしてください! 止めないのであれば、電灯をつけますよ!」

返事がなかったので、僕はスイッチを入れた。驚いたことに、なんの反応もなかった。電灯になにか問題が生じていたのだ! 僕は階段を駆け上がって原因を突き止めようとしたが、あたりは真っ暗闇でなにも見えなかった。

手探りでマーガレットがいるはずの洞窟の奥へと進んだ。彼女がいたあたりまで行ったとき、床に倒れている人物につまずいた。ドレスに触れたことから、女性だとわかる。僕はへたりこみそうになった。マーガレットは意識を失っているか、ひょっとすると死んでいるかもしれない。

僕は彼女を抱き上げて、壁にぶつかるまでまっすぐに進んだ。壁伝いに歩いて階段に行き着くと、腕に愛しい女性を抱いた状態で急げるかぎりの速さで階段をのぼっていった。希望がこの困難を軽減してくれたのかもしれないが、洞窟から離れるほどに腕にかかる重みが軽くなっていくように思えた。

マーガレットをホールに横たえて、手探りで彼女の部屋まで行った。そこならマッチも蠟燭も――彼女が女王のまわりに置いていた――あるとわかっていたからだ。僕はマッチをすった。光を目にするのは本当にうれしかった！　僕は二本の蠟燭に火をつけて手に一本ずつ持ち、マーガレットのいるホールへ急いで引き返した。

マーガレットはどこにも見当たらなかった。だが、彼女を横たえていた場所に女王テラの婚礼衣装と美しい宝石の腰帯が落ちていた。そして、心臓の位置に七つ星の宝石があった。

やりきれない思いと名状しがたい恐怖にさいなまれながら、僕は洞窟に下りていった。二本の蠟燭は、暗く見通しの利かない煙の中では二つの点にしかすぎなかった。首にぶら下げていたマスクを顔につけ直して、仲間たちをさがしに向かった。

四人とも立っていた場所で見つかった。一様に床に倒れて、言いしれぬ恐怖をたたえた動かぬ目を虚空に向けている。マーガレットは手で顔を覆っていたが、指のあいだから生気のない目がのぞいているのは、あからさまににらんでいるのより耐えがたかった。

僕はすべての窓の鎧戸を開けて、できるだけ空気を入れた。嵐は現れたときと同じくらい急速にその勢力を失っていて、今や気まぐれに突風が吹き込むだけだった。すっかり静穏となりそうで、嵐の活動は終焉を迎えたのだ!

仲間たちにできることをしたが、やれることはたいしてなかった。助けとなってくれる者から遠く離れた辺鄙なその館では、どうしようもなかった。

希望を抱く苦しみから免れたのがせめてもの救いだった。

【付録】大いなる実験（一九一二年版）

一九一二年、ウィリアム・ライダー&サン社が出版した本作の短縮版では、結末が異なるものに差し替えられていた。当時、ストーカーは病床にあり、短縮や結末の改変が本人の手によるものか否かは定かではないが、研究者によると、短縮したために作品の前半と後半で不整合や矛盾が生じているという。ただし、一つの物語に結末が二つあるのもあまり例のないことなので、好事家のために、もう一つの結末をここに収録する。

三二四ページの「そうして、僕たちは待った。」以降の段落から、以下に続く。（編集部）

時計が二時の鐘を打ち、誰もが気分を一新したようだった。これまでの長い待ち時間に僕たちの上にのしかかっていた影がなんであれ、たちまち晴れたように思え、それぞれ自分たちの仕事に油断なく、てきぱきと取りかかった。まず、窓が閉まっているか確認しに行ってから、実験開始の時間が迫ってきたら顔につけられるようマスクを用意した。魔法の箱が開かれたときに有毒ガスが出てこないともかぎらないので、初めからマスクを使うと取り決めてあった。どういうわけか、誰もが箱を開けることについて、なんらかの懸念を抱いていたようだった。

そのあと、マーガレットの誘導に従って、女王テラのミイラを彼女の部屋からトレローニー氏の部屋まで運んで、ソファに置いた。目覚めてもすぐに抜け出せるようシーツを軽くかけておく。ちぎり取られていた手を本来の場所である胸元に載せた。手の下にあるのは、トレローニー氏が金庫から取り出してきた七つ星の宝石だ。彼がそこに置いたとき、宝石はぱっと光ったように思えた。

それは異様な光景であり経験だった。無言の男たちが真剣な表情で、明かりの灯された蠟燭や白い花束のあいだから、象牙の像のように白い動かぬ人の形をしたものを、シーツの端を引きずりながら運んでいくのだから。僕たちは女王をその別の部屋のソファに置いた。電灯の光が最終的な実験——二人の旅慣れた研究者が生涯をかけた研究の結果となる、大いなる実験——の準備に向けて部屋の中央に置かれた、見事な石棺を冷たく照らしていた。さらに、マーガレットの顔からすっかり血の気が失せていることで、いっそう彼女とミイラが瓜二つに見えてしまい、あたりの異様さを強調していた。

準備がすべて完了したとき、作業の一つひとつを慎重に行ったせいで、四十五分が過ぎていた。マーガレットが僕を手招きし、二人でシルヴィオを連れに彼女の部屋へ行った。シルヴィオはうれしそうに喉を鳴らしながら出てきた。マーガレットはシルヴィオを抱き上げると僕に渡し、そこで彼女は、この計画の究極の本質を確認させるようなことをしたので、僕は奇妙なほどに心を動かされた。彼女は蠟燭の火を一つずつ念入りに吹き消していき、元あった場所に蠟燭を片付けた。それが終わると、彼女は言った。

「これでいいわ！　なにが来ようと――生であれ死であれ――もう使うことはないでしょうから！」

僕からシルヴィオを受け取ってマーガレットが胸に抱きしめると、猫は甘えるように大きく鳴いた。二人揃って部屋を出て、僕は静かにドアを閉めながら、いよいよ始まる実験になんだかぞくぞくしていた。もう後戻りはできないのだ。

みなマスクをつけ、前もって決めたとおりの配置についた。僕はトレローニー氏の指示で電灯をつけたり消したりできるよう、スイッチのそばに立った。ウィンチェスター医師はミイラと石棺のあいだに入らないよう、ソファのうしろに立っていた。女王の身に起こることをつぶさに観察する手はずとなっていた。マーガレットは適当なときにシルヴィオをソファかそのそばに置けるよう、愛猫を腕に医師の隣に立った。トレローニー氏とコーベック氏はランプに火を灯す担当だった。時計の針が午前三時を指し示す少し前に、二人は火付け用の細い蠟燭を手にして身構えた。

時計の銀の鐘の音が弔鐘のように僕たちの胸に響いた。一つ、二つ、三つ！

三つ目の鐘が鳴り終わる前に、ランプの灯心に火がつけられ、僕は電灯を消した。ランプの明かりはぼんやりとして薄暗く、電灯のまぶしい光がなくなった今は、部屋も、中にあるものすべても不気味な形に見え、なにもかもが一瞬にして変わってしまったようだった。僕たちは胸を高鳴らせながら待った。少なくとも自分の心臓は激しく打っていたし、ほかのみなの鼓動も聞こえそうな気がした。

一秒一秒が重苦しく過ぎていく。全世界が静止したかのようだ。立っているほかの人々の姿はぼんやりとして、マーガレットの白いドレスだけが薄暗がりの中ではっきりと見えている。みなが分厚いマスクをつけているせいで、よけい異様に見えた。ランプのおぼろな光が、トレローニー氏の角張った顎や意志の強そうな口元と、コーベック氏の日に焼けてひげをきれいに剃った顔を映し出した。火明かりを受けて二人とも目が光って見えた。部屋の向こうでは、ウィンチェスター医師の目が星のようにきらめき、マーガレットの目は黒い太陽のように、シルヴィオの目はエメラルドのように輝いていた。

ランプの炎は明るくならないのだろうか！

ものの数秒ですべてのランプが燃え上がった。弱いが安定した炎はしだいに明るさを増して、青から白へとまばゆく変化した。そのままの状態で二分ほど経ったが、魔法の箱に目に見える変化はなかった。だがついに、箱全体がほのかに光りはじめた。光は徐々に強まって、やがて箱は燃え立つ宝石のように、さらに、光をその本質とする生き物のようになる。心臓さえ止まったかと思いながら、僕たちはただ静かに待った。

突然、くぐもった小さな爆発音のようなものが聞こえ、魔法の箱の蓋が数インチ分ほど垂直に持ち上がった。今は部屋全体に光が行き届いていたので、見間違いようはなかった。蓋は片側を閉じたまま、圧力の均衡が崩れたかのように、もう片側がゆっくりと持ち上がっていく。箱は変わらず光ったまま、淡い緑色をおびた煙がじわじわと出していた。マスクをしているので、においはある程度遮断されていたが、それでも、嗅いだことのない刺激臭がする。煙は恐ろしいまでの速さでどんどん濃くなり、広がって、やがて部屋全体が薄闇に包まれた。

煙越しにまだ見えるソファの向こうで立ち尽くしているマーガレットのもとへ駆け寄りたいという激しい衝動に駆られた。そのとき、ウィンチェスター医師が沈み込むのが目に入った。意識は失っておらず、誰か来てくれとでもいうように手を振っている。この頃には、トレローニー氏とコーベック氏の姿は彼らの周辺で渦巻く濃い煙でかすみはじめていた。ついに二人の姿が見えなくなった。魔法の箱はまだ輝いていたが、ランプの炎は弱まりはじめていた。最初、濃く黒い煙が出はじめたせいで見えなくなってきているのだと思ったが、そうではなく、ランプは一つまた一つと燃え尽きているのだった。あれほど勢いよく燃え盛っていたため、速く油が切れたにちがいなかった。

僕はすぐにも明かりをつける指示が出るかと思ってずっと待っていたが、一言も聞こえてこない。それでも待ち、胸が苦しくなるほどの思いで、輝く魔法の箱からまだあふれて大きくうねっている煙をじっと見つめていた。ランプの明かりは弱々しいものになって、さらに消えていく。とうとうぼんやりとした青い炎が揺らめくランプは残り一つとなった。部屋の中で明るい光を放っているのは魔法の箱だけだ。僕はマーガレットのいる方向にじっと目を据えていた。もう今は彼女のことしか頭になかった。ソファに置かれたまだ白いシーツに覆われている女王の向こうにマーガレットの白いドレスがかろうじて見て取れる。シルヴィオになにかあったらしい。悲しげなその鳴き声だけが部屋に響いていた。黒い煙は濃くなるいっぽうで、その刺激的なにおいに鼻の奥がつんとし、目も痛みはじめた。魔法の箱から出てくる煙は減ってきているようで、濃度が下がってくる。部屋の向こうのソファが置かれているあたりでなにか白いものが動いていた。そのうちに、今や魔法の箱が急速に輝きを失いつつあるために消えゆく明かりのなか、濃い煙越しに白くきらりと光ったのがかろうじて見えた。シルヴィオの鳴き声はまだ聞こえていたが、それはすぐそばの下の方からで、まもなく哀れみを誘う鳴き声をあげながら僕の足の上にうずくまるのを感じた。

そのとき最後の輝きが消えて、エジプトの闇の向こう、窓のブラインドの周辺にほのかな白い線を見て取った。今こそ声をあげるときだと感じて、僕はマスクを外して言った。

「電灯をつけますか?」応えはなかった。濃い煙にむせないうちに、もう一度さらに大きく声をかけた。

「トレローニーさん、明かりをつけますか?」トレローニー氏から返事はなかったが、部屋の向こうから鈴の音のように耳に心地よい澄んだマーガレットの声がした。

「ええ、お願い、マルコム!」僕がスイッチを入れると、電灯がぱっとついた。だが、濃く煙が立ちこめた中では薄明るくしかならない。その見通しの利かない煙越しに部屋を明るく照らし出すのは無理というものだった。僕は白いドレスを目印にマーガレットのもとへ駆け寄り、彼女を腕に抱いてその手をとった。マーガレットは僕の不安を感じ取って、すぐに言った。

「私は大丈夫よ」

「ああ、よかった! ほかのみんなは? すぐ窓を全部開けて煙を追い出そう!」驚いたことに、マーガレットはどこか物憂げに答えた。

「ほかのみんなも大丈夫よ。なんの害も受けていないわ」僕はどうしてそう言えるのか、根拠はなにかを尋ねることに時間を費やさず、すべての窓の下側の窓枠を引き上げ、上側の窓枠を引き下げた。そのあと、ドアを開けた。

たちまち空気が動いて、濃く黒い煙が窓から流れ出はじめた。ほどなく照明が明るくなっていき、部屋の中が見渡せるようになった。残る男性はみな倒れていた。ウィンチェスター医師はソファのそばでかがみこんだあとひっくり返ったかのような仰向けだ。石棺の向こうでは、立っていた場所にトレローニー氏とコーベック氏がいた。三人とも意識はないものの、深い眠りについているかのようにゆったりと呼吸をしていたので、ほっとした。マーガレットはソファのそばに立ったままだ。最初はいくらか放心状態だったが、すぐさま自分を取り戻した。歩み寄ってくると、僕が彼女の父親を起こして窓辺に運ぶのを手伝った。二人でほかの二人も同じように移動させたあと、マーガレットは急いでダイニングルームからデカンタに入ったブランデーをとってきた。これを三人に順番に飲ませていった。窓を開けてからさほど時間が経たないうちに、みな意識を取り戻しはじめた。この間、僕は三人の回復だけに気持ちを集中させ、力を尽くした。だが、その緊張がほぐれた今、実験の結果がどうなったのか確かめようと、室内を見回した。濃い煙はほとんど出ていたが、部屋はまだかすみ、つんと鼻をつく刺激臭も残っていた。

見事な石棺は実験前と同じ状態で置かれていた。蓋が開いた魔法の箱の中には、箱と同じ材質で作られたいくつかの仕切りか区切りのあちこちに少量の黒い灰が散らばっていた。石棺や魔法の箱はもとより、部屋全体に、脂っぽい煤がうっすらとついている。僕はソファのそばへ行った。白いシーツがまだ部分的に覆っているが、シーツは人がベッドから抜け出たようにめくり返されていた。

だが、女王テラの姿はどこにもなかった！　僕はマーガレットの手をとって部屋の向こうへ連れていった。彼女は介抱していた父親から離れるのを渋ったものの、それでもおとなしくついてきた。僕は彼女の手をとったまま耳元でささやいた。

「女王はいったいどうなったんだい？　教えてくれ！　君は近くにいたし、なにか起こったのなら、見たはずなのだから！」

マーガレットは聞こえるか聞こえないかの声で答えた。

「なにも見えなかったわ。煙が濃く立ちこめるまではソファから目を離さなかったけれど、そのときはなんの変化もなかった。そのあと、あたりが見えないくらい真っ暗になったときに、そばで動く物音がしたように思ったわ。ひょっとすると、ウィンチェスター医師が倒れ込んだ音だったのかも。私は女王が目覚めたかもしれないと思ったから、シルヴィオを下ろしたの。あの子になにがあったのかはわからない。ただ、シルヴィオがドアのそばで鳴いているのを聞いたとき、私はあの子に見捨てられたような気がした。あの子が私に腹を立てていないといいのだけれど！」

それに答えるかのように、シルヴィオが部屋に走り込んできて、マーガレットの足元に後足で立つと、抱き上げてくれとばかりにドレスを引っ張った。彼女はかがんで抱き上げると、撫でてなだめはじめた。

僕はソファに近づき、その周辺まで念入りに調べた。トレローニー氏とコーベック氏が十分に回復すると——二人は速かったが、ウィンチェスター医師は意識を取り戻すのに少し時間がかかった——三人でもう一度調べてみた。だが、それで見つけられたのは、奇妙な死臭が漂う、山のように積もった微細な塵だけだった。ソファの上には女王が髪につけていた宝石で飾られた〝円盤と羽根〟と、神々に命令する言葉が刻まれた七つ星の宝石が載っていた。

これ以外、なにが起きたのかを示す手がかりとなるものは発見できなかった。ミイラが物理的に崩壊したという考えを裏付けるものが一つだけあった。ホールに置いてある猫のミイラが入っていた石棺にも、似たような塵の小山が残っていたのだ。

その秋、マーガレットと僕は結婚した。その際に彼女が身につけていたのは、女王テラの婚礼衣装と腰帯と、彼女が髪につけていた宝飾品だった。胸元には、ねじり合わせた蓮の茎を模した金の輪にはめ込んだ、全世界の神を意のままにできる呪文が刻まれた七つ星の宝石をつけていた。婚礼のときに大聖堂の内陣の窓から射し込む日差しを浴びたその宝石は、生き物のように輝いて見えた。

宝石に刻まれた呪文は利くのかもしれない。というのも、マーガレットがそれをしっかり守っていて、世界中で僕ほどの幸せ者はいないからだ。

僕たちはしょっちゅう偉大な女王のことを考え、自由に彼女について話し合っている。あるとき、僕がため息をついて新しい世界で新しい人生に歩み出せなかった彼女を気の毒だと言うと、妻は両手で僕の手を包んで、ときおり雄弁に語る例の遠くをうっとりと見るような表情で僕の目をのぞき込み、愛情のこもった声で言った。

「彼女を痛ましく思うことはないわ！　だって、さがし求めていた喜びを見つけたかもしれないじゃないの。愛と忍耐さえあれば、この世で——いいえ、過去でも未来でも、生者でも死者でも——幸せになれるのよ。彼女は夢の実現を夢見た——それこそ私たちの誰もが望むものじゃないかしら！」

解説

植草　昌実

二十一世紀の今も『吸血鬼ドラキュラ』は有名すぎるほどだが、その著者ブラム・ストーカーがどういう人だったかは、ドラキュラほどには知られていないようだ。

ブラム（エイブラム）・ストーカーは、一八四七年十一月八日、アイルランドのダブリンで、市庁職員の家に生まれた。幼い頃は病弱だったが、長じるとともに体を鍛え、十六歳でダブリン大学トリニティ・カレッジに進学。在学中から観劇に熱中し、新聞に演劇評を寄稿するほどになった。それが縁で名優ヘンリー・アーヴィング（一八三一―一九〇五）と親しくなり、のちに妻を連れてダブリンからロンドンへ移住、彼のマネージャーとなり、劇場や劇団の運営なども手がけることになる。

ストーカーは一八七二年から創作を発表していたが、『吸血鬼ドラキュラ』で一世を風靡するまでのほぼ四半世紀、冒険小説やロマンスなどを書き続けていた。

『ドラキュラ』は、ジョゼフ・シェリダン・レ・ファニュの『吸血鬼カーミラ』（一八七二）に触発されてストーカーが構想し、東洋学者アルミニウス・ヴァンベリ（一八三二―一九一三）との出会いをきっかけに書き始められた。吸血鬼伝説の裏付けとヴァン・ヘルシングの人物造形は、ヴァンベリから得たものだといわれている。そして『ドラキュラ』が発売されるやいなや、イギリスの読書界が騒然となったことは、書くまでもないだろう。

その後は、畏友アーヴィングの伝記を書くという偉業を成してはいるものの、数ある創作から『ドラキュラ』を超えるほどの作品を出すことはないまま、ストーカーは一九一二年四月二十日、老衰で逝去した。享年六十四歳。

彼の作品の多くは、今や好事家か研究者のものとなっているが、『ドラキュラ』のおかげか、いくつかの長篇怪奇小説のうち、この『七つ星の宝石』と『白蛆の巣』*The Lair of the White Worm*(1911)は、イギリス本国では現在も読み継がれている。日本では、一九七六年に国書刊行会が《ドラキュラ叢書》を創刊したさい、第二期以降の予告にこの二作と『屍衣の女』*The Lady of the Shroud*(1909)の題名が挙げられていたが、叢書の刊行は第一期にとどまり、短篇集『ドラキュラの客』を上梓するのみとなった。本書はその予告から約四十年を経ての邦訳ということになる。

さて、本作『七つ星の宝石』は、語り口も展開も、『ドラキュラ』とは大きく異なる。若き弁護士ロスの一人称で語られる物語は、演劇のように限定された舞台で、短い期間のうちにめまぐるしく展開する。

エジプト学研究者の不可解な傷害事件に弁護士と刑事が対するという発端は、ミステリに近い。いや、探偵小説と言ったほうがふさわしいか。思えば本書が上梓された一九〇三年の秋には、コナン・ドイルが「空家事件」を発表、シャーロック・ホームズが帰還している。第十章では、やはりドイルの『四つの署名』よろしく、オランダ人探検家のエジプト踏査記が挿入される。それが暗示するのは古代女王の復活という、H・ライダー・ハガードの作品世界を彷彿させるものだ。ただし、さすがは『ドラキュラ』のストーカー、記されているのは遺跡盗掘者たちが奇怪な死を遂げる事件の一部始終で、このあたりからようやくホラーらしくなってくる。ところが——これから読む方のためにも、先を語るのはここまでにしておこう。だが、本書がミステリ、ホラー、さらにはSFの味わいも併せ持っていることは、書いておいてもいいだろう。

現在、ペンギン・ブックスから刊行されている本作の原書には、発表当時のイギリスの社会背景について述べた序文が付されている。そこでは「エジプト学ブーム」や、『ドラキュラ』でミナ・ハーカーが語っていた、男性に従属しない「新しい女性」などについて触れられており、トレローニー氏の熱狂ぶりや、その娘マーガレットの意志表示のさまなどは、当時の読者の目には現実感をもって映ったことが想像できる。

また、中盤からは、エジプト学、光学、鉱物学から疑似科学めいたものまでが、文学や宗教を交えて（ときには物語の流れをさしおいて）語られる。『ドラキュラ』には録音機からオリエント急行まで、当時の最先端技術が登場し、十九世紀の「情報小説」という印象があったが、本作ではさらにその色調を濃くしているようだ。たとえば、作中に言及のあるラジウムは、キュリー夫妻による発見が一八九八年、純化抽出の成功が一九〇二年、夫妻がノーベル物理学賞を受賞したのが本作上梓の〇三年。ブラム・ストーカーは情報をより早く小説に織り込む術《すべ》に長けていたのかもしれない。二十世紀初頭の読者にとってのストーカーは、私たちにとってのマイクル・クライトンのような作家だったようにも思えてくる。

本作は一九一二年に短縮版が出版されている。情報を盛り込んだがゆえに難解になりすぎた、といわれる第十六章が省略されるなど改変が多い。短縮版での出版は珍しくはないが、この一二年版は結末を大きく変えている。出版がストーカーの歿年ということもあり、この改稿が本人の手によるものかどうかは、疑問視されているらしい。本書ではその結末を付録として収録してあるので、なぜ変えたか、ストーカーでないとしたら書いたのは誰か……と、推理してみるのも一興だろう。

本解説を書くにあたり、Bram Stoker(http://www.bramstoker.org/)を参照した。詳細なブラム・ストーカー研究サイトであり、ノンフィクション、詩集を含むストーカーの著作のほぼすべてを(たとえば本作は、オリジナルと短縮版の両方を)、電子データでダウンロードできる。

ブラム・ストーカー小説著作リスト

《長篇》

The Primrose Path(1875) ロマンス
The Snake's Pass(1890) 冒険小説
The Watter's Mou'(1895) ロマンス
The Shoulder of Shasta(1895) ロマンス
Dracula(1897)『吸血鬼ドラキュラ』平井呈一訳　東京創元社　一九七一（他、邦訳多数）
Miss Betty(1898) ロマンス
The Mystery of the Sea(1902) 超自然的な要素のある冒険小説
The Jewel of Seven Stars(1903)『七つ星の宝石』（本書）
The Man　別題 The Gates of Life(1905) ロマンス
Lady Athlyne(1908) ロマンス
The Lady of the Shroud(1909) 超自然的な要素のある冒険小説
The Lair of the White Worm　別題 The Garden of Evil(1911) 怪奇小説

《短篇集》

Under the Sunset (1882) 子供向けのファンタジー小品集

Snowbound: The Record of a Theatrical Touring Party (1908)

連作短篇集。雪に閉じ込められた長距離列車の乗客たちが聞かせあう物語

Dracula's Guest and Other Weird Stories (1914)

『ドラキュラの客』桂千穂訳　国書刊行会　一九七六

ブラム・ストーカー Bram Stoker
1847年、アイルランドのダブリンに生まれる。俳優ヘンリー・アーヴィングと親交深く、彼のマネージャーはじめ演劇に従事するかたわら、著述業でも活躍。1897年『吸血鬼ドラキュラ』（東京創元社ほか）を発表、一大ブームを巻き起こした。1912年歿。他の邦訳書に短篇集『ドラキュラの客』（国書刊行会）がある。

森沢 くみ子（もりさわ くみこ）
英米文学翻訳家。香川県に生まれる。訳書に、スレッサー『最期の言葉』（論創社）、グレイム『エドウィン・ドルードのエピローグ』（原書房）、キング『ロンドン幽霊列車の謎』、キース『ムーンズエンド荘の殺人』（以上、東京創元社）などがある。

ナイトランド叢書

七つ星の宝石

著　者　ブラム・ストーカー
訳　者　森沢くみ子
発行日　2015年9月28日

発行人　鈴木孝
発　行　有限会社アトリエサード
東京都新宿区高田馬場1-21-24-301 〒169-0075
TEL.03-5272-5037 FAX.03-5272-5038
http://www.a-third.com/ th@a-third.com
振替口座／00160-8-728019
発　売　株式会社書苑新社
印　刷　モリモト印刷株式会社
定　価　本体2500円＋税
ISBN978-4-88375-212-6 C0097 ¥2500E

www.a-third.com